UM PEQUENO FAVOR

Darcey Bell

UM PEQUENO FAVOR

Tradução
Ana Carolina Mesquita

1ª edição

BERTRAND BRASIL
Rio de Janeiro | 2017

Copyright © 2017 *by* Seven Acres, LLC

Todos os direitos reservados.

Título original: *A simple favor* (Harper Collins, Nova York)

Texto revisado segundo o novo
Acordo Ortográfico da Língua Portuguesa

2017
Impresso no Brasil
Printed in Brazil

CIP-BRASIL. CATALOGAÇÃO NA PUBLICAÇÃO
SINDICATO NACIONAL DOS EDITORES DE LIVROS, RJ

Bell, Darcey

B381p   Um pequeno favor / Darcey Bell; tradução de Ana Carolina Mesquita. – 1ª ed. – Rio de Janeiro: Bertrand Brasil, 2017.

Tradução de: A simple favor
ISBN: 978-85-286-2179-2

1. Ficção americana. I. Mesquita, Ana Carolina. II. Título.

17-39474

CDD: 813
CDU: 821.111.(73)-3

Todos os direitos reservados pela:
EDITORA BERTRAND BRASIL LTDA.
Rua Argentina, 171 – 2º andar – São Cristóvão
20921-380 – Rio de Janeiro – RJ
Tel.: (21) 2585-2000 – Fax: (21) 2585-2084

Não é permitida a reprodução total ou parcial desta obra, por quaisquer meios, sem a prévia autorização por escrito da Editora.

Atendimento e venda direta ao leitor:
mdireto@record.com.br ou (21) 2585-2002

PARTE UM

———

Minha mãe costumava dizer que todos guardam segredos. Por isso é que nunca é possível conhecer alguém de verdade. Ou confiar em alguém. E é por isso que nunca é possível conhecer a si mesmo de verdade. Às vezes, guardamos segredos até de nós mesmos.

Quando eu era pequena, achava esse um bom conselho, apesar de não o entender completamente. Ou, sei lá, talvez entendesse — um pouquinho. Crianças guardam segredos, como os amigos imaginários que têm e as coisas que na certa as colocariam em encrenca, caso os adultos descobrissem.

Mais tarde, descobri que minha mãe falava por experiência própria. E me pergunto se ela estaria não apenas me preparando, mas me programando para ser reservada e desconfiada. Teria ela pressentido que, quando eu crescesse, guardaria segredos mais sombrios e vergonhosos do que as outras pessoas? Segredos que me esforço para guardar... inclusive de mim mesma?

1

BLOG DA STEPHANIE
URGENTE!

Olá, mães!

Este será um post diferente de todos os outros que já escrevi. Mas não mais importante, considerando que todas as coisas que acontecem com os nossos filhos, suas birras e seus sorrisos, seus primeiros passos e palavras, são as coisas mais importantes deste mundo.

Digamos que este post será... MAIS URGENTE. *Bem* mais urgente.

Minha melhor amiga desapareceu há dois dias. Ela se chama Emily Nelson. Como vocês sabem, jamais cito *nomes* de amigos no meu blog, mas agora, por motivos que em breve vocês entenderão, estou (temporariamente) suspendendo minha rigorosa política de anonimato.

Meu filho Miles e o filho de Emily, Nicky, são grandes amigos. Os dois têm 5 anos. Nasceram em abril; portanto, começaram a estudar alguns meses depois das outras crianças da sala e são um pouco mais velhos do que elas. E mais maduros, eu diria. Miles e Nicky são os filhos dos sonhos de qualquer pessoa. Pessoinhas decentes, honestas e gentis, qualidades não muito comuns em garotos (se algum homem estiver lendo isso, desculpe!).

Eles se conheceram na escola pública. Emily e eu nos conhecemos indo buscá-los na hora da saída. É raro as crianças fazerem amizade com os filhos dos amigos das mães ou as mães se tornarem amigas das mães dos amiguinhos dos filhos, mas, dessa vez, foi o que aconteceu. Emily e eu tivemos sorte. Primeiro porque não somos as mães mais jovens do pedaço: tivemos filhos com 30 e poucos anos, quando nosso relógio biológico já estava prestes a encerrar o expediente.

Às vezes, Miles e Nicky inventavam peças e atuavam. Eu deixava que filmassem tudo com meu celular, apesar de, em geral, controlar o tempo que deixo crianças usarem aparelhos eletrônicos — que representam um desafio e tanto para a educação da parte dos pais. Uma das histórias bacanas que eles criaram foi uma peça policial, *As Aventuras de Val, o Excepcional*. Nicky era o detetive e Miles, o criminoso.

— Sou Val, o Excepcional, o detetive mais inteligente do mundo — disse Nicky.

— Sou Miles Mandíbula, o criminoso mais malvado do mundo — falou Miles. Ele parecia o vilão de um melodrama vitoriano, dando vários *ho, ho, ho*s. Os dois se perseguiram no quintal de nossa casa, fingindo atirar um no outro (sem armas!) com os dedos. Foi sensacional.

Como eu queria que o pai de Miles — meu falecido marido, Davis — estivesse ali para ver!

Às vezes, pergunto-me de onde vem essa veia teatral do Miles. Do pai, suponho. Certa vez, assisti a uma apresentação de Davis para alguns clientes em potencial e fiquei surpresa com a empolgação e a dramaticidade dele. Parecia um desses jovens atores atraentes, charmosos e patetas, com cabelo brilhante desleixado. Comigo, porém, ele era diferente — mais ele mesmo, acho. Quieto, gentil, engraçado, generoso... embora tivesse opiniões bastante fortes também, principalmente no tocante à mobília. Mas isso me parecia normal; afinal, ele era um designer e arquiteto de sucesso.

Davis era sempre um anjo perfeito. Exceto uma vez. Ou outra.

Nicky disse que sua mãe os ajudou a inventar a história do Val, o Excepcional. Emily adora narrativas policiais e de suspense, as quais lê no trajeto do metrô para seu trabalho em Manhattan, quando não precisa se preparar para alguma reunião ou apresentação.

Antes de Miles nascer, eu lia livros. De vez em quando, pego alguma coisa da Virginia Woolf e leio algumas poucas páginas para me lembrar de quem eu era — de quem, espero, ainda sou. Em algum lugar, soterrada pelos compromissos com Miles, almoços escolares e noites de ir cedo para a cama, está a jovem moça que morava em Nova York e trabalhava numa revista. Uma moça com amigos, que saía para tomar *brunch* nos fins de semana. Nenhum desses amigos teve filhos; nenhum se mudou para o subúrbio. Perdemos contato.

A autora preferida de Emily é Patricia Highsmith. Entendo por que Emily gosta dos livros dela; são do tipo que você não consegue mais parar de ler. Mas são frustrantes demais. O personagem principal é quase sempre um assassino, um abusador ou uma pessoa inocente evitando ser morta. O único que li era sobre dois caras que se conhecem num trem e concordam em matar alguém como forma de um prestar favor ao outro.

Eu quis gostar do livro, mas não consegui terminá-lo. Porém, quando Emily me perguntou o que eu achei, respondi que adorei.

Na próxima vez em que fui à casa dela, assistimos ao filme que Hitchcock fez baseado nesse livro. No começo, fiquei preocupada: e se Emily quisesse conversar sobre as diferenças entre o filme e o livro?

O filme, porém, prendeu minha atenção. Uma das cenas, de um carrossel descontrolado, foi tão assustadora que quase não consegui ver.

Emily e eu estávamos sentadas cada qual num canto do sofá da sala, com as pernas esticadas e uma garrafa de um bom vinho branco sobre a mesinha de centro. Quando percebeu que eu assistia à cena do carrossel por entre os dedos abertos da mão, sorriu e ergueu o polegar. Gostou de eu estar com medo.

Uma ideia não saía da minha cabeça: e se Miles estivesse naquele carrossel?

Quando o filme terminou, perguntei a Emily:

— Acha que as pessoas de verdade seriam capazes de fazer algo desse tipo?

Emily riu. — Ah, minha doce Stephanie, você ficaria surpresa com o que as pessoas são capazes de fazer. Coisas que elas jamais admitiriam a alguém... nem a si mesmas.

Minha vontade foi falar que eu não era tão doce quanto ela imaginava, que também já havia feito coisas ruins, mas estava espantada demais para falar. Aquilo parecia tanto com o que minha mãe dizia!

As mães sabem o quanto já é difícil ter uma boa noite de sono, que dirá com histórias assustadoras chacoalhando na sua cabeça. Sempre prometo a Emily que vou ler mais livros da Patricia Highsmith, mas agora me arrependo de ter lido aquele. A vítima de um dos assassinos era a mulher do outro.

E, quando sua melhor amiga desaparece, não é sobre uma história dessas que você deseja se debruçar. Não que eu acredite que o marido de Emily, Sean, pudesse fazer mal a ela. Claro que os dois tinham lá seus problemas; afinal, que casamento não tem? Não morro de amores por Sean, mas ele é basicamente um cara decente (acho).

Miles e Nicky estudam no mesmo jardim de infância de uma excelente escola pública sobre a qual tantas vezes já escrevi neste blog. Não é a escola da nossa cidade, que atravessa problemas financeiros porque a população local (mais velha) votou contra a aprovação do orçamento escolar, e sim a da cidade próxima, uma escola melhor, perto da fronteira entre Nova York e Connecticut.

Devido às leis de zoneamento, nossos filhos não podem usar o ônibus escolar; portanto, eu e Emily levamos os meninos de carro pela manhã. Busco Miles depois da aula, todos os dias. Emily trabalha meio período na sexta-feira; por isso pode buscar o Nicky na escola, e muitas vezes eu, ela e os meninos saímos para fazer algum programa divertido nas sextas à tarde — como comer hambúrguer ou jogar minigolfe. A casa dela fica a apenas dez minutos de carro da minha; então somos praticamente vizinhas.

Adoro ir para a casa de Emily e ficar esticada no sofá da sala conversando e tomando vinho. A gente se reveza para dar uma olhada nos meninos de vez em quando. Adoro o jeito como ela gesticula ao falar, o jeito como seu lindo anel de diamante e safira reflete a luz. Conversamos bastante sobre a maternidade. Nunca nos falta assunto. É tão legal ter uma amiga de verdade que às vezes me esqueço do quanto era solitária antes de nos conhecermos.

Nos outros dias da semana, a babá de meio período de Emily, Alison, busca o Nicky na escola. O marido de Emily trabalha até tarde, em Wall Street. É uma sorte quando ele *chega* em casa a tempo de jantar com os dois. Nos raros dias em que Alison falta por motivo de doença, Emily me envia uma mensagem de texto e eu busco Nicky. Então, os meninos ficam aqui em casa até Emily voltar do trabalho.

Uma vez por mês, mais ou menos, Emily precisa trabalhar até mais tarde; e umas duas ou três vezes por mês precisa viajar a trabalho.

Esta foi uma delas. Antes de ela desaparecer.

Emily trabalha no departamento de relações públicas da empresa de um estilista famoso cujo nome também tomei o cuidado de não mencionar. Na verdade, é a *diretora* do departamento de relações públicas desse estilista. Tento não citar nomes de marcas no meu blog por questões jurídicas e também porque considero isso uma coisa *extremamente* desagradável — é por esse motivo que resisto a fazer propaganda aqui.

Mesmo quando ela trabalha até tarde ou está em reunião, Emily me manda mensagens em intervalos de algumas horas. É esse tipo de mãe. Não pentelha, nem superprotetora, nem nenhum desses rótulos pejorativos que a sociedade usa para nos julgar e punir por amarmos nossos filhos.

Quando Emily volta do trabalho, vem direto da estação de metrô apanhar o Nicky. Sempre tenho que lembrá-la de não ultrapassar o limite de velocidade. Quando ela percebe que o trem está atrasado, me manda mensagens. O tempo todo! Diz em que estação está, a que horas deve chegar... até eu responder: NÃO SE PREOCUPE. OS MENINOS ESTÃO ÓTIMOS. VEM TRANQUILA. VEM EM SEGURANÇA.

Faz dois dias que Emily não aparece, não entra em contato comigo e nem retorna minhas ligações e mensagens. Algo terrível aconteceu. Minha amiga sumiu. Não tenho a menor ideia de onde está.

Mães, por acaso Emily parece o tipo de mãe que abandonaria seu filho e desapareceria por dois dias sem telefonar ou mandar mensagem, sem responder minhas mensagens ou atender minhas ligações, se não tivesse acontecido algo de errado? *Fala sério.*

Bem, preciso ir agora. Estou sentindo o cheiro de cookies de chocolate queimando no forno. Depois nos falamos mais.

Com amor,
Stephanie

2

BLOG DA STEPHANIE
ONDE MORAMOS AGORA

Olá, mães!

Até agora, procurei não citar o nome da nossa cidade. A privacidade é algo muito precioso — e ultimamente temos tão pouca. Não quero parecer paranoica, mas, até mesmo numa cidade como a nossa, câmeras ocultas podem estar nos observando para ver que marca de tomate pelado compramos. Principalmente na nossa cidade. As pessoas acham que é uma cidade rica porque se localiza nessa região de Connecticut, mas não é tão rica assim. Emily e Sean têm dinheiro. Davis, meu marido, deixou-me o suficiente para viver — outro motivo pelo qual posso escrever em um blog sem precisar encará-lo como um negócio.

Entretanto, tendo em vista que o desaparecimento de Emily transformou tudo e que existe a possibilidade de alguma de vocês morar aqui perto e talvez a ter visto, e porque estou desesperada, sinto que preciso *tirar* Warfield do armário. Warfield, Connecticut. Fica a aproximadamente duas horas de Manhattan pela Metro-North.

As pessoas chamam isso aqui de subúrbio, mas eu cresci no subúrbio e morei em Nova York; portanto, para mim parece mais o interior. Já escrevi que, quando Davis me trouxe para cá, vim esperneando, pois não queria sair da cidade grande. Levei anos para *deixar* o subúrbio. Já escrevi também que me apaixonei pela vida do campo. Como é fantástico acordar com o sol entrando pela casa de estilo colonial americano que Davis restaurou sem sacrificar nenhum dos seus detalhes históricos e como adoro tomar chá enquanto a máquina de arco-íris (uma espécie de prisma que você coloca na janela) que meu irmão, Chris, nos deu de presente de casamento espalha luzes por toda a cozinha.

Miles e eu adoramos morar aqui. Ou, pelo menos, eu adorava.

Até hoje, quando passei a me sentir tão ansiosa por causa de Emily que todos — as mães da escola, a gentil Maureen da agência de correios, o rapaz que embala as compras — me pareceram sinistros, como naqueles filmes de terror em que todas as pessoas de uma cidade fazem parte de algum culto ou são zumbis. Perguntei a dois dos meus vizinhos, como quem não quer nada, se por acaso tinham visto Emily por aí, mas responderam que não. Teria sido minha imaginação ou eles realmente me olharam esquisito? Agora vocês, mães, percebem *bem* o quanto isso é de enlouquecer.

Mães, desculpem. Eu me distraí e fiquei tagarelando, como sempre.

DEVIA TER COLOCADO ISTO AQUI ANTES!

Emily tem mais ou menos 1,70m. É loira com mechas escuras (nunca perguntei se são naturais ou não) e olhos castanho-escuros. Deve pesar uns 54 kg, mas isso é só uma suposição. Ninguém pergunta aos amigos: Quanto você mede? Quanto você pesa? Apesar de saber que alguns homens acreditam que as mulheres só falam disso. Embora Emily tenha 41 anos, parece ter, no máximo, 35.

Tem uma mancha de nascença escura embaixo do olho direito. Só notei quando me perguntou se eu achava que ela devia tirá-la. Respondi que não, que não era feia e lhe expliquei que as mulheres na corte francesa pintavam no rosto "sinais de beleza" (pelo menos foi o que li).

Emily sempre usa um perfume que, suponho, podemos chamar de sua marca registrada. Ela disse que é à base de lilases e lírios, produzido por freiras italianas, e o encomenda em Florença. Isso é algo que adoro na Emily, todas as coisas elegantes e sofisticadas que ela conhece e que jamais passariam pela minha cabeça.

Nunca usei perfume. Sempre achei um pouco desagradável quando as mulheres cheiram a flores ou especiarias. O que estariam escondendo? Qual a mensagem que querem transmitir? O perfume de Emily, entretanto, me agrada. Gosto do fato de sempre saber quando ela está por perto, ou quando esteve em algum lugar, por causa do rastro dele. Sinto seu aroma no cabelo de Nicky depois que ela o abraça com força. Emily me ofereceu o frasco para experimentar, mas me pareceu estranho, íntimo demais, como se fôssemos duas bizarras irmãs gêmeas de cheiro.

Ela sempre usa o anel de diamante e safira que Sean lhe deu de noivado. E, pelo fato de Emily gesticular muito ao falar, para mim o anel parece uma criatura brilhante com vida própria, como a Sininho voando na frente de Peter Pan e dos Meninos Perdidos.

Emily tem uma tatuagem: uma dessas pulseiras delicadas de espinhos em torno do pulso direito. Foi algo que me surpreendeu. Ela não me parecia o tipo que tem tatuagem — principalmente uma que não é possível esconder, a menos que se use camisa de manga comprida. No início, achei que era algo típico do meio da moda, mas, quando achei que já nos conhecíamos o bastante para perguntar o que era, Emily respondeu:

— Ah, isso. Fiz quando era jovem e sem juízo.

— *Todo mundo* já foi jovem e sem juízo. Um dia — falei.

Foi bom falar algo que eu nunca diria ao meu marido. Se ele tivesse me perguntado o que eu queria dizer com "sem juízo" e eu lhe respondesse a verdade, seria o fim da vida como a conhecemos. Mas, bem... essa vida, de todo modo, chegou mesmo ao fim. A verdade sempre arranja uma maneira de aparecer.

Esperem. O telefone está tocando! Talvez seja a Emily. Continuo mais tarde.

Com amor,
Stephanie

3

BLOG DA STEPHANIE
PEQUENOS FAVORES

Olá, mães!

Não era Emily ao telefone, mas uma chamada automática dizendo que ganhei uma viagem para o Caribe.

Onde parei mesmo? Ah, é.

No verão passado, enquanto tomávamos banho de sol na piscina comunitária e os meninos se divertiam na piscininha infantil, Emily comentou:

— Estou sempre lhe pedindo favores, Stephanie. E me sinto muito agradecida a você. Mas será que eu poderia lhe pedir mais um? Você tomaria conta de Nicky para eu e Sean passarmos o fim de semana do aniversário dele no chalé da minha família? — Emily sempre o chama de "chalé", mas imagino que a casa de campo da sua família às margens do lago, no norte de Michigan, seja mais chique do que isso. — Fiquei surpresa quando Sean concordou em ir e quero acertar tudo antes dele ter tempo de mudar de ideia.

Óbvio que eu disse sim. Sabia o quanto era difícil para ela afastar Sean do escritório.

— Com uma condição — falei.

— Qualquer coisa — respondeu ela. — É só pedir.

— Você passaria óleo bronzeador nesse lugar difícil de alcançar das minhas costas?

— Com prazer — riu Emily.

Enquanto eu sentia sua mãozinha forte esfregando o óleo na minha pele, lembrei como era divertido ir à praia com minhas amigas na época do ensino médio!

No fim de semana da viagem de Emily e Sean, Miles, Nicky e eu nos divertimos muito. Piscina, parque, cinema e churrasco de hambúrguer e legumes.

Emily e eu éramos amigas há um ano, desde que nossos filhos se conheceram no pré. Aqui vai uma foto que tirei dela no Six Flags, apesar de não ser possível enxergá-la muito bem. É uma *selfie* de nós quatro, os meninos com as mães. Usei um programa de computador para tirar os meninos da foto, pois vocês sabem que não acho bacana postar imagens dos filhos.

Não sei que roupa ela usava no dia em que desapareceu. Não vi quando Emily deixou Nicky na escola. Ela estava um pouco atrasada naquele dia. Em geral, os ônibus escolares chegam e partem juntos. Os professores já têm trabalho demais em receber os alunos e levá-los para dentro da escola; não os culpo por não terem reparado na roupa de Emily nem visto se ela parecia normal e animada ou se, de alguma maneira, estava ansiosa.

Provavelmente Emily exibia a mesma aparência de todos os dias de trabalho: uma executiva *fashion* (ela compra roupas de marca com descontos fabulosos) indo trabalhar na cidade grande. Ela me telefonou cedinho naquela manhã.

— Por favor, Stephanie. Preciso da sua ajuda. *Mais uma vez.* Apareceu uma emergência no trabalho e vou precisar ficar até mais tarde. Alison tem aula. Você poderia apanhar Nicky na escola? Eu o busco na sua casa à noite, no mais tardar às 21 horas.

Eu me lembro de ficar intrigada; o que significaria uma "emergência" no mundo da moda? Casas de botão que ficaram pequenas demais? Alguém ter costurado um zíper no forro?

— Claro. Fico muito feliz em lhe fazer um favor — respondi.

Um pequeno favor. O tipo de pequenos favores que nós, mães, fazemos umas para as outras o tempo todo. Os meninos ficariam animadíssimos. Tenho certeza de que perguntei a Emily se ela queria que Nicky dormisse aqui e tenho certeza de que ela disse não, obrigada. Queria ver o filho depois daquele dia difícil, mesmo que ele estivesse adormecido.

Busquei Nicky e Miles na escola. Os dois estavam nas nuvens; eles se adoram, daquele jeito que os meninos se adoram, como cachorrinhos. Mais do que se adora um irmão, pois irmãos brigam.

Ambos brincaram, comportados, no quarto do meu filho e nos balanços lá fora, onde eu os podia vê-los pela janela. Preparei o jantar. Fizemos uma refeição saudável. Como sabem, sou vegetariana, mas Nicky só quer saber de comer hambúrguer; portanto, foi isso que preparei. Já perdi a conta de quantas vezes escrevi sobre a dificuldade que tenho para balancear as refeições com alimentos nutritivos. Os meninos conversaram sobre um incidente ocorrido na escola: um garoto foi mandado para a diretoria por não obedecer ao professor, mesmo depois de ficar de castigo.

Foi ficando tarde. Emily não telefonava — o que parecia estranho. Mandei mensagem, mas ela não me respondeu, o que parecia mais estranho ainda.

Certo, ela disse que era uma *emergência*. Talvez tenha acontecido algo numa das fábricas em um dos países onde as roupas são fabricadas. Costuradas por meio do *trabalho escravo*, era minha impressão, mas jamais poderia dizer isso. Talvez tivesse ocorrido outro escândalo envolvendo seu patrão, Dennis, que já passara por episódios de abuso de drogas bastante divulgados na imprensa. Emily fora obrigada a fazer um enorme esforço para conter o estrago. Talvez estivesse presa em alguma reunião, sem poder se afastar. Talvez estivesse em algum lugar sem sinal de celular. Talvez tivesse perdido o carregador.

Se vocês conhecessem Emily, saberiam como seria muito pouco provável ela ter perdido o carregador e não ter arrumado um jeitinho de telefonar para saber como estava Nicky.

Nós, mães, estamos muito acostumadas a sempre nos manter em contato umas com as outras. Vocês conhecem a sensação de quando precisamos entrar em contato com alguém: é como se estivéssemos possuídas. Não paramos de telefonar e mandar mensagens e tentar nos controlar para não telefonar e mandar mensagens novamente, *porque acabamos de telefonar e mandar mensagens*.

Todas as vezes que liguei, meus telefonemas caíram na caixa postal. Eu ouvia a voz "profissional" de Emily — dura, objetiva, executiva.

— Olá, você ligou para Emily Nelson. Por favor, deixe um breve recado que retornarei assim que possível. Até mais.

— Emily, sou eu! Stephanie! Me liga!

Não era mais possível esperar: eu precisava colocar os meninos para dormir. Isso *nunca* havia acontecido antes. Meu estômago ficou cheio de borboletas, de puro medo. De pavor, na verdade. Mas eu não podia deixar os meninos perceberem, muito menos o Nicky...

Não consigo continuar agora, mães. Estou triste demais.

Com amor,
Stephanie

4
—

BLOG DA STEPHANIE
FANTASMAS DO PASSADO

Olá, mães!

Vocês todas se lembram de quantos posts escrevi sobre não deixar o Miles perceber o quanto eu estava arrasada pela dor quando seu pai — Davis — morreu no mesmo acidente que o meu irmão, Chris.

Era uma linda tarde de verão. Davis perdeu o controle do nosso Camaro *vintage* e bateu numa árvore. Todo o nosso mundo mudou naquele minuto.

Perdi o único homem que teve alguma importância para mim, exceto por meu pai, que morreu quando eu tinha 18 anos. E Miles perdeu, de uma tacada, tanto o pai quanto o tio adorado.

Ele tinha apenas 2 anos, mas pôde sentir minha dor. Eu precisava ser forte, por ele e para não me despedaçar depois que ele ia dormir. Então, pode-se dizer que tive um bom treino (se é que se pode chamá-lo de "bom") em não entrar em desespero e consegui evitar que as crianças percebessem o quanto me sentia preocupada com Emily.

Depois que coloquei os meninos na cama, tomei outra taça de vinho para acalmar meus nervos. Na manhã seguinte, acordei com dor de cabeça, mas agi como se estivesse tudo normal. Vesti as crianças. O fato de Nicky dormir aqui em casa com frequência ajudou. Ele e Miles são mais ou menos do mesmo tamanho; portanto, pude vesti-lo com as roupas de Miles. Aliás, esse era outro indício, para mim, de que a intenção de Emily era apanhar Nicky aqui ontem; ela sempre enviava uma muda de roupa quando ele dormia na nossa casa.

Nenhuma ligação de Emily ainda. Eu estava quase em pânico. Minhas mãos tremiam tanto, que, quando servi o cereal Cheerios dos meninos, as letrinhas crocantes se espalharam por toda a mesa da cozinha e pelo chão. Acho que nunca senti tanta saudade de Davis — de ter alguém para me ajudar, me aconselhar e me acalmar.

Decidi deixar os dois na escola e depois pensar no que fazer. Não sabia para quem ligar. Sabia que Sean — o marido de Emily, pai de Nicky — estava em algum lugar da Europa, mas não tinha o número do celular dele.

Já ouço todas as mães aí pensando que quebrei minhas próprias regras. NUNCA DEIXE NENHUMA CRIANÇA BRINCAR NA SUA CASA SEM ANOTAR UM NÚMERO DE TELEFONE PARA CONTATO! Os telefones dos dois pais, tanto o de casa quanto o celular. De um parente próximo ou de alguém qualificado para tomar decisões médicas. Nome e telefone do pediatra.

Eu tinha o telefone de Alison, a babá. Ela é uma pessoa responsável. Confio nela, embora vocês bem saibam o quanto me preocupam as crianças criadas por babás. Alison disse que Emily lhe informou que Nicky dormiria na casa de Miles. Boa notícia! Não perguntei por quanto tempo Emily disse que Nicky ficaria aqui. Tive medo de parecer... descontrolada. Vocês sabem o quanto as mães são sensíveis a dúvidas e à sua competência.

Vocês, mães, pensarão que não apenas sou irresponsável como também insana ao admitir que não tenho o número do celular do pai de Nicky. Realmente não há desculpa. A única coisa que peço é que não me julguem.

Depois de deixar os meninos na escola, eu disse à Sra. Kerry, a professora fantástica dos dois, que Nicky havia dormido na minha casa. Tive a impressão supermaluca de que *eu deixaria Emily em maus lençóis* caso dissesse que ela não voltara nem telefonara. Como se... como se *eu a dedurasse*. Dedurasse que ela não é uma boa mãe.

Falei que não estava conseguindo entrar em contato com Emily, mas que tinha certeza de que tudo bem estava bem. Devia ter havido um mal-entendido quanto ao tempo que Nicky passaria comigo. Mas, só por precaução, será que a escola poderia me fornecer o número do celular do pai dele, Sean? A Sra. Kerry disse que Emily mencionara que seu marido estava passando alguns dias em Londres, a trabalho.

Os professores de Miles gostam de mim. Todos leem meu blog. Gostam de como escrevo num tom positivo sobre a escola, da frequência com que os elogio efusivamente pelo excelente trabalho que fazem com nossos filhos.

A Sra. Kerry me deu o número de telefone de Sean, mas percebi (olhando por cima do meu celular) que ela me encarava com uma expressão ligeiramente desconfiada. Falei a mim mesma que isso era paranoia, que ela estava apenas tentando aparentar consideração, não preocupação. Que estava tentando não me julgar.

Eu me senti melhor tendo o número de Sean. E devia ter ligado para ele imediatamente, e não sei por que não fiz isso.

Porém, liguei para a empresa onde Emily trabalhava, na cidade.

A Dennis Nylon Inc. Pronto. Falei. Para mim e para muitas de vocês, mães, Dennis Nylon é o que Dior e Chanel foram para *nossas* mães. Um deus todo-poderoso da moda, inalcançável e caríssimo.

Pedi ao jovem rapaz (todos que trabalham ali, menos Emily, são praticamente crianças) que atendeu ao telefone que transferisse a ligação para a sala de Emily Nelson. Sua assistente, Valerie, perguntou pela milésima vez quem eu era exatamente. Certo. Já entendi. Valerie não me conhece. Mas será que ela conhece tantas Stephanies assim? Será que Emily conhece?

Informei que era a mãe do melhor amigo de Nicky. Valerie falou que lamentava muito, mas Emily tinha dado uma saidinha do escritório no momento. Eu disse que não, que quem sentia muito era *eu*. Nicky dormira na minha casa na noite passada e Emily não tinha vindo apanhá-lo. Será que eu poderia falar com alguma outra pessoa, nesse caso? Eu estava pensando que todas as mães deveriam ter uma Valerie: uma assistente! Fazemos tantas coisas; precisamos tanto de ajuda.

Davis tinha dois assistentes, Evan e Anita. Jovens designers talentosos. Às vezes, tenho a impressão de que sou a única pessoa no mundo sem um assistente. Estou brincando, lógico. Temos tanta coisa a mais do que a maioria das pessoas. Mas, mesmo assim...

Percebi que algo não estava certo. Valerie disse que alguém me telefonaria logo mais. Ninguém me ligou.

Já escrevi sobre as divisões bobas e dolorosas que frequentemente ocorrem entre as mães que trabalham fora e as que ficam em casa. Mantive isso em segredo, mas sempre senti um pouquinho de inveja da carreira de Emily. O glamour, a empolgação, as roupas praticamente de graça! Os números de telefone secretos das celebridades, os desfiles... todas as coisas legais que ela faz enquanto estou em casa preparando sanduíches de manteiga de amendoim, limpando suco de maçã do chão e escrevendo no meu blog. Não pensem que não dou valor e que não me sinto grata e feliz por atingir (agora) milhares de mães no mundo inteiro. Também sei que Emily perde muitas coisas, as coisas divertidas e comuns que Miles e eu fazemos todas as tardes.

Ninguém na empresa de Emily, entretanto, parece preocupado. Ela trabalha ali praticamente desde que se formou na faculdade. Dennis devia convocar a imprensa e implorar a alguém que ajude a encontrá-la.

Relaxe, Stephanie. Acalme-se. Não faz tanto tempo assim.

Obrigada, mães. Eu me sinto melhor só de saber que vocês estão aí, lendo o que escrevo.

Com amor,
Stephanie

5

___

BLOG DA STEPHANIE
TUDO CULPA MINHA?

Olá, mães!

Que típica mãe eu sou! A essa altura, quase me convenci de que o mal-
-entendido foi culpa minha. Que Emily deve ter me pedido para ficar
com Nicky algumas noites, não apenas uma. Então por que me lembro da
minha amiga dizendo que Nicky *não iria* dormir aqui e que ela chegaria
no mais tardar às 21h para apanhá-lo?

Muitas de nós já compartilharam neste blog o quanto é difícil as mães
sentirem que não estão fora da realidade — saber que dia é hoje, o que
esperam de nós, o que alguém disse ou deixou de dizer. Nada é mais fácil
do que convencer uma mãe de que algo é culpa dela. Mesmo quando
não é. *Principalmente* quando não é.

Naquela tarde, eu estava tão enlouquecida que meio que esperava ver
Emily à minha espera embaixo do grande carvalho ao lado da entrada da

escola, onde ela sempre fica todas as sextas. Tinha tanta certeza de que ela estaria ali que, por um átimo de segundo, cheguei a imaginar tê-la visto.

Não podia ser ela. Primeiro, porque era quarta-feira. Senti aquela sensação conhecida de desespero, de quando você não consegue ver seu filho em canto algum e de como parece uma eternidade até o encontrar; seu coração parece prestes a explodir. Teve uma época em que o Miles adorava se esconder de mim e eu surtava todas as vezes...

Esperem. Tenho um plano. Continuo mais tarde.

Com amor,
Stephanie

6

BLOG DA STEPHANIE
VISITA À CASA DE EMILY

Olá, mães!

Normalmente eu não iria à casa de Emily sem antes telefonar. Tentei a linha residencial. Ninguém atendeu. Emily havia me dado suas chaves e pedido as minhas. Fiquei bastante impressionada com aquilo, porque parecia uma atitude bastante racional, adulta e materna. Além disso, significava que realmente éramos amigas. Poderíamos usar essas chaves numa emergência ou mesmo se simplesmente chegássemos antes do horário combinado para a brincadeira das crianças e a outra não estivesse em casa. *Esta* era uma emergência. Apesar de eu não querer invadir a privacidade de Emily, precisava ter certeza de que ela não havia caído e se machucado, de que não estava doente e precisando de ajuda.

Não pude levar os meninos comigo. E se eu encontrasse algo desesperador? Minha imaginação corria solta. Imaginei a casa dela toda salpicada de sangue, estilo Charlie Manson. Imaginei-a dentro de uma banheira repleta de sangue.

Decidi parar na casa de Emily a caminho de buscar os meninos na escola.

O simples fato de estacionar na frente da casa dela já me parecia perigoso e assustador. Chovia um pouco; o vento sacudia as árvores, e tive a sensação de que os galhos me diziam: *Não entre aí. Não entre aí*. Brincadeirinha. Sou uma mãe com a cabeça no lugar. Não ouço árvores falando.

Eu me senti muito melhor ao ver o carro da faxineira de Emily, Maricela, estacionado ali. Ela me contou que estava terminando a limpeza, o que foi um consolo. Se Emily estivesse morta ou caída indefesa em algum lugar da casa, ela teria notado.

Maricela é um anjo. Adoraria que trabalhasse para nós, mas eu e Miles não temos como arcar com a despesa.

— A *señora* disse que estaria fora por quatro dias. Disse para eu vir uma vez para fazer a limpeza e outra vez para ver se as plantas precisavam ser regadas — disse ela

Quatro dias! Que alívio!

— Ela lhe deu notícias? — perguntei.

— Não. Por que daria? — perguntou Maricela com doçura. — *Señora*, está tudo bem? Quer alguma coisa para beber? Para comer? A *señora* deixou umas frutas lindas na geladeira.

Deixar frutas lindas era um bom sinal. Emily tinha a intenção de voltar. Pedi um copo d'água, e Maricela foi buscar.

Era estranho sentar no sofá onde passei tantas horas com Emily. Seu sofá grande e confortável de repente parecia cheio de calombos e estranho, como alguma coisa na qual você se afundaria e da qual nunca mais sairia. Como um sofá-planta carnívora. Pensei em vasculhar a casa em busca de pistas.

Por que Emily não me contou que ficaria fora durante quatro dias? E por que não retornou minhas ligações? Eu conhecia minha amiga; algo terrível havia acontecido.

Estar na casa de Emily me fazia sentir ainda mais assustadiça e com medo. A todo momento, imaginava ela entrando e me perguntando o que eu estava fazendo ali. Primeiro eu sentiria alívio, uma alegria tremenda em vê-la, talvez também culpa, muito embora ela tivesse me dado mais do que motivos para ir até lá.

Onde ela está? Eu tinha vontade de perguntar choramingando, como uma criança.

Olhei para a fotografia das gêmeas sobre a prateleira da lareira. Havia tantas coisas maravilhosas na casa de Emily: tapetes persas, vasos chineses, itens icônicos de design, obras-primas da mobília moderna da metade do século. Davis adoraria aquela casa, se tivesse vivido para vê-la. Emily, porém, fez questão de me mostrar aquela foto em preto e branco das duas meninas de vestido de festa e faixas de cabelo, tão estranhamente belas e assustadoras, dando um meio sorriso como se guardassem algum segredo.

— Essa foi a foto mais cara, e eu a adoro mais do que qualquer outra coisa nesta casa. Se eu te contasse como a conseguimos, nosso amigo da casa de leilão seria obrigado a me matar. Qual das gêmeas você acha que é a dominante? — perguntou Emily.

Era quase um *déjà-vu* ou uma lembrança de outra vida. *Minha outra vida* — quando eu morava em Nova York e trabalhava numa revista. Uma revista de decoração dessas que se compra no caixa do supermercado, mas ainda assim uma revista: capa, papel, textos, fotos. Naquela vida, eu conhecia gente que fazia comentários esquisitos e perguntas interessantes e tinha objetos lindos e inesperados em suas casas. Gente que falava de outras coisas que não as aulas extracurriculares dos filhos e se era possível reconhecer se um tomate era realmente orgânico. Gente que se divertia!

— Não sei — respondi a Emily. — Qual *você* acha que é?

— Às vezes acho que é uma, noutras vezes acho que é a outra — disse ela.

— Talvez não seja nenhuma das duas — opinei.

— *Isso* nunca acontece — falou ela. — Sempre existe um lado dominante, mesmo numa amizade.

Seria Emily a amiga dominante? Eu a admirava...

E agora minha amiga sumiu. E lá estavam as gêmeas, ainda me olhando com seus rostinhos ternos e inescrutáveis.

A sala se encontrava impecável. Naturalmente. Maricela estava ali. Sobre a mesinha de centro — Davis saberia dizer qual gênio do design moderno da metade do século a projetara — havia uma brochura. Um romance de Patricia Highsmith. *Those Who Walk Away*. Do meio das páginas, saía um marcador de uma livraria local. Foi então que me ocorreu — não num flash, e sim mais como em uma faísca breve — que Emily talvez tivesse ido embora. Largado seu filho comigo e fugido. As pessoas vão embora. Isso acontece. Os amigos, vizinhos e familiares dizem que *jamais* suspeitaram de nada.

Decidi ler o livro de Highsmith em busca de informações que eu talvez tivesse deixado passar batido sobre Emily. Não podia levar aquele exemplar, pois, quando ela voltasse, ficaria chateada. Compraria uma cópia para mim, caso não tivesse nenhuma na biblioteca. Se eu conseguisse manter a cabeça fria e racional, tudo daria certo. Tudo isso se transformaria apenas em um pesadelo, um erro, um mal-entendido do qual Emily e eu riríamos mais tarde.

Maricela me trouxe a água num copo *vintage* com bolinhas. O copo perfeito. Até mesmo o copo era tão Emily!

— Beba — disse ela. — Vai se sentir melhor.

Bebi a água fria e transparente, mas não me senti melhor.

Agradeci a Maricela e fui embora. Chequei o celular. Nenhuma mensagem de texto ou e-mail. Eu tinha certeza de que Emily não era o tipo que simplesmente "vai embora".

Algo estava muito errado.

Eu devia ter ligado para a polícia. Porém, ainda em estado de negação, culpava a mim mesma por entender mal os fatos, por ouvir minha amiga dizer algo que ela não disse.

Desde então, meu inconsciente entrou em sobremarcha, repassando filmes de terror sobre roubo de carros, sequestros, assassinatos. Um cadáver numa vala. Uma pancada na cabeça que deixou Emily vagando por aí, amnésica. Talvez alguém a tivesse encontrado. Talvez alguém a trouxesse de volta para casa.

É por esse motivo que estou escrevendo tudo isso. Todos já ouvimos falar nos milagres que constituem o ponto alto da internet. São a melhor coisa que existe nas redes sociais e nos blogs! Portanto, peço à comunidade de mães que mantenha os olhos maternos, já naturalmente atentos, bem abertos. Se virem uma mulher parecida com Emily, perguntem se ela está bem. Se virem uma mulher parecida com Emily e ela aparentar estar perdida ou machucada, enviem imediatamente uma mensagem de texto para mim no número que deixo aqui embaixo na tela.

Obrigada, queridas mães!

Com amor,
Stephanie

7

BLOG DA STEPHANIE
(DIA SEGUINTE)
PENSANDO MELHOR E UM TELEFONEMA PARA SEAN

Olá, mães!

Sono espasmódico. Sonhos estranhos. Quando acordei, às 6 da manhã, não sabia o que havia de errado. Então me lembrei de que Emily sumira. E me lembrei de todo o resto da história e fiquei com medo de checar meu telefone. Eu havia divulgado o número do meu celular e pedido às minhas leitoras que reportassem caso vissem alguma mulher parecida com Emily, que (para ser sincera) se parece com um monte de outras mães loiras, magras e com o corpo definido na academia. Sua tatuagem e o anel poderiam ajudar a identificá-la melhor, mas, enfim, muitas mães têm tatuagens. E sabe-se lá se ela está usando o anel ou não. E se tiver sido roubada?

Graças a Deus, a comunidade de mães é muito razoável. Só recebi duas mensagens de texto. Duas pessoas viram Emily em lugares tão distantes (uma no Alasca, a outra no norte da Escócia — é incrível o alcance que este meu pequeno blog obteve!) que não me parecia possível ela ter chegado em algum desses dois locais no curto período (*curto*, é o que não paro de repetir pra mim mesma) em que está desaparecida.

Cheguei a pensar em trocar de número de celular, caso milhares de mães começassem a entrar em contato comigo para tentar me ajudar. Porém... apesar de sempre precisarmos tomar cuidado para não divulgar nossas informações pessoais, este é o único número que a Emily tem e continuo esperando receber um telefonema dela. Tanto Nicky quanto eu precisamos que ela tenha algum meio de entrar em contato conosco.

Na segunda noite, durante o jantar, Nicky passou a ficar inquieto. Qualquer criança ficaria. Tenho certeza de que começava a perceber minha ansiedade. Até então, ele nunca havia dormido aqui duas noites seguidas, exceto no fim de semana em que seus pais viajaram e todos nos divertimos muito e ninguém estava nervoso. Agora Nicky começou a me fazer perguntas, querendo saber quando a mãe viria buscá-lo. Comeu o hambúrguer de legumes e, no mesmo instante, vomitou tudo. Afaguei-lhe a cabeça e disse que sua mãe logo, logo voltaria, e que eu telefonaria para o pai dele.

Eram 19h quando telefonei para Sean na Inglaterra. Estava tão desesperada que — estupidamente — me esqueci do fuso horário. Ele parecia meio grogue.

— Acordei você? Desculpe! — Por que eu estava pedindo desculpas? A mulher dele havia sumido!

— Você não me acordou — respondeu ele com voz pastosa. — Quem é?

Senti uma vontade estranhíssima de rir, porque sempre havia me perguntado se aquele sotaque britânico empolado de Sean continuaria presente caso ele fosse despertado de um sono profundo. Sim, o sotaque continuava lá.

— A amiga de Emily — informei. — Stephanie.

— Stephanie — repetiu ele. Não fazia a menor ideia de quem eu era, embora tivesse me visto várias vezes. — O que aconteceu, Stephanie?

— Não quero ser alarmista — falei —, mas a Emily deixou o Nicky comigo e eu queria saber... onde ela está e quando planeja voltar para casa. Acho que entendi errado. Não sabia que Nicky ficaria aqui por...

Praticamente consegui ouvir a paciência dele se esgotando. Plim!

— Ela está viajando a trabalho — disse ele secamente. — Ficará fora por alguns dias. — Um tom muito definitivo, muito claro.

— Ah — falei. — Que alívio. Desculpe por ter incomodado.

— Não tem problema — disse ele. — Fique à vontade para me ligar de novo se precisar de alguma coisa... Stephanie.

Só depois que desligamos é que percebi que ele não havia perguntado como o Nicky estava. Que tipo de pai era aquele? Que tipo de marido? Será que ele não se sentia nem um pouquinho preocupado com a esposa? Mas por que, afinal de contas, ele deveria se sentir? Os dois estavam viajando para lugares diferentes a trabalho. Era assim a vida deles. Por acaso eu achava que um casal devia se falar todas as noites?

Além do mais, eu o acordara. Muitos homens ficam em um estado de semiconsciência depois de acordarem. Outro luxo a que as mães solteiras não podem se dar.

Emily não voltou naquela noite. Não liguei novamente para Sean, e mais uma vez fingi que estava tudo normal. Uma noite normal com os meninos. Nicky chorava de vez em quando. Deixei que assistissem desenhos animados na minha cama até a hora de dormir. Afastei os pensamentos ruins da minha cabeça, algo que as mães aprendem a fazer. Eu precisava apenas ser paciente. Esperar mais um dia. Não havia mais nada a fazer senão esperar.

Na noite seguinte, quando Sean retornou da Inglaterra, Emily ainda não tinha voltado. Ele me telefonou do aeroporto. Agora também parecia nervoso. Deixou as malas em casa, onde provavelmente esperava (ou temia, sei lá!) encontrar Emily, e, depois, veio direto para a minha casa.

Assim que Nicky ouviu a voz do pai, saiu correndo do quarto de Miles e atirou os braços em volta de Sean. Ele apanhou o filho, beijou-o e o abraçou com força junto ao peito.

De alguma maneira, o fato de Sean estar na minha casa, abraçando seu assustado, mas corajoso filho, fez meus medos líquidos se transformarem em gelo sólido.

Isso é real. Minha amiga desapareceu.

Mães de todas as partes, por favor me ajudem.

Com amor,
Stephanie

8

STEPHANIE

Minha mãe costumava dizer que todo mundo guarda segredos. Não é nada legal dizer isso a uma filha que você deseja que se transforme em um adulto saudável, capaz de ter relacionamentos saudáveis com outras pessoas saudáveis. Mamãe, porém, com certeza devia ter suas razões.

Quatro dias depois do meu pai falecer, quando eu tinha 18 anos, um estranho bateu à nossa porta. Minha mãe espiou pela janela e disse:

— Olha, Stephanie! É o seu pai.

Eu já tinha ouvido falar na expressão "enlouquecido de tristeza", mas mamãe estava perfeitamente sã. Claro, de coração partido por causa do meu pai. Os dois se amavam muito. Pelo menos até onde eu sabia.

Talvez nenhuma de nós de fato acreditasse que papai se fora. Ele viajava muito; portanto, durante algum tempo depois que ele sofreu um ataque do coração no campo de golfe perto da nossa casa, num agradável subúrbio de Cincinnati, tínhamos a impressão de que papai estava apenas viajando a trabalho. Ele trabalhava como executivo numa empresa farmacêutica e ia a conferências e reuniões em todo o país.

Enfim, o que minha mãe de fato quis dizer era:

— Olha, é seu pai quando ele tinha 24 anos. No ano em que nos casamos.

Olhei pela janela.

O rapaz à nossa porta era o noivo da foto de casamento dos meus pais.

Eu nunca o vira antes, mas senti como se o tivesse olhado todos os dias de minha vida. E, na verdade, tinha mesmo. Havia convivido com ele na fotografia emoldurada sobre o piano vertical empoeirado.

A única diferença é que o desconhecido usava calça e jaqueta jeans em vez de um smoking branco, e seu cabelo escuro tinha um corte estiloso em vez de estar penteado para trás, à la Elvis, como meu pai na foto de casamento.

— Peça para ele entrar — disse minha mãe.

Ele era tão bonito que eu não conseguia parar de olhá-lo. Meu pai fora bonito antes do excesso de viagens, do abuso de bebida e da comida de aeroporto ganharem o páreo.

Minha mãe disse ao rapaz:

— Fique parado. Não diga nem uma palavra.

Ela apanhou a foto do casamento de cima do piano e entregou a ele. O moço olhou para a foto e pareceu chocado. Depois, soltou uma gargalhada. Todos rimos.

— Acho que podemos pular a parte do teste de DNA — falou ele.

O rapaz se chamava Chris e morava em Madison, Wisconsin. Meu pai era pai dele. Os dois se viam a cada seis meses; meu pai refazia o roteiro de suas viagens para conseguir passar em Wisconsin e visitar sua outra família: a mãe de Chris e Chris.

Chris vira o obituário do meu pai na versão *online* do nosso jornal local. A notícia aparecera em seu Google Alert, o que me faz pensar que ele queria (pobrezinho!) estar sempre por dentro do que acontecia com meu pai. Com o pai *dele*. Sua mãe morrera de falência cardíaca, um ano antes. Obviamente, Chris não fora mencionado no obituário, mas nós duas fomos. E nosso número — quer dizer, o do meu pai — constava na lista telefônica.

Levei um tempo para absorver o fato de que aquele cara gato era meu meio-irmão. Eu mais ou menos continuava esperando ele dizer que era um primo distante que, por acaso, se parecia com meu pai.

Há mais um detalhe esquisito que devo acrescentar: naquela época, minha aparência era quase igual à da minha mãe quando ela tinha aproximadamente a minha idade. (Ainda sou parecida com ela, embora menos do que antes.) Eu me parecia com ela na foto de casamento, e meu recém-descoberto irmão Chris se parecia com o meu — *o nosso* — pai. E ali estávamos, o feliz casal de noivinhos, saídos diretamente de cima do bolo de casamento, clonados e trazidos de volta à vida vinte anos mais tarde. O que posso dizer? Era demais.

Eu usava jeans e camiseta, mas tinha consciência de que havia assumido a mesma postura da minha mãe em seu vestido de casamento, com os cotovelos bem apertados contra a lateral do corpo e as mãos entrelaçadas na altura do meu peito, como as patinhas de um esquilo. Quando me forcei a abaixar os braços e voltar à postura de uma pessoa normal, percebi que Chris olhou de relance para os meus seios.

Teria minha mãe suspeitado da verdade? Seria por isso que ela falava que todo mundo guarda segredos? Nunca consegui perguntar isso a ela, nem mesmo — muito menos — depois que Chris entrou em nossas vidas.

Ela convidou Chris a sentar-se à mesa da cozinha e lhe serviu um prato de frios que sobrara do funeral do meu pai. Havíamos encomendado comida demais e, muito embora o choque da morte de papai só aumentasse com o choque de conhecer um irmão novo em folha, o fato físico de Chris estar sentado na cadeira de papai comendo calmamente mortadela fazia tudo aquilo parecer normal. Quase certo.

— Chris, sentimos muito por não ter convidado você para o funeral! — disse-lhe minha mãe.

Por que *mamãe* estava pedindo desculpas? Ora, porque ela sempre fazia isso, exatamente como se espera que as mulheres façam. Tudo é sempre nossa culpa! Apesar de eu sentir pena de mamãe, minha vontade era que ela calasse a boca.

— Deus do céu, e por que me convidariam? Nem sabiam da minha existência — falou Chris.

Todos provavelmente pensávamos que aquilo era culpa de papai — mas era um pouco tarde para culpá-*lo*.

— Eu é que devia pedir desculpas — disse ele.

— Pelo quê? — perguntou minha mãe.

— Por aparecer desse jeito — respondeu ele. — E também, acho... por existir.

O sorriso de Chris era lindo. Nós três rimos outra vez. Eu e mamãe não ríamos com tanta frequência desde a morte de papai.

— Coma mais um pouco — ofereceu-lhe mamãe, e tornou a encher o prato dele sem esperar resposta. Adorei ficar olhando o jeito como Chris comia, meio apreciador e voraz.

Teria minha vida inteira sido diferente caso minha mãe não dissesse que estava tarde demais para ele começar a longa viagem de volta para casa? Caso ela não o convidasse a passar a noite conosco?

O que aconteceu era para acontecer. Chris e eu ficamos a noite inteira acordados conversando, não lembro sobre o quê. Nossas vidas, nossas esperanças, nossos medos. Nossas infâncias, nossos sonhos para o futuro. O que eu podia dizer sobre mim? O que eu sabia? Tinha 18 anos. Era uma criança.

De manhã, Chris pegou o número do meu celular. Na tarde seguinte, ele me ligou. Não havia ido para Wisconsin. Estava hospedado num motel, não muito longe da nossa casa.

Eu já tinha um namorado. Fora ao baile de formatura da escola com ele não fazia muito tempo. Havíamos transado algumas vezes. Ele foi o primeiro cara com quem transei, e eu não entendia por que as pessoas viam tanta graça no sexo.

Entretanto, não pensei no meu namorado, mas sim no limite máximo de velocidade que eu poderia atingir até chegar ao motel de Chris sem ser multada.

Chris me dissera em que quarto estava hospedado. Eu tremia ao bater na porta, e não parei de tremer ao entrar no quarto e lhe dar um beijo tímido no rosto, procurando, em seguida, um lugar para me sentar. Havia uma cadeira caindo aos pedaços ao lado de uma mesa. As roupas dele estavam empilhadas organizadamente sobre a cadeira. Nós sabíamos que eu teria que sentar na cama.

Ele se sentou ao meu lado. As costas da sua mão roçaram meu seio.

— Vem cá — disse Chris, embora eu já estivesse ali.

Ainda consigo ouvi-lo dizer isso, e, quando ouço, fico sem fôlego e meus joelhos fraquejam, exatamente como naquele instante. Depois disso, entendi como o sexo deveria ser; entendi por que as pessoas são capazes de fazer qualquer coisa por ele. De morrer por ele. Quando descobri isso, fiquei insaciável. Não havia mais volta. Chris e eu não conseguíamos nos desgrudar. Eu queria, eu *precisava* estar ali: naquele lugar extasiante, de imenso prazer e intimidade ao qual só podíamos ir juntos.

Preciso tomar cuidado com quando e onde eu me permito lembrar como era estar com Chris. Não posso pensar nisso em público, e com certeza nunca quando estou dirigindo. O mesmo desejo líquido começa a percorrer meu corpo. Minhas pálpebras se tornam pesadas, sonolentas de vontade. Fecho os olhos por causa do calor e, no mesmo instante, sinto-me derreter numa poça de pura *ânsia*.

Na noite em que Sean voltou da Inglaterra, coloquei os meninos para dormir no quarto de Miles. Nicky chorou e disse que não queria ir para a cama porque o pai dele havia voltado para casa. E (ninguém precisou dizer) sua mãe ainda não. Então Sean entrou no quarto e ficou ali até ele adormecer.

Perguntei a Sean se ele queria beber alguma coisa.

— Nunca quis tanto um drinque em toda a minha vida — respondeu ele. — Bem forte. Mas acho que não é uma boa ideia estar cheirando a bar quando a polícia aparecer.

Eu me senti aliviada quando Sean telefonou para a polícia. Isso significava que ele levava o assunto a sério. Achei que não cabia a mim ligar e reportar o desaparecimento da minha amiga. Estava esperando Sean.

Não sei por que eles nos mandaram à polícia estadual, que, na nossa região, basicamente cuida do trânsito. É a especialidade *deles*. Além de um ou outro conflito doméstico.

Estranho; os policiais é que estavam com cara de culpados quando entraram em minha casa. O sargento Molloy era ruivo e tinha um bigode ruivo, como um astro da velha guarda do cinema pornô. O batom da agente policial Blanco (será que as policiais podiam mesmo usar *tanta* maquiagem assim?) estava borrado. A ideia de que os dois se agarravam na viatura quando receberam o telefonema de Sean passou pela minha cabeça.

Talvez por isso que parecessem meio confusos. No começo, acharam que eu fosse a mulher de Sean: por que, então, ele reportara o desaparecimento da esposa? Então acharam que minha casa fosse a casa de Sean... Levou algum tempo até entenderem tudo: Sean era o marido, e eu, a amiga. Quando o sargento Molloy perguntou quanto tempo fazia que Emily estava desaparecida, Sean teve que olhar para mim para dar uma resposta, e eu disse seis dias. O sargento Molloy deu de ombros, como se quisesse dizer que a mulher dele — o homem usava aliança — sempre desaparecia por semanas a fio sem avisar ninguém. A agente Blanco olhou de um jeito esquisito para ele, mas o sargento olhava para Sean, como se quisesse saber por que ele precisara *me* perguntar quanto tempo fazia que a própria esposa estava desaparecida. E por que havíamos esperado tanto para reportar seu desaparecimento.

— Desculpem — disse Sean. — Estou com um pouco de *jet lag*.

— O senhor estava viajando? — perguntou o sargento Molloy.

— Estava em Londres — respondeu Sean.

— Visitando a família? — Brilhante dedução, Sherlock. O sotaque era a dica!

— A trabalho — falou Sean.

Os policiais trocaram um longo olhar. Provavelmente haviam aprendido na academia de polícia que o marido é sempre o principal suspeito. Porém, devem ter faltado na aula que explicava o que fazer no caso do marido estar do outro lado do Atlântico quando a esposa desaparece.

— Esperem mais uns dois dias — instruiu o sargento. — Talvez ela só estivesse precisando de um tempo. De umas férias da sua vida.

— Vocês não entendem! — falei. — Emily deixou o filho dela comigo! Ela jamais iria embora e deixaria o filho sem me telefonar ou entrar em contato.

— Mais motivo ainda — disse a agente Blanco. — Tenho três filhos, e, acredite, tem dias em que sonho em como seria bom ter uma folga, passar um tempo num spa luxuoso, só cuidando de *mim*.

Minha mente vagou por alguns instantes, pensando sobre meu blog e em como eu ouvia as mães me falarem coisas assim o tempo todo. Emily, porém, não era desse tipo. Como eu poderia fazer aqueles dois entenderem que havia algo de muito errado nessa história?

Naquele meio-tempo, os policiais perguntavam a Sean se ele tentara entrar em contato com algum dos amigos ou familiares da esposa.

— *Sou* amiga dela — falei. — Sua melhor amiga. Ela contaria alguma coisa para *mim* se...

O sargento Molloy me interrompeu.

— Familiares? Parentes próximos?

— A mãe dela em Detroit — respondeu Sean. — Mas tenho certeza de que Emily não iria para lá. Ela e a mãe não se falam há muitos anos.

Fiquei chocada. Emily me levara a acreditar que ela e a mãe tinham um relacionamento caloroso, embora não particularmente próximo. Emily fora muito compreensiva quando lhe contei sobre meus pais.

— Alguma ideia do motivo? — quis saber a agente Blanco. Que relevância isso tinha com o desaparecimento de Emily? Eles provavelmente imaginavam que os distintivos e os uniformes lhes davam licença para fazer qualquer pergunta enxerida que quisessem.

— Minha mulher não gostava de tocar nesse assunto — explicou Sean. — As duas tinham problemas antigos que nunca foram resolvidos. E, seja como for, sua pobre mãe agora sofre de demência. Segundo minha mulher, nem sempre ela sabe quem é ou onde está. A mãe de Emily entra e sai da realidade. Acha que o marido, que morreu há uma década, continua vivo. Se não fosse por sua cuidadora...

— Mesmo assim — cortou a agente Blanco. — Pessoas em apuros sempre retornam ao seu lar da infância, ao seu primeiro lugar de segurança.

— Posso garantir a vocês que minha mulher não está lá. Aquela casa definitivamente não foi um lugar onde ela se sentiu segura. E por que diabos ela estaria em apuros?

Seria possível Sean estar mentindo? Emily jamais mencionou o fato de a mãe ter problemas de saúde. A única queixa que fizera é que sua mãe odiava a marca de nascença embaixo do olho dela e insistira muito para que a removesse. Emily resistira — basicamente para desafiar a mãe —, mas o conflito a deixara com um complexo antigo em relação àquela manchinha escura.

E eu que sempre acreditei que contássemos tudo uma para a outra!

Os policiais mal podiam esperar para dar o fora dali e escrever o boletim de ocorrência. Ou quem sabe estivessem apenas ansiosos para continuar se agarrando na viatura. Disseram que avisássemos caso surgisse alguma notícia de Emily e falaram que os inspetores entrariam em contato conosco dali a um ou dois dias, caso ela continuasse desaparecida. Um ou dois dias? *Sério?*

A campainha tocou novamente. Era o sargento Molloy.

— Mais uma coisa — disse ele, como Peter Falk nos filmes antigos do detetive Columbo. Por pouco não dei risada. — Espero que o senhor não esteja planejando fazer nenhuma outra viagem para a Inglaterra num futuro próximo — falou ele a Sean.

— Eu vou ficar bem aqui onde estou — assegurou Sean, friamente. — Quero dizer, na minha casa. Cuidando do meu filho.

Depois que ouvi o som da viatura policial se afastando, falei:

— Acho que agora podemos tomar aquele drinque.

— Com certeza — concordou Sean.

Servi um conhaque duplo para cada um e nos sentamos à mesa da cozinha, bebendo nossos drinques sem dizer nada. Era quase agradável beber, ficar em silêncio, ter um homem em casa após tanto tempo. Então, porém, lembrei o motivo de Sean estar ali. E fiquei apavorada novamente.

— Talvez fosse melhor *ligar* para a mãe dela — sugeri.

Pelo menos faríamos *algo*. E eu queria estar presente quando Sean telefonasse. Ou Emily omitira alguma informação importante sobre sua vida, ou mentira para Sean. Ou então Sean havia mentido para a polícia. Nada daquilo fazia o menor sentido. Por que ele mentiria sobre algo desse gênero? Ou *ela*?

— Claro — concordou ele. — Vale a tentativa. Posso falar com a cuidadora da mãe dela, pelo menos.

Sean discou o número. Tive vontade de pedir a ele que colocasse a chamada no viva voz, mas seria bizarro demais.

— Oi, Bernice — disse ele. — Odeio incomodar, mas você por acaso teve notícias de Emily? Ah, claro. Foi o que pensei, mesmo. Não, está tudo bem. Acho que ela está viajando a trabalho. Acabei de voltar para casa. Nicky está bem, ele ficou na casa de um amiguinho. Eu não queria alarmar você... — Silêncio. Então Sean disse: — Claro, posso conversar com ela, se ela quiser. Fico feliz em saber que ela está em um dos seus dias bons.

— Outro silêncio, e então: — Boa-noite, Sra. Nelson. Espero que esteja tudo bem com a senhora. Estava pensando: por acaso teve alguma notícia da sua filha?

— Silêncio.

— Emily. Bem, não; foi mesmo o que pensei. Mande lembranças para ela, se por acaso a senhora a encontrar. E se cuide. Tchau.

Havia lágrimas nos olhos de Sean quando ele desligou o telefone. Eu me senti péssima por ser tão desconfiada e pensar o pior. Não importavam os sentimentos contraditórios que eu nutria por Sean: ele continuava sendo o marido de Emily. O pai de Nicky. Sean a amava. E estávamos naquilo juntos.

— Ah, pobre velha — disse Sean. — Ela me perguntou: "Filha? Qual filha?"

Ao ouvir isso, quase fiquei feliz por minha mãe ter morrido súbita e misericordiosamente sem que eu precisasse vê-la desaparecer em etapas.

— E o chalé da família dela à beira do lago? — perguntei. — No norte de Michigan. Para onde vocês foram no seu aniversário. Não acha que ela pode ter ido para lá?

Sean me lançou um olhar rápido e inquisidor, como se estivesse se perguntando como raios eu sabia sobre o chalé, como se não *quisesse* que eu soubesse sobre ele. Será que Sean não se lembrava de que fui eu quem tomou conta de Nicky quando ele e Emily foram passar um fim de semana romântico de aniversário por lá?

— Sem chance — respondeu ele. — Ela adorava ir para o chalé, mas não sozinha. Sozinha, nunca. Emily tinha medo, achava que o lugar era assombrado.

— Assombrado como? — perguntei.

— Não sei — falou ele. — Nunca perguntei. Certa vez, ela me disse que aquele chalé era cheio de fantasmas.

Fiquei imaginando quão próximo poderia ter sido o casamento de Sean e Emily, se ela lhe contara que o chalé da família era assombrado e ele nunca quis saber de onde ela havia tirado essa ideia.

— Ela me disse que os pais dela eram muito frios, controladores e repressivos, e que as dificuldades que ela enfrentou em seus 20 e poucos anos foram por causa do que ela tinha sido obrigada a suportar em um lar sem amor. Sempre achei que essa era uma das coisas que tínhamos em comum. A infância de ambos foi muito problemática.

O desaparecimento de Emily e, creio eu, o conhaque permitiram a Sean — em geral tão britânico e reservado — se expressar com mais liberdade do que eu jamais o vira fazer. Na verdade, como antes nunca havíamos trocado mais do que poucas palavras, talvez o que eu queira dizer seja com mais liberdade do que eu conseguiria *imaginar*. Tive vontade de lhe dizer que minha infância também foi problemática, só que de um jeito diferente. Quando eu era pequena, minha infância me parecia ajustada; somente bem mais tarde me dei conta do quanto havia sido ruim.

Entretanto, não disse nada. Não apenas porque Sean não precisava saber de certas coisas a meu respeito, mas também porque eu não queria que ele pensasse que eu tentava competir com ele e com Emily para decidir quem teve a infância mais problemática de todas.

Certa tarde, não muito tempo depois, Sean me telefonou perguntando se eu poderia buscar Nicky na escola. Os inspetores de polícia haviam solicitado que comparecesse à delegacia de Canton. Ele iria direto para lá depois do trabalho, mas não sabia que horas chegaria em casa.

Eram 18 horas quando ele chegou na minha casa. Fora interrogado por dois inspetores, novamente um homem e uma mulher, os detetives Meany (minha nossa, seria esse o nome dela de verdade?) e Fortas. Ele falou que ambos pareceram apenas um pouco mais competentes do que os policiais que tinham ido à minha casa na outra noite.

Ao menos esses haviam se dado ao trabalho de entrar em contato com a polícia em Detroit, que visitara a casa da mãe de Emily e recebera a mesma resposta que Sean. Não, a Sra. Nelson não tinha visto a filha. Não, a Sra. Nelson não fazia a menor ideia de onde ela estava. Na verdade, a polícia conversou basicamente apenas com a cuidadora. A Sra. Nelson estava em mais um de seus "dias ruins" e mal era capaz de se lembrar do nome da filha.

Segundo Sean, durante a conversa com os inspetores, parecia que eles estavam seguindo as instruções de um livro didático: "Entrevista com o Marido da Esposa Desaparecida — Lições Básicas". Mesmo assim, fora exaustivo. Os dois lhe faziam as mesmas perguntas sem parar. Por acaso ele sabia para onde Emily poderia ter ido? O casamento dos dois era feliz? Eles costumavam discutir? Algum motivo que tenha chateado Emily? Alguma possibilidade dela ter um caso extraconjugal? Algum histórico de alcoolismo ou abuso de drogas?

— Eu disse que ela experimentou drogas brevemente. Como todo mundo, aos 20 e poucos anos. Sorri, como um idiota, mas só eu achei graça da piadinha. Os dois não sorriram. Não aprontaram quando tinham 20 e poucos anos. O negócio durou horas. Uma sala de interrogatório deprimente... Eles saíam, depois voltavam de novo. Igual àqueles procedimentos de interrogatório que passam na BBC que eu adorava assistir, mas Emily odiava. Porém, apesar de tudo... não tive a impressão, nem por um instante, de que desconfiavam de mim. Para ser bem sincero, Stephanie, tive a impressão de que não acreditam que Emily esteja morta. Não sei por que ousaram supor saber alguma coisa a nosso respeito, a respeito do meu casamento, mas tive a impressão de que pensam que Emily tenha apenas ido embora. Fugido. Não paravam de repetir: "Na ausência de um corpo, na ausência de qualquer sinal de dano físico..." E eu só tinha vontade de gritar para eles: "E o desaparecimento de Emily?!"

"Sim, e o desaparecimento dela?" Eu estava acompanhando cada palavra de Sean, ao mesmo tempo em que pensava que aquele comentário a respeito de Emily não gostar de assistir a interrogatórios fora a primeira queixa que eu o ouvia fazer. Emily, porém, tinha um monte de queixas em relação a ele. Que ele não a escutava. Que a fazia se sentir burra. Todas as mulheres casadas de nossa cidade poderiam fazer a mesma reclamação dos seus maridos. Eu mesma poderia ter me queixado disso em relação a Davis.

Alguns dias depois, a inspetora Meany me telefonou. Fiquei feliz por Sean ter me alertado sobre o seu nome; graças a isso, não dei nenhuma risadinha nem disse nenhuma gracinha quando ela se apresentou. A inspetora informou que eu poderia ir até a delegacia quando me fosse mais conveniente. Disse que eles se programariam de acordo com os compromissos da minha agenda. Isso foi simpático.

Mas seria coisa da minha imaginação o tom ligeiramente irônico e desdenhoso na voz dela ao falar "compromissos" da minha *agenda*?

Fui até a delegacia de Canton depois de deixar Miles na escola. Confesso que estava nervosa. Parecia que todos me olhavam como se *eu tivesse* feito algo de errado.

A inspetora Meany e o bem mais jovem inspetor Fortas me fizeram algumas das mesmas perguntas que haviam feito a Sean. Basicamente queriam saber se Emily fora infeliz. Enquanto eu falava, o detetive Fortas não parava de checar o celular, e duas vezes enviou uma mensagem de texto que, eu sabia, não tinha qualquer relação comigo.

— Ela adorava sua vida. Jamais faria uma coisa dessas. Uma mãe e esposa dedicada desapareceu, e a polícia não está fazendo nada! — falei. Por que eu era a única que defendia minha amiga? Por que o marido dela não falou o que eu estava dizendo? Talvez porque Sean fosse britânico e era educado demais para isso. Ou talvez simplesmente não achasse que aquele era seu país. Então, cabia a mim.

— Certo. — Pelo tom do inspetor Fortas, era como se ele estivesse me fazendo um grande favor. — Vamos ver o que conseguimos descobrir.

Naquele fim de semana, os detetives foram até a casa de Sean e Emily e perguntaram se poderiam inspecionar o local. Felizmente, Nicky estava comigo — brincando com Miles — e por isso Sean os deixou entrar. Ele contou que a inspeção foi hesitante, apressada. Que quase teve a impressão de que os dois eram agentes imobiliários ou gente pensando em comprar a casa.

Os detetives pediram para ver as fotos de Emily. Sean reuniu algumas e lhes entregou. Por sorte, ele me ligou antes, e sugeri que não desse nenhuma foto em que Nicky também aparecesse. Ele concordou que era uma boa ideia.

Juntos, nós fornecemos aos detetives uma descrição completa de Emily: a tatuagem no pulso, o cabelo, o anel de brilhante e safira. Sean chorou ao lhes contar do anel. Precisei me conter para não falar do perfume dela; não parecia o tipo de coisa que se fala a um detetive que está procurando por uma pessoa desaparecida. Lilases? Lírios? Freiras italianas? Obrigado pela ajuda, minha senhora. Entraremos em contato caso necessitemos de mais informações da sua parte.

Finalmente a empresa de Emily despertou da sua profunda letargia fashionista. O silêncio deles não era uma surpresa. Emily era a voz da Dennis Nylon Inc., e, sem ela, ninguém sabia como se expressar.

Dennis Nylon era o nome *club kid* dos anos 1970 do patrão de Emily. Ele havia ascendido da moda punk urbana à categoria de um dos estilistas mais chiques e caros do mundo. Vestido com o terno preto colado, sua marca registrada, o terno unissex de Dennis Nylon, ele apareceu no noticiário das 18h para dizer que sua empresa estava cooperando com as investigações para ajudar a encontrar Emily Nelson, sua amada funcionária e querida amiga. Ele também usava uma gravata com o logotipo da empresa, o que era brega (a meu ver). Mas, sei lá, talvez ninguém mais tivesse notado.

Na verdade, o que ele disse foi: "Descobrir *o que aconteceu com Emily Nelson*." O fato de parecer ter tanta certeza de que *algo havia acontecido com ela* me causou calafrios. No canto inferior da tela, mostraram um número para as pessoas entrarem em contato, caso tivessem alguma informação. Mais parecia um infomercial com um número para ligar e encomendar uma gravata. Seja como for, o fato dele aparecer na televisão fez o caso chamar mais atenção, pelo menos por algum tempo. Ouvi os detetives comentando que a empresa realizou uma contribuição significativa à polícia para garantir que os inspetores fizessem um esforço extra.

A Dennis Nylon Inc. se ofereceu para produzir folhetos e espalhá-los pela região. A empresa enviou um caminhão de estagiários de moda e, durante um dia inteiro, nossa cidade se viu tomada por um enxame de jovens andróginos magricelas, todos com cortes de cabelo assimétricos e terninhos colados, carregando uma batelada de folhetos, grampeadores profissionais para os postes telefônicos e fita dupla-face para as vitrines das lojas. VOCÊ VIU ESTA MULHER? Eu mesma não sabia se *tinha* visto, porque aquele retrato glamouroso de Emily — toda maquiada, com o cabelo escovado e a pequenina marca de nascença apagada com o Photoshop — se parecia tão pouco com minha amiga que *eu* não tinha certeza se a reconheceria. Ver aquelas fotos em toda parte me chateou e me confortou ao mesmo tempo — eram um lembrete constante e incômodo da nossa perda, além de um pequeno consolo: pelo menos alguém estava fazendo *algo*.

Enfim. Algo ou alguém fez os inspetores Meany e Fortas tirarem a bunda da cadeira por tempo suficiente para eles consultarem os *geeks* que monitoram as imagens das câmeras de segurança. Seguiram o rastro de Emily até o JFK, onde ela deu um beijo de despedida em Sean na frente do terminal. Ela, entretanto, não fez o *check in* no voo com destino a São Francisco para o qual comprara passagem. Nem Sean nem eu tínhamos a menor ideia de que ela planejava ir para a Costa Oeste.

Sean achava que ela estava indo para Manhattan, que pegara uma carona até o JFK com o serviço de motorista dele para fazer companhia ao marido e se despedir. Afinal, imaginou ele, Emily estava indo trabalhar e depois viajaria a trabalho. As pessoas da Dennis Nylon não sabiam de viagem nenhuma.

Câmeras de segurança registraram Emily saindo do terminal e indo a uma locadora de veículos, onde alugou um sedã de quatro portas. Aceitou o primeiro que lhe ofereceram, um Kia branco. Os policiais interrogaram o funcionário da locadora, mas ele não se lembrava de nada, exceto de Emily parecer muito enfática em não querer um aparelho de GPS. Isso, entretanto, não lhe pareceu incomum. Muita gente não quer pagar a mais para ter um sistema de navegação quando já conta com um no próprio celular.

Isso me pareceu razoável. Emily tinha um ótimo senso de direção. Quando queria ir a algum lugar, nem que simplesmente à piscina comunitária, eu dirigia enquanto ela mapeava a rota no seu celular. Emily sabia como descobrir se havia trânsito, embora nunca houvesse trânsito na nossa cidade, a não ser no trajeto até a estação de trem na hora do rush. Rota que nunca faço, mas ela, sim, cinco dias por semana.

Para onde estaria indo naquele carro? Por que não me ligou nem mandou mensagem?

A boa notícia: os gênios dos detetives descobriram que a locadora tinha um cartão de pedágio E-ZPass corporativo e o rastrearam a uma estação de pedágio a mais ou menos 320 quilômetros a oeste de Manhattan, na rodovia Pennsylvannia Turnpike. A má notícia: nesse ponto, perderam a pista dela. Emily parece ter deixado a rodovia expressa e escolhido estradas menores — além disso, jogou fora o celular, sumindo do mapa. Entrando numa zona morta.

Zonas mortas. Só de ouvir essas palavras já sentia calafrios.

A surpresa seguinte foi que Emily havia sacado dois mil dólares em dinheiro no banco. Isso certamente sugeria que ela planejava alguma espécie de viagem.

Não se pode sacar esse tipo de quantia num caixa eletrônico, pelo menos não em nossa cidade. Segundo a polícia, as imagens do circuito de segurança do banco a mostravam na boca do caixa — sozinha. Em vários dias sucessivos. Parecia possível (o que me deixou paranoica) que houvesse um criminoso ou sequestrador de carro à espera lá fora, ameaçando Emily e sua família caso ela pedisse socorro. Nunca entendi por que os policiais não levaram a sério a possibilidade. Será que não assistiam ao noticiário? Mães inocentes eram raptadas em estacionamentos de shoppings centers praticamente todos os dias.

Sean informou à empresa na qual trabalhava que não poderia viajar a negócios até sua esposa ser localizada. Eles entenderam e o destacaram para trabalhar meio período. Ele foi remanejado para um projeto local, a fim de trabalhar na própria cidade, fazendo apenas uma ou outra viagem até Connecticut.

Sean ficou *ao lado* de Nicky, tão carinhoso e presente que era bonito de ver. Levava Nicky para a escola todos os dias de manhã e o buscava todas as tardes. Tinha reuniões frequentes com a Sra. Kerry, em parte para mantê-la atualizada sobre o progresso das investigações, embora ela provavelmente já estivesse a par de tudo (ou pelo menos de boa parte delas).

No início, houve alguma divulgação, graças (acho que principalmente) a Dennis Nylon. Mãe de Connecticut desaparecida! Sean, o marido corajoso e angustiado, falou na televisão para pedir a qualquer pessoa que porventura houvesse visto Emily que entrasse em contato com as autoridades. Ele foi bastante convincente e tenho certeza de que todos acreditaram em suas palavras. Porém, aquele era o noticiário local, e nossa história já havia desaparecido do segmento chamativo relacionado à estrela Dennis Nylon.

Quando os inspetores descobriram que Emily havia alugado um carro e feito um saque considerável em dinheiro, o caso pareceu se tratar ainda mais de uma esposa fugindo de casa. O interesse da mídia aos poucos foi definhando, e os repórteres voltaram a atenção para outras notícias. O álibi do marido era sólido. Não houve qualquer pista nova ou evidência, mas Emily continuava desaparecida.

Se Nicky não teve um colapso, foi por nossa causa. Sean e eu nos esforçamos em conjunto. Indiquei a Sean o terapeuta que tratou de Miles depois da morte do pai e do tio, na época em que Miles ficava constantemente se escondendo de mim em lugares públicos e depois ria quando eu enlouquecia de preocupação. O terapeuta havia me dito que muitas crianças faziam essa brincadeira, pois elas estão sempre nos testando. Avisou-me que é assim que aprendem. Eu não deveria creditar esse comportamento à morte do pai e do tio de Miles, embora, claro, isso fora extremamente traumatizante.

O médico me aconselhou a pedir calmamente a Miles que parasse de se esconder, pois ele me obedeceria. Disse que meu filho tinha consciência das coisas. Gostei de ouvir isso, da mesma maneira como gosto da sensação que tenho agora: de que Sean e eu estamos fazendo todo o possível para facilitar as coisas ao máximo para Nicky. Não que elas possam *chegar a ser* fáceis, mas enfim.

Miles parou de se esconder, e agora digo a mim mesma que Nicky será forte. Que vamos superar isso juntos.

Mantivemos Nicky longe dos repórteres. Sua foto jamais foi divulgada com as fotos de Emily e Sean. Ele ficou na minha casa naqueles primeiros dias em que seu pai era entrevistado pela mídia e se reunia com os inspetores de polícia.

O carro alugado jamais foi localizado. Sean teve que preencher uma batelada de documentos para conseguir fazer com que considerassem Emily uma pessoa desaparecida, o que rompia o contrato com a locadora de veículos. Acho que ele recebeu ajuda do departamento jurídico de sua empresa.

Sean e eu viramos uma equipe. Nicky é nosso projeto. Temos longas conversas quando ele traz Nicky para brincar com Miles e, também, quando nos encontramos na saída da escola. Dou apoio e incentivo a ele por insistir que a polícia não interrompa as buscas por Emily. E concordamos que é muito cedo para dizer, ou mesmo sugerir, a Nicky a possibilidade da sua mãe estar morta. Nicky perguntará a respeito quando quiser saber, e vamos lhe dizer que ainda existe esperança.

Até não existir mais.

Antes de Emily desaparecer, eu nunca havia convivido com Sean. Talvez, se Davis ainda estivesse vivo, teríamos nos tornado casais amigos e os chamaríamos para jantar em nossa casa. Porém, quando conheci Emily já fazia dois anos da morte de Davis. Sean parecia sempre estar viajando a trabalho; portanto, Emily e eu tínhamos uma amizade de mães, apenas.

Embora hoje seja difícil de acreditar, eu não gostava muito de Sean. Acho que o enxergava como um garoto britânico certinho e esnobe da classe alta que queria ser mestre do universo. Alto, bonitão, confiante... não fazia nem um pouco o meu tipo. Ele trabalha no departamento imobiliário internacional de uma grande firma de investimentos de Wall Street, mas não sei ao certo o que ele faz.

É sempre uma bênção quando você descobre que alguém é uma pessoa muito mais legal do que você acreditava. Gostaria de ter descoberto isso a respeito de Sean sem que fosse preciso Emily desaparecer.

Ela costumava reclamar de Sean. Dizia que ele nunca estava em casa, que deixava todo o cuidado com o filho nas costas dela, que não respeitava sua inteligência, que a criticava, que a fazia se sentir pouco confiável e irresponsável, que não valorizava o esforço dela, que minimizava sua contribuição à família, não apenas como mãe, mas em termos financeiros também. Ele não respeitava o trabalho dela. Achava que a indústria da moda não passava de uma frescura lucrativa. Ela gostava de ler, ele gostava de assistir à televisão. Às vezes (e Emily só dizia isso depois da segunda taça de vinho), ela achava que Sean não era nem de longe tão inteligente quanto acreditava ser. Nem de longe tão inteligente quanto *o* considerou quando se conheceram.

Ela me contou que o sexo era ótimo. Ótimo não, sensacional. Disse que ele fazia tudo o resto não parecer tão importante. O sexo sensacional era outro aspecto que eu tentava não invejar na vida perfeita da minha melhor amiga.

Seja como for, Emily disse que Sean não a traía, nem bebia, nem jogava, nem era violento, nem fazia nenhuma das coisas que maridos realmente terríveis fazem. Para falar a verdade, eu gostava quando ela reclamava do seu casamento. Eu amava Davis de todo o coração, e ainda sinto saudades dele todos os dias, mas nós tínhamos nossas questões. Todo casamento tem, e as pressões e exigências de criar um filho pequeno certamente não ajudam muito.

Davis frequentemente *me* fazia sentir burra, mesmo quando eu tinha certeza, ou quase, de que não era intenção dele. Meu marido sabia tanto sobre arquitetura e design, e tinha tantas *opiniões*... A coisa chegou a tal ponto que, quando eu ia a uma loja, tinha receio de dizer que havia gostado ou não de tal coisa por medo do olhar gélido que ele me dava (inconscientemente, eu sabia) quando não concordava comigo. O que ocorria quase sempre. Isso acabou virando um peso.

Mas, como já escrevi no blog tantas vezes, se você for viúva, nenhuma das mulheres casadas que você conhece menciona o marido numa conversa, nem mesmo para reclamar — a menos que vocês estejam em um grupo de apoio, coisa da qual nunca participei, embora entenda por que tantas mulheres os consideram úteis. Acho que as casadas receiam que eu me sinta pior ainda por não ter um marido de quem reclamar. Como se, para sentir saudades de Davis, eu precisasse ouvir alguém soltando os cachorros por causa dos roncos do marido.

Eu não havia gostado da minha conversa com Sean ao telefone quando liguei para ele na Inglaterra, no dia em que Emily não veio buscar Nicky na minha casa. Ele me parecera não apenas sonolento, mas irritado. *Bem, sinto muito se sua esposa desapareceu. Sinto muito por ter acordado você.* Ele não parecia fazer a menor ideia de quem eu era, embora tenha fingido daquele seu jeito britânico educado que sim. *Ah, Stephanie, sim, claro.*

Senti que Sean não se lembrava de ter me conhecido, o que não era muito lisonjeiro. Já escrevi no blog sobre como muita gente (a maioria homens, mas *nem sempre*) não consegue diferenciar uma mãe da outra, talvez porque a única coisa que vejam é o carrinho de bebê. Quando Sean me disse que Emily planejara viajar a trabalho durante alguns dias, deu a entender que a louca era eu.

Ele só pareceu levar a sério o desaparecimento de Emily quando voltou da Inglaterra e viu que ela não estava em casa. Foi quando ele veio direto até mim. Já escrevi muitas vezes no blog que, quando vi Nicky e Sean na minha casa, a ausência de Emily se tornou finalmente real.

Porém, *com toda certeza não* escrevi que ele era bem mais alto, atraente e bonito do que eu me recordava. Para ser sincera, eu me senti desleal por não notar antes.

Sean disse que achava que Emily estava em Minnesota, mas agora não tinha certeza se ela havia ido, na verdade, para Milwaukee.

— Desculpe, sou inglês — falou Sean, querendo dizer que não se podia esperar que ele fosse capaz de distinguir entre duas localidades do Meio Oeste que começavam com a letra M. Tive a impressão de que lançava aquele "desculpe, sou inglês" sempre que não prestava atenção. Sua esposa estava em algum lugar do Meio Oeste que começava com a letra M, mas ele não sabia qual, ou seja, tudo isso para dizer que eu estava predisposta a não gostar dele. Porém, desde que Emily desapareceu, comecei a simpatizar e respeitar Sean. É bom conversar sobre Nicky. Agrada-me saber que Sean confia em mim o bastante para perguntar como acho que seu filho está se saindo e o que deveríamos ou não contar a ele. É um elogio, porque isso deve querer dizer que Sean admira a forma como crio Miles.

Existe algo de sexy em estar em perfeita harmonia e entendimento com um pai solteiro extremamente bonito. Entretanto, o fato dele não ser qualquer pai e sim o marido da minha melhor amiga desaparecida torna a coisa bem menos sexy.

Se eu quiser viver em paz comigo mesma, se quiser continuar acreditando que sou um ser humano decente e não um monstro, preciso fazer o possível para ignorar, resistir e até mesmo não reconhecer a faísca que *existe* entre nós. O que, à sua maneira, também é algo sexy. Portanto, existe um dilema, uma dessas coisas sobre as quais não se escreve num blog — se você estiver em seu estado de perfeito juízo.

Acho que é por isso que não paro de pensar no dia em que Chris apareceu na casa da minha mãe. Creio que estar com Sean me faz recordar o dia em que o meu meio-irmão entrou na minha vida. É a mesma atração elétrica a alguém inadequado. A alguém *bastante* inadequado, aliás. Esse comichão de pura empolgação.

Eu me senti atraída pelo cara da foto de casamento, e agora me sentia atraída pelo marido da minha amiga. Conscientemente, eu não teria escolhido esses homens, mas aí está. Será que isso me torna uma pervertida e criminosa? Ou pura e simplesmente uma má pessoa?

9

BLOG DA STEPHANIE
UMA NOTÍCIA ATRÁS DA OUTRA

Olá, mães!

Em primeiro lugar, gostaria de agradecer a todas vocês por suas palavras de apoio, amor e compreensão. É em épocas de crise que podemos nos dar suporte e fazer com que nossas vozes sejam ouvidas. As mães que andaram lendo este blog e clicando nos comentários sem postar nada agora começam a me escrever dizendo que estão rezando por mim, Sean, Nicky e Miles. Neste momento de tristeza, pareceria grosseiro e vulgar dizer a vocês quantos acessos o site recebeu nas últimas semanas.

Entretanto, eu me sinto como aquela amiga ruim que some quando você mais precisa dela ou quando você está preocupada com ela e quer saber o que está acontecendo. Não faço nenhum post há algum tempo, embora saiba o quanto vocês andam preocupadas. Entretanto, minha vida está um caos, enquanto tento ajudar nos trabalhos de busca por minha amiga ao lado do marido dela, a fim de assegurar que o filhinho dos dois se sinta o mais protegido possível dentro das circunstâncias.

Sei, por suas mensagens, que muitas de vocês acompanharam a história de Emily quando ainda estava no noticiário. Sean e eu estabelecemos um limite para tentar atrair a atenção desses "repórteres investigativos" bizarros da televisão. Seria traumático demais para Nicky caso ele viesse a descobrir algo no YouTube. Apesar disso, sabemos de casos em que esses programas já localizaram pessoas desaparecidas.

Algumas de vocês talvez pensem que estou escrevendo isto agora por causa do que podem ter lido recentemente nos tabloides ou assistido na televisão. Quero dizer, agora um novo elemento (dinheiro!) fez as autoridades se interessarem mais pelo nosso caso do que na época em que não passava da história de uma bela esposa e mãe que saiu para trabalhar um dia e nunca mais voltou.

Como algumas de vocês provavelmente ouviram dizer, um mês antes de Emily desaparecer, uma apólice de seguro de vida no valor de dois milhões de dólares foi retirada no nome dela e paga a Sean.

Mães, percebem o que está acontecendo aqui? A vida real está começando a parecer uma dessas manchetes dos programas de tevê, um roteiro batido a que vocês provavelmente não aguentam mais assistir. Marido recebe um valor astronômico de seguro. Mulher desaparece.

Antes de descobrirem sobre a apólice, a polícia interrogou Sean. Brevemente. Procedimento padrão. O marido é sempre o principal suspeito, como todo mundo que tem televisão sabe muito bem. No entanto, seu álibi era sólido.

Quando tudo aconteceu, Sean estava na Inglaterra, onde praticamente todo momento do seu dia é monitorado e gravado em câmeras de segurança. Seu hotel esnobe relutou em cooperar, mas, quando alguém da embaixada de lá insistiu, entregaram as imagens que mostravam Sean entrando e saindo do quarto. Na noite em que Emily desapareceu, as câmeras registraram Sean tomando um drinque no bar do hotel com os dois agentes imobiliários que ele fora encontrar no Reino Unido. E depois indo direto para a cama. Sozinho.

O fato do seguro de vida de Emily ter demorado tanto para vir à tona demonstra o nível de eficiência desse caso, coisa que vocês, mães, estão cansadas de saber caso já tenham tentado preencher algum formulário de seguro-saúde ou matricular seu filho na pré-escola.

A verdade é que o prêmio da apólice do seguro foi completamente apagado da mente de Sean devido ao estresse — o que, na minha opinião, *prova* sua inocência. Que espécie de assassino de sangue frio contrata uma apólice e depois se esquece disso? *Fala sério*. A polícia, entretanto, acredita no contrário. Creem que isso indica que Sean é culpado, que está fingindo que esqueceu porque a verdade é feia. O que pensam que aconteceu, então? Que Sean fez a apólice e contratou alguém para matar a esposa? Que ele e eu estamos envolvidos nessa juntos?

Nada disso aconteceu.

Talvez vocês, mães, me perdoem por não postar há tanto tempo, agora que sabem quanta coisa aconteceu na minha vida, a começar com esse desenrolar tão infeliz e maluco dos fatos. A polícia já deteve Sean duas vezes sem acusação. Existe justiça neste país? Por acaso não há leis contra isso? Mesmo quando você conhece seus direitos, tem dinheiro e um advogado excelente, isso sem falar no apoio de uma firma de Wall Street — como é o caso de Sean —, mesmo assim, nada disso é o bastante para colocar um pouco do bom e velho bom senso na cabeça desses detetives do interior.

Sempre que Sean é levado para a delegacia, Nicky — que até agora tem sido um soldadinho muito corajoso — beira o inconsolável, e sou obrigada a ir até a casa deles, seja a que hora do dia ou da noite, trazê-lo para minha casa, niná-lo em meu colo e colocá-lo para dormir na bicama de Miles. Às vezes fico parada na frente da porta do quarto do meu filho observando-os dormir e escutando o ressonar doce de nariz entupido. Então penso em como nossos filhos são angelicais, no quanto confiam na gente e em como não existe modo de protegê-los (por mais que tentemos) dos horrores que a vida pode reservar.

Enfim. Esse parece um bom momento para voltar a escrever no blog e contar às mães da comunidade que um homem inocente está sendo perseguido e importunado. É difícil explicar como sei que ele é inocente, mas simplesmente sei. Sei com cada célula do meu corpo. Durante o período ansioso desde o desaparecimento de Emily, Sean e eu nos unimos para dar apoio moral um ao outro, para não desistir das buscas e, mais importante, para dar ânimo a um menininho corajoso.

Vocês, mães, entenderão que nada disso está sendo fácil para Miles. Saber que a mãe do seu melhor amigo pode desaparecer do mapa o deixou (naturalmente!) inseguro e apegado a mim. Ele hesita em passar a noite na casa de Nicky, por exemplo, mas, depois que passa a ansiedade de se separar de mim, ele adora.

Várias vezes tive que sair da casa de Emily (ainda é assim que penso na casa) ouvindo os soluços do meu filho. Porém, sei que Miles vai ficar bem, que vai se divertir. E faço isso por causa da proximidade e da confiança que comecei a sentir no pai de Nicky ao longo dessas semanas difíceis. Acham que eu deixaria meu filho com alguém que acreditasse ser suspeito de um assassinato?

Enfim, não houve assassinato algum. A ausência de um corpo ou de algum sinal de abuso físico destrói a suposição inexistente da polícia. Primeiro Emily foi avistada na Pensilvânia, depois não mais. Não existe indicação alguma de que ela não tenha acordado um belo dia e decidido que havia cansado de ser mãe, cansado do ramo da moda, de Connecticut, de Sean, do pacote completo. Inclusive de Nicky. É possível que ela tenha partido para começar uma nova vida com outro nome. Os policiais disseram que isso acontece o tempo todo.

Essa não era a amiga que eu imaginava conhecer! Porém, se Sean se transformou no contrário do que eu o julgava, por que o mesmo não poderia acontecer com Emily? É enlouquecedor descobrir que você pode ter se enganado tanto a respeito de uma pessoa; é difícil saber o que sentir. Raiva dela? De mim? Será que eu deveria me sentir traída? Enganada? Sinceramente, sinto apenas uma grande tristeza.

Para terminar este post com um tom menos melancólico, vou acrescentar o link do post em que falo da amizade com Emily. Eu o escrevi quando ainda a chamava de E., mas agora vocês já sabem de quem eu estava falando, apesar de começar a acreditar que talvez nunca tenha descoberto quem Emily era nem o que eu significava para ela. Nem se, no final das contas, ela, de fato, foi minha melhor amiga.

Ler esse post vai me fazer chorar.

Mas vou colocar o link mesmo assim.

Com amor,
Stephanie

10

BLOG DA STEPHANIE
(LINK DO POST ANTERIOR)
AMIGAS PARA SEMPRE

O que impede nós, mães, de fazermos amizades verdadeiras? Será que nos ressentimos das outras mães porque sempre terminamos conversando sobre nossos filhos, como se não tivéssemos mais as próprias necessidades, esperanças e desejos? Será que as outras mães nos fazem sentir culpa por pensarmos em outras coisas que não em nossos filhos? Ou seremos nós competitivas demais em relação a outras mães? Como podemos fazer amizade com alguém que nos conta que o filho de nove meses já está andando quando o nosso, de dez, nem começou a engatinhar?

Não vou mentir sobre o quanto foi solitário ficar em casa para cuidar do meu filho. Até Miles nascer, morávamos na cidade. Eu trabalhava numa revista feminina escrevendo resenhas sobre novas tendências do design de móveis e da decoração, dicas para o lar, truques para armazenar itens e remover manchas, esse tipo de coisa. Agora que *tenho* um lar, não consigo me lembrar de nem uma única dica dessas.

Meu marido insistiu que a cidade não era lugar para criar um filho. Foi preciso muito esforço para me convencer, mas, no fim, entendi o argumento dele. Achei que morar no subúrbio — no interior, na verdade — seria divertido, e até agora foi mesmo. Assim que meu marido viu nossa casa, apaixonou-se, embora de início eu não tenha visto potencial algum nela. Porém, mais uma vez, ele me convenceu, e agora eu a amo mais do que consigo expressar em palavras.

Passei por uma espécie de período maluco logo depois da mudança. Esqueci quem eu era. A única coisa com que me importava era ser uma superesposa e supermãe. Eu vivia um pesadelo dos anos 1950. Eu mesma preparava as papinhas de bebê, do zero. Preparava jantares elaborados para o meu marido, mas ele sempre estava cansado demais para comê-los quando voltava do trabalho ou não os comia porque estava ainda satisfeito depois de um almoço sensacional, enquanto eu almoçava os restos do jantar da noite passada. E, embora me esforçasse para ser compreensiva e paciente, nós discutíamos.

Assim que meu filho já estava na idade, eu o matriculei em todo tipo de aula e programa. Ioga para bebês. Dança para bebês. Aulas de natação. Estava fazendo isso para que ele aprendesse e conhecesse outras crianças, mas também porque eu queria conhecer outras mães, fazer amizade, conhecer mulheres bacanas que tinham os mesmos sentimentos contraditórios que eu, os mesmos desafios e recompensas que eu tinha.

Entretanto, nunca consegui criar vínculo com as mães de Connecticut. Todas pareciam pertencer a uma panelinha, transformadas novamente nas garotas maldosas que haviam sido no ensino médio. Quando tentava entabular conversa, elas trocavam olhares e praticamente reviravam os olhos. Só me olhavam pelo tempo necessário para não parecerem mal-educadas e, então, voltavam a conversar entre si.

Por isso comecei este blog: para conhecer outras mulheres que se sentiam isoladas, mães de todas as partes que estivessem às voltas com as exigências da maternidade. Algumas de vocês talvez achem estranho o fato de uma mãe incapaz de fazer amizade no mundo real começar um blog e dar conselhos para amigas virtuais, mas o que me ajudou a superar minha insegurança foi perceber que era impossível ser a única mãe deste mundo que não tinha amigas e se sentia solitária.

Ser viúva torna tudo, inclusive a maternidade, mais difícil. Meu marido se foi. Ele é a primeira coisa em que penso ao acordar de manhã e a última coisa em que penso antes de ir me deitar. Esperem: não, não é a primeira coisa. Logo depois que acordo, sempre há alguns segundos maravilhosos em que me esqueço de tudo e me sinto quase bem, até me dar conta de que o lado dele da cama está vazio.

Por meses depois do acidente, achei que morreria de tristeza. Se não fosse meu filhinho me atirando a boia salva-vidas de seu amor para que eu não afundasse, talvez eu tivesse feito alguma estupidez — como me machucar de algum modo irreversível.

Meu irmão também havia morrido; portanto, eu não podia contar com ele. E essa era uma outra espécie, diferente, de tristeza. Tornei-me especialista nas diversas modalidades de dor.

Minha mãe falecera não muito tempo depois do meu pai. E eu não queria o mesmo fim dela: morrer por causa de um coração partido. Eu não tinha uma pessoa com quem conversar. Meus amigos da cidade haviam seguido em frente com suas vidas, e eu às vezes tinha a impressão de que eles me menosprezavam pelo fato de ter me casado e tido um filho, por ceder e ir morar no subúrbio.

Todo mundo da nossa cidade sabia do acidente que matara meu marido e meu irmão. Eu pesaria 25 quilos a mais se tivesse comido todas as caçarolas e sanduíches que me trouxeram, todos os bolos que deixaram

As escolhas de decoração de E. teriam agradado ao meu finado marido. Cada faca e cada garfo, cada copo, cada jogo americano e guardanapo tinham sido selecionados com cuidado e atenção. Eu me maravilhava com gente assim, com a maneira como essas pessoas sabem escolher exatamente o que comprar e como tornar a própria casa perfeita. Meu marido tomava essas decisões por nós, e eu me sentia feliz por isso. Minha mãe cobriria os sofás com capas de plástico, exatamente como a mãe *dela* fazia, se meu pai e eu não tirássemos sarro.

Enquanto os meninos iam brincar, E. e eu abrimos uma garrafa de vinho e começamos a conversa que perdurou por toda a nossa amizade.

Ela se mudara para lá fazia um ano. Seu marido, um britânico, trabalhava em Wall Street. Ela, o marido e o filho antes moravam no Upper East Side, mas E. não suportava as outras mães, os compromissos do filho com as outras crianças, a competição constante para ver quem tinha mais dinheiro e as roupas mais sofisticadas e quem passava as férias nos resorts mais exclusivos de esqui ou nas ilhas do Caribe. Ela e o marido esperavam que a vida no interior fosse menos estressante e mais saudável para o filho. E tinham razão. Acho.

Quando me perguntou o que meu marido fazia e percebeu a expressão em meu rosto, disse — antes mesmo de eu falar qualquer coisa:

— Oh, sinto muitíssimo! Percebeu que algo trágico devia ter acontecido, mas, como se mudara há muito pouco tempo, não tinha como saber do acidente. Portanto, senti que tinha a chance de começar do zero e escolher quando, onde e o que lhe dizer sobre a catástrofe da minha família.

Foi logo depois do Dia de Ação de Graças que contei a história a ela. E. e eu estávamos olhando as crianças cortando perus de papelão e colando penas de papel quando lhe contei minha trágica história. Ela começou a chorar por minha perda — lágrimas de compreensão e tristeza. Disse que gostaria muito de me convidar para passar o Dia de Ação de Graças com eles, mas que aproveitariam o feriado para visitar a mãe do seu marido na Inglaterra.

— Tudo bem — falei. — Miles e eu estaremos aqui quando vocês voltarem.

E assim foi desde então. Admiro E. por trabalhar duro e ser uma mãe fabulosa e tentar ser uma boa esposa e uma boa amiga — e por fazer tudo isso não apenas com graça, mas também com glamour. E sei que ela admira meu blog. Não tenho uma amiga assim desde os tempos da escola. Somente umas poucas pessoas — as com sorte — têm o dom da amizade, e nós duas o temos. Terminamos as frases uma da outra e rimos das mesmas piadas. Gostamos dos mesmos filmes de Ginger Rogers e Fred Astaire. Leio, ou tento ler, os mesmos policiais que ela adora — quando não são assustadores demais. Tenho mais paciência comigo mesma e com meu filho agora que há alguém com quem posso compartilhar as satisfações e o estresse do dia a dia.

Na superfície, parecemos tão diferentes. O corte de cabelo de E. é estiloso, caro. O meu quem cuida é uma moça adorável daqui que antes trabalhava na cidade. Às vezes, porém, demoro tanto entre um corte e outro que dá a impressão de que fui eu mesma que o cortei. E. só usa roupas de grife, mesmo nos finais de semana, enquanto costumo comprar apenas roupas confortáveis — saias compridas, túnicas — e sempre on-line. Porém, embaixo de tudo isso, em um nível muito mais profundo, E. e eu somos bem parecidas.

Naturalmente ela lê meu blog e elogia bastante minha escrita, e a coragem e a generosidade daquilo que me disponho a compartilhar a respeito da impressionante aventura da maternidade. No blog, conto coisas que nunca contei, nem mesmo ao meu marido. É uma sensação maravilhosa: soltar-se depois de ter guardado tudo dentro de mim por tanto tempo. Saber que existe alguém que me entenderá, sem julgamentos.

Ter uma amiga como E. renovou minha fé nos nossos superpoderes de mãe — na nossa capacidade de nos apoiarmos mutuamente. Podemos ser amigas. Amigas de verdade.

Portanto, gostaria de dedicar este blog à minha melhor amiga, E.

Para você, E.

Com amor,
Stephanie

11

___

STEPHANIE

Quando coloquei o link no meu blog para o post sobre fazer amizade com Emily, tentei não o ler, mas não consegui. E, exatamente como temia, chorei.

Lembrei-me de um pequeno detalhe ao qual não prestara atenção na época. Recordo-me de Emily dizendo que o guarda-chuva que ela me deu — aquele dos patinhos, que agora deixo guardado em um armário dos fundos porque me lembrar daqueles tempos é doloroso demais — era um modelo único. Porém, quando fui à casa dela naquela tarde, notei, no hall de entrada, um porta guarda-chuvas onde havia uma dúzia de guarda-chuvas de patinhos. Parecia quase uma instalação artística. Claro que não lhe perguntei nada; afinal, havíamos acabado de nos conhecer. Depois me esqueci desse fato, mas agora ele me intriga. Será que *já* interpretava mal o que ela dizia, já ouvia errado? Teria sido mentira a história do guarda-chuva? Mas por que ela contaria uma mentira que seria desmascarada assim que eu entrasse na sua casa?

Enfim, essa foi a última coisa que me incomodou. Ao ler o post de novo, eu me senti terrivelmente culpada, pois estava começando — só começando — a ter sentimentos pelo marido de Emily.

Existe um momento em uma relação no qual que você tem certeza de que vai rolar sexo, embora isso ainda não tenha acontecido. Tudo está saturado de desejo, tudo parece aquele ar quente e abafado do mais quente dia de verão. Principalmente quando se trata de alguém com quem, por ótimos motivos, você não deveria transar.

Talvez um dos problemas do meu casamento tenha sido essa falta de expectativa, esse crescimento gradual do desejo. Um dia, contarei a Miles por que ele não deve transar no primeiro encontro, como seus pais fizeram. Mas não vou entrar nos detalhes.

Meu primeiro encontro com Davis não foi nem mesmo propriamente um encontro: deveria ser uma entrevista. Encontramo-nos em um café em Tribeca, perto do estúdio de Davis. A empresa dele se chamava Davis Cook Ward, o nome dele. Sua carreira como designer e arquiteto ia extremamente bem. Ele projetava casas para os endinheirados e, por diversão, móveis de jardim lindos, mas a preços acessíveis, feitos a partir de materiais reciclados. Davis havia desenhado alguns dos móveis que apareceriam na revista para a qual eu trabalhava. Tomamos um café, depois almoçamos. Então fomos até o loft dele — onde permanecemos até a manhã seguinte, quando precisei voltar para meu apartamento no East Village a fim de me trocar e ir para o trabalho.

Meu relacionamento com Davis era cômodo. Divertido. Fácil. Mas nem por um instante tive a sensação de que morreria se eu não pudesse ficar com ele. Talvez porque ele já estivesse comigo. A longa, lenta e deliciosa espera terminara antes mesmo de começar.

Ou, talvez, o problema foi o fato de tudo ser seguro demais para mim. Talvez eu precise da adrenalina do proibido, do tabu, da sensação de estar fazendo algo que sei que é errado.

Certa noite, Sean veio buscar Nicky e ficou para jantar. Enquanto comíamos, começou uma tempestade violenta. Convidei Sean para dormir no quarto de hóspedes em vez de voltar naquela chuva. E ele aceitou.

Conversamos até ficar tão tarde e estarmos os dois tão cansados que nossos olhos começavam a fechar. Trocamos um beijinho carregado de eletricidade, mas casto, no rosto. Ele foi para o quarto dele, e eu, para o meu. Assim que me deitei, perdi totalmente o sono. A ideia de ele estar ali, no escuro e na minha casa, era quase como transar com ele. Eu me masturbei pensando em Sean, e fiquei imaginando se ele não estaria fazendo o mesmo, pensando em mim.

Só de saber que ele se encontrava a poucos cômodos de distância era como fazer telessexo, só que sem telefone. Precisei reunir todo o meu autocontrole para não ir até o quarto dele. Enquanto isso, eu repetia a mim mesma que nada aconteceria, que eu não era o tipo de pessoa que vai para a cama com o marido da melhor amiga desaparecida.

Sei que, mesmo que pudéssemos transar sem que ninguém descobrisse, nos sentiríamos tão culpados que, quando víssemos a polícia novamente, eles perceberiam tudo e poderiam achar que éramos culpados por outras coisas também. Eu sabia que isso era ridículo, mas mesmo assim...

Era isso; o desejo pairava no ar. Tudo estava encharcado de desejo, apesar de saber o que Sean e eu estávamos pensando: é a melhor amiga da sua esposa, é o marido da sua melhor amiga. Emily nos ama e confia em nós. Que tipo de pessoa somos? E o fato de ambos sentirem culpa e desejo, e saberem que o outro sente o mesmo, faz com que tudo se torne ainda mais excitante — e mais confuso.

Agora, Sean e Nicky vêm para o jantar e ficam até mais tarde com frequência. Nicky adormece no quarto de Miles e depois Sean o carrega até o carro e o leva para casa. Sean e eu ficamos acordados até altas horas, tomando conhaque e conversando, e, em meio a toda a tensão sexual, ou talvez *por causa* dela, Sean começou a se abrir. Contou-me sobre sua infância horrorosa e a mãe alcoólatra da alta classe britânica, sobre o pai, um professor universitário, que o abandonou para ficar com uma colega quando Sean tinha 12 anos, e sobre o choque de realidade que teve, o qual, entretanto, não o fez abandonar suas ambições sociais nem suas ilusões acerca de si mesmo.

Falo muito sobre Davis e Miles. Não menciono meu blog. Para mim, é interessante ter desejado que Emily respeitasse e admirasse meu blog, mas não querer que Sean o leia. Tenho orgulho do que escrevo, mas evito o assunto. Talvez não queira que ele pense que não passo de uma supermãe ultradedicada com um laptop. Ele caçoa de mães que projetam uma competência que beira a agressividade e têm sempre os últimos acessórios de bebê, chama-as de Mães Capitãs. Não quero que ache que sou outra Mãe Capitã. Talvez tenha medo de que ele me compare desfavoravelmente com Emily e sua carreira glamourosa na moda.

Conversamos bastante sobre Emily. Ele me contou como os dois se conheceram, coisa que — estranhamente — nunca veio à tona quando ela falava sobre a própria vida. Em geral, as pessoas trocam esse tipo de histórias no início de uma amizade. A empresa de moda dela e a firma de investimentos dele estavam patrocinando um jantar beneficente para uma organização que ajudava a levar água potável para mulheres na África. O jantar aconteceu no Museu de História Natural, que, graças às flores, velas e à iluminação especial, tinha um clima extremamente romântico.

Emily apresentou a pessoa que apresentou a pessoa que apresentou o chefe dela, Dennis Nylon. E, quando Sean a viu no púlpito com um vestido de noite preto simples, mas estonteante, e notou — pelos telões ao redor do salão — as lágrimas nos seus olhos quando ela falou sobre caridade e a vida difícil das mulheres que eles estavam ajudando, decidiu ali mesmo que se casaria com ela.

Para mim, aquilo fez todo o sentido. Eu sabia como as lágrimas de Emily podiam ser comoventes: já a vira chorar por mim e meu marido e meu irmão. O relato de Sean sobre o encontro e a paquera dos dois foi uma dessas belas histórias que eu gostaria que fossem sobre *minha* vida, meu casamento.

Falar sobre Emily nos ajudava. Fazia com que nos sentíssemos mais esperançosos quanto à possibilidade de ela ainda estar viva e ser encontrada. E diminuía a tensão entre nós, como se ela continuasse ali, como se nos lembrasse de que era ela que amamos — e não um ao outro.

Certa noite, Sean me disse que havia algumas coisas a respeito de Emily que provavelmente eu desconhecia. Coisas que ela mantinha em segredo. Segurei a respiração porque — apesar de agora parecer bem claro que estava equivocada — eu ainda acreditava saber tudo a respeito da minha amiga. Ou quase.

Descobri que ela foi abusada pelo avô quando criança. Seus pais nunca admitiram nada, o que em parte foi o motivo do afastamento deles. Além disso tudo — provavelmente como uma consequência —, Emily enfrentou problemas com a bebida aos 20 e poucos anos; também flertou brevemente com analgésicos e Xanax naquela época e ficou um mês internada numa clínica de reabilitação. Porém, desde então, não teve mais recaídas.

Fiquei chocada — não pelo que Sean me contou, mas por não saber de nada daquilo. Seria isso o que ela queria dizer ao chamar a época em que fez a tatuagem de "sem juízo"? Em todas as conversas e confidências que trocamos, por que aqueles eventos traumáticos nunca vieram à tona? Revelei a ela segredos que nunca contei a ninguém. Por que ela não confiara em mim?

Nunca vi qualquer evidência dos problemas descritos por Sean. Ela sempre bebia responsavelmente quando estava comigo. Mesmo depois que os alcoólatras superam seu vício, quase sempre adquirem um comportamento estranho em relação à bebida. Mas não era o caso de Emily. Certa sexta à tarde, na casa dela, eu quase parti para a terceira taça de vinho, e ela gentilmente me lembrou de que eu precisava dirigir e levar Miles de volta para casa.

A cada dia que passava, entretanto, tornava-se mais óbvio que, a menos que Emily tivesse sido ferida ou morta, ela partira por livre vontade. Não era a pessoa que Sean achava que era, nem a pessoa que *eu* achava que era.

Para onde ela se dirigia no carro alugado rumo à Costa Oeste? Quem estaria indo ver? Alguém do seu passado? Alguém que conhecera recentemente? Algum mistério sombrio que Emily precisava decifrar, algo que restara por resolver?

Li o romance da Patricia Highsmith que Emily deixara pela metade ao desaparecer. É sobre um homem que tenta matar o genro, em Roma e Veneza, porque sua filha cometeu suicídio e ele o culpa por isso. Ninguém sabe por que a garota se matou, embora o marido dê motivos que não fazem sentido — algo sobre ela gostar demais de sexo, ou odiar sexo e ser romântica demais para conseguir viver no mundo real. Não fui capaz de descobrir por quê, e, apesar de saber que o marido enlutado é inocente, houve momentos em que não culpei o sogro por sentir aquela raiva mortal e fervorosa. Seria o livro uma mensagem de Emily, um indício de que ela planejava se matar e de que ninguém jamais saberia o motivo?

Nesse caso, bastava esperar o cadáver aparecer. No livro de Highsmith, o sogro com desejo assassino está sempre esperando o corpo do genro aparecer nas margens de um canal, mas a jovem esposa se mata em uma banheira. Existem um cadáver e sangue — nenhuma dúvida quanto ao que aconteceu. No caso de Emily, entretanto, havia apenas mistérios que levavam a mais mistérios, perguntas em cima de perguntas.

Penso em Sean o tempo inteiro. Eu me maquio e coloco minhas roupas mais atraentes (tento ser sutil) quando sei que ele virá com o Nicky. Sempre me ofereço para pegar Nicky na escola, teoricamente para que Sean possa trabalhar até mais tarde, mas na verdade é apenas uma desculpa para vê-lo. Adoro seu charme, sua risada espontânea e fácil. Sempre tive um fraco por homens com belos sorrisos.

Sean começou a ficar ainda mais vezes para jantar. Descobri quais são suas comidas preferidas — basicamente bifes e assados. Afinal de contas, ele é britânico. Aprendi a prepará-las do jeito que Sean gosta. Bem passado. Miles ficou felicíssimo quando parei de tentar convencê--lo a comer refeições vegetarianas.

Estou comendo carne vermelha pela primeira vez desde a morte de Chris e Davis. Fiquei surpresa (e meio desapontada comigo mesma) ao notar o quanto ainda adoro esse gosto intenso, salgado, suculento e sangrento. E comecei a associar esse sabor delicioso a estar com Sean. Sinto quase como se fôssemos vampiros numa dessas séries sensuais de televisão, em que esses zumbis com presas e corpos perfeitos correm de um lado a outro da tela em busca de sexo.

Eu havia parado de comer carne por motivos pessoais e éticos, mas não dá para esperar créditos por meu comportamento em relação aos animais quando estou sendo tão antiética em relação aos seres humanos — querendo ir para a cama com o marido de minha melhor amiga.

Jamais poderia escrever sobre isso no meu blog. As mães nunca me perdoariam. Elas precisam pensar que sou uma mãe preocupada que jamais desejaria que um animal fosse ferido por sua causa, mas que não é tão rígida e prepara hambúrgueres se é só isso o que as crianças querem comer. Algumas talvez desaprovassem se eu parasse de ser vegetariana, mas *jamais* me perdoariam por adormecer tendo fantasias com o marido da minha amiga. Elas saberiam a pessoa terrível que sou e enviariam uma tempestade de posts irados para cima de mim, certamente merecidos. E, quando terminassem de descontar a raiva, parariam de ler o blog.

Na maioria das noites, Sean e eu tomamos vinho com o jantar. Passei a comprar bons vinhos, os melhores que cabem no meu bolso, porque isso torna tudo muito mais elegante e suave. Se eu ainda tivesse dúvidas sobre o que Sean me contou a respeito dos problemas de Emily com a bebida, bastaria olhar o modo como ele me analisa sempre que bebo. Tomo meu vinho e nunca me esqueço de deixar um pouco na segunda taça. Será que, no fundo, desejo que ele saiba que a vida ao meu lado seria muito melhor do que era com Emily?

Em geral, Sean me ajuda a limpar a cozinha depois. A cozinha, vaporosa e quente, e as janelas embaçadas nos escondendo do mundo lá fora criam um espaço privado onde nos sentimos seguros e a sós, apartados e protegidos de tudo e todos. Nunca havia me dado conta do quanto lavar a louça podia ser sexy.

Às vezes, a tensão é quase insuportável. Nas noites em que Sean busca Nicky antes do jantar e vai para casa — diz que está aprendendo a cozinhar, mas desconfio que compre pizza no caminho —, sinto-me feliz por ter um respiro. É um alívio quando somos apenas Miles e eu, jantando em paz.

Meu filho parece gostar dessa nova vida. Gosta de ficar com o pai de Nicky, e, depois de todo esse tempo, acho que é bom para ele o fato de ter um homem (uma figura paterna, ainda que seja o pai do seu amigo) em casa.

Quando Miles era bebê, eu ficava olhando dentro dos seus olhos o tempo inteiro, mas não se pode fazer o mesmo com um menino de 5 anos; por isso me acostumei a ficar olhando para Miles quando ele está dormindo. Reparo no quanto (é o que todo mundo diz) ele se parece comigo. O que ninguém fala, entretanto, é que ele é um milhão de vezes mais bonito do que eu.

E, portanto, minha atração por Sean se tornou mais um segredo que não posso contar a ninguém. Às vezes, quando bate a saudade de Emily, penso que poderia contar a *ela*, mas então percebo que minha amiga seria a última pessoa a quem eu poderia confidenciar que estou apaixonada por Sean.

Isso só me deixa ainda mais solitária e desesperada para vê-lo. E para ver Emily. É um círculo vicioso, como dizem. A verdade, porém, é que quanto mais anseio em ver Sean, mais a minha vontade de ver Emily arrefece.

Certa vez, quando Sean esqueceu seu iPod na bancada da minha cozinha, olhei a playlist dele e comprei os CDs das suas músicas preferidas — basicamente Bach, White Stripes e bandas inglesas da velha guarda como The Clash —, apesar de eu ser muito mais do tipo que ouve Whitney Houston e Ani DiFranco. Quando ele e Nicky estão aqui, coloco para tocar as músicas de que gosta e não as minhas. Depois que os meninos adormecem no quarto de Miles, assistimos a um monte de episódios de séries de televisão, como *Breaking Bad*. Sean já assistiu às cinco temporadas, mas quer que eu assista com ele. Antes de conhecê--lo, eu acharia essa série violenta demais, mas saber que é algo de que ele gosta e que deseja compartilhar comigo me deixa feliz.

Sean falou que, quando ele era jovem e morava no Reino Unido, as ideias que tinha a respeito dos Estados Unidos vinham todas dos filmes do Charles Bronson e de séries de tevê como *That 70's Show*. Agora, às vezes, pergunta-se se não existem adolescentes como ele em outros países, achando que os Estados Unidos ainda são o Oeste sem lei, cheio de professores de química cozinhando metanfetamina em trailers e matando chefões mexicanos do narcotráfico. Olho para ele, enlevada de tanto interesse. E não é fingimento, não. Creio que o que ele diz deve ser a coisa mais fascinante que já ouvi alguém dizer.

Na ocasião em que me contou que já assistira a essa série, tentei não imaginá-lo assistindo com Emily. Tento não imaginá-lo lhe dizendo as mesmas coisas que diz para mim. Tento não pensar se ela achava o que ele diz tão interessante quanto eu acho. Emily era quem gostava de ler, e Sean o cara que assistia à televisão. Tento não me lembrar dela reclamando que ele a fazia sentir-se burra. Tento me concentrar no fato de que ele quer que *eu* assista à série com ele. Agora, começo a achar que ele gosta de mim mais do que apenas como uma amiga, ou como a amiga da sua esposa, ou como a mãe do melhor amiguinho do seu filho.

Às vezes, tento não pensar em Emily, e, às vezes, tento pensar apenas em Emily, como se pensar nela pudesse surtir alguma espécie de mágica: um dia ela simplesmente irá aparecer e tudo voltará a ser como era antes — exceto pelo fato de talvez eu ter me apaixonado pelo seu marido.

Nada disso me faz sentir bem a respeito de mim mesma, mas me deixa estranhamente feliz. Sinto como se andasse em cima de uma nuvenzinha ou nadasse numa piscina particular de calor e luz, embora o inverno esteja chegando e o tempo ande horroroso.

Não sei o que é pior. A deslealdade, acho. Ou talvez o mais vergonhoso de tudo seja ter transformado meu filho em um espiãozinho. Quando

Miles volta da casa de Nicky, pergunto, como quem não quer nada, se o pai do seu amiguinho comentou alguma coisa sobre mim. Alison ainda trabalha lá? Ela e o pai de Nicky são amigos? Sean fala muito ao telefone?

Miles disse que nunca vê Alison. Que não acha que ela ainda seja a babá de Nicky, agora que o pai dele está o tempo inteiro em casa e sua mãe sumiu.

Pobre Miles.

Certa noite, ao colocá-lo na cama, eu disse:

— Meu querido, quer falar sobre a mamãe de Nicky, que sumiu? Quero dizer, o que você acha disso...

— Não, obrigado — respondeu ele. — Isso só me deixa triste. Todo mundo tá triste. Principalmente o Nicky.

Lágrimas encheram meus olhos, e fiquei feliz porque, graças à luzinha noturna, Miles não podia me enxergar o suficiente para perceber.

— Estamos muito, mas *muito* tristes mesmo. Mas a tristeza faz parte da vida. Às vezes não dá para evitar ficar triste — falei.

— Eu sei, mamãe — falou meu lindo e sábio filho. E, sem demora, caiu no sono.

Uma noite, quando Miles e eu estávamos jantando sozinhos, ele comentou:

— Ontem de noite, quando estava na casa de Nicky, o pai dele falou de você.

— O que ele disse? — Tentei manter o tom de voz normal.

— Disse que eu tinha sorte de ter uma mãe tão legal e generosa.

— Só isso? O pai de Nicky não disse mais nada?

— Não, só isso — respondeu Miles.

Não foi exatamente o que ele disse que me deixou feliz — *legal* e *generosa* era um elogio, embora talvez não aquele que eu quisesse ouvir —, mas o fato de Sean *querer* falar sobre mim, o fato de ele falar sobre mim para o meu filho. De ele pensar em mim quando eu não estava lá.

Sinto como se estivesse traindo todo mundo. Principalmente Emily, mas a mim também.

Sean e eu não fizemos nada, ainda! No entanto, já me sinto culpada. Se isso não é um sinal de que tenho consciência, então não sei o que pode ser. Já escrevi no blog sobre o sentimento de culpa, mas agora acaba de me ocorrer que, tal como já aconteceu no passado, talvez existam ocasiões em que *devemos* nos sentir culpados. Eu, pelo menos, deveria.

Outra coisa que me deixa culpada é o fato de nunca ter sentido esse mesmo desejo maluco, apaixonado e desenfreado por meu marido. O sexo com Davis era bom, mas não ótimo. Era apenas o do que precisava. Davis era o do que eu precisava: um cara verdadeiramente bacana. Eu andara curtindo a vida como louca, e um cara bacana tal qual Davis não precisava saber dos problemas do meu passado. Nunca senti a necessidade de contar algo para ele. Estar ao lado de Davis era bom, confortável. Eu costumava pensar: "É como ir para casa. É como a sensação de ir para casa deveria ser." Além disso, estar com Davis respondia a um monte de perguntas não resolvidas para mim, perguntas sobre o meu futuro. Ou pelo menos era o que eu achava, na época.

Engravidei de Miles por acidente. Mas é o que acontece com todo mundo, certo? Acho que foi logo depois de uma festa de casamento muito mais romântica do que a nossa.

Davis e eu nos casamos na prefeitura no horário de almoço do escritório dele. Seus assistentes, Evan e Anita, foram nossas testemunhas, e depois almoçamos no restaurante que fazia os melhores guiozas de Chinatown. Davis conhecia esse tipo de lugar — onde comer o melhor guioza.

Estávamos nos achando o máximo — como éramos descolados por nos casarmos de um jeito tão casual e despreocupado, sem preparativos, como se aquilo nada fosse. Apenas um dia igual a qualquer outro. Porém, não muito tempo depois, Evan e Anita fizeram uma festa de casamento gigantesca e chique ao ar livre, numa propriedade em Dutchess County. Sob um arco de rosas brancas, num gramado verdejante que desembocava no rio Hudson.

Foi tão lindo que me senti enganada. Como se tivéssemos nos enganado dizendo que não dávamos a menor importância para algo que devíamos dar. Perguntei-me se Davis não achou o mesmo. Porém, mesmo que também estivesse arrependido, ele zombaria de mim se eu lhe perguntasse. Não consegui não olhar cheia de inveja para a mesa lotada de presentes de casamento. A única coisa que eu e Davis ganhamos foi um cheque de mil dólares da mãe dele. Por outro lado, se tivéssemos ganhado todos aqueles presentes, Davis insistiria para os trocarmos por outros que fossem mais do seu gosto.

Ficamos bêbados na festa e tivemos a melhor transa de todas. Tenho certeza de que engravidei de Miles naquela noite, mais para provarmos àquele jovem casal de recém-casados que continuávamos um passo na frente deles do que por uma vontade verdadeira de ter um bebê.

Como estava errada em não desejar ter um filho de todo o coração! Apaixonei-me por Miles assim que ele nasceu. Davis também. Era como se nós três estivéssemos loucamente apaixonados uns pelos outros.

Não muito tempo depois, Davis nos levou para morar em Connecticut e passou basicamente a trabalhar de casa, a não ser por algumas reuniões na cidade ou visitas a obras espalhadas pelo país. Ele restaurou nossa casa e projetou a bela parte nova, iluminada pelo sol. A casa estava quase terminada, a não ser pelo sótão na parte antiga, quando Davis e meu irmão Chris morreram no acidente de carro.

Sean não se parece em nada com Davis. É alto e moreno, vigoroso e musculoso, enquanto Davis era um loiro magricela. Às vezes, porém, quando entro na cozinha e Sean está parado diante da janela, por um instante penso que é Davis — e fico feliz em vê-lo. Mas depois, quando percebo que é Sean, fico mais feliz ainda. Goste ou não, é um fato.

Porém, obviamente, existem... dúvidas. Dúvidas em relação a Sean, dúvidas que nunca confesso a nenhum outro ser humano. Dúvidas em relação a quem ele é, o que sabe sobre o desaparecimento de Emily — e se está escondendo algo.

Será que toda mulher apaixonada tem dúvidas? Nunca tive dúvidas em relação a Davis e era apaixonada por ele ou pelo menos é o que dizia a mim mesma. Sei que algumas mulheres se apaixonam por assassinos condenados, mas não sou esse tipo de pessoa. Tenho um filho para proteger, não sou nenhuma idiota. É compreensível eu ter dúvidas se existe uma mínima chance de Sean estar envolvido no desaparecimento de Emily.

Mantenho uma bela fachada no blog, diante da polícia e do mundo, mas me orgulho em não ser tão "apaixonada" a ponto de não observar Sean atentamente e me permitir duvidar se uma coisinha inconsciente que ele faz não parece... certa. Quando conversamos sobre Emily, sempre busco no seu rosto sinais de irritação, ressentimento ou culpa, qualquer coisa que indique encrenca. Porém, mesmo quando me contou sobre os problemas dela — com a bebida, o vício em remédios, o afastamento dos pais — não havia nada, nem em seu rosto, nem em sua voz, além de amor e tristeza por Emily não estar mais aqui.

É simplesmente normal o fato de a minha desconfiança ter se elevado até o nível do alerta vermelho (certo, talvez laranja) quando fiquei sabendo sobre o seguro de vida de dois milhões de dólares que Sean receberia caso Emily morresse. Entretanto, um segundo depois de Sean desligar o telefone após falar com a seguradora, ele respondeu a todas as minhas perguntas. Não senti como se ele tentasse ganhar tempo para inventar uma história plausível. A naturalidade e a simplicidade com que ele explicou a situação me acalmaram. Sua empresa havia oferecido a opção de seguro de vida para os funcionários e seus cônjuges mediante a cobrança mensal extra de alguns dólares, a serem deduzidos do (gordo) cheque de pagamento de Sean. O desconto era pequeno demais para fazer diferença no fim do mês; portanto, ele escolheu a opção em que se lia VALOR MÁXIMO e se esqueceu da história.

Não acredito que ele tenha feito algo errado. Estou sempre procurando alguma peça que não se encaixe, algum detalhe que não faça sentido, mas nunca vejo o menor indício de que ele esteja mentindo ou escondendo alguma coisa. E, por ser alguém que já mentiu e escondeu coisas na vida, gosto de pensar que sou ótima em detectar esse tipo de sinais e sintomas.

Enfim, de qualquer forma, não se trata de sinais. Não é possível dizer como exatamente pressentimos esse tipo de coisa, nem explicar como temos tanta certeza de algo, mas assim é. Sabemos, no fundo do nosso ser. Tenho certeza de que Sean é inocente, mais do que qualquer outra certeza que já tive. *Na vida.*

12

BLOG DA STEPHANIE
CIRCUITO DE ESPERA

Olá, mães!

Se olharem minha vida de fora, talvez vocês a julguem muito parecida com a que eu levava antes de Emily desaparecer. Fora a nossa amizade, claro, um monte de outros elementos continua igual. Eu e Miles, nossa casa, a escola dele, este blog. Talvez vocês tenham percebido sinais de que Nicky e o pai estão mais presentes na nossa vida, mas isso é natural diante do que passamos. Do que *ainda estamos* passando.

Mais uma vez, quero agradecer a vocês todo o amor e apoio. Significa muitíssimo para mim. Tendo em vista suas mensagens, e sabendo o quanto as mães tendem a ser intuitivas, digo-lhes que tanta aparência de normalidade não passa de um curativo tapando uma ferida aberta. Nossas vidas foram rasgadas ao meio e jamais cicatrizarão novamente. Estamos arrasados com o desaparecimento de uma mãe, uma esposa, uma amiga. Ainda sentimos a falta de Emily e temos esperanças de que ela esteja viva.

Assim, pode-se dizer que nos encontramos em circuito de espera, em pleno ar, esperando que alguém decida nosso destino e prometa uma aterrissagem segura, mesmo que turbulenta.

Nicky começa a demonstrar sinais de estresse. Ele se recusa a comer qualquer outra coisa que não guacamole com nachos, um prato que Emily costumava fazer, embora nunca quando eu estivesse lá. Às vezes, acho que sente raiva de mim. Diz que não sou sua mãe, que quer a mãe dele. E, apesar de entender, é desgastante. Coitadinho. Nem consigo imaginar o que ele está passando.

A única coisa que posso fazer é ficar ao lado dele e do seu pai sempre que possível. E valorizar o tempo que passo com Miles, sendo grata por esse precioso dom da vida, que pode ser retirado a qualquer momento.

Continuem a nos desejar sorte. Mandem todo o seu amor para Nicky e rezem por Emily, onde quer que ela esteja.

Nas palavras imortais de Tiny Tim, "Deus abençoe a todos nós".

Com amor,
Stephanie

13

STEPHANIE

Certa tarde, Sean me ligou em casa.

— Ah, graças a Deus você está, Stephanie — disse. — Estou passando aí. *Agora.*

Algo no jeito como ele disse *aquilo* fez meu coração se acelerar. Sim, era realmente verdade: ele me desejava tanto quanto eu. Não fora tudo coisa da minha imaginação. Ele estava vindo para me dizer que queria ficar comigo.

— Tenho notícias — falou ele.

Pelo tom da sua voz, percebi que não eram boas, e fiquei envergonhada da conclusão apressada que tirei.

— Que tipo de notícias? — perguntei.

— Do tipo terrível — respondeu Sean.

Pela janela, fiquei olhando ele sair do carro e caminhar devagar, como alguém que carrega um fardo. Parecia ter envelhecido anos desde as poucas horas em que o vira pela última vez. Quando abri a porta, vi que seus olhos exibiam círculos vermelhos e que seu rosto estava lívido. Eu o abracei, mas não foi um dos abraços elétricos, carregados de luxúria que ultimamente trocávamos ao nos despedir depois das nossas noites. Era um abraço de consolação, de amizade e — antecipadamente — de tristeza. De alguma maneira eu já sabia o que ouviria.

— Não precisa dizer nada — falei. — Entre, vou lhe fazer um chá.

Ele se sentou no sofá, e eu fui para a cozinha. Tremia tanto que derramei água fervente no pulso, mas estava tão preocupada que só senti a dor mais tarde.

Sean tomou um gole de chá, depois balançou a cabeça e pousou a xícara.

— A polícia me telefonou hoje — começou ele. — Uns pescadores no norte de Michigan encontraram um corpo em avançado estágio de decomposição. O corpo foi dar em uma praia não muito distante do chalé da família de Emily. Parece que está em um estado tão ruim que nem sequer vão me pedir para ir até lá identificá-lo, dizem que não faz sentido. Eles me pediram para enviar a escova de dentes e a escova de cabelo de Emily porque vão ter que apelar para os testes de DNA para saber se... — Ele começou a soluçar. Sua voz estava espessa de choro quando ele continuou: — Não deveria ser assim. Eu tinha certeza de que ela ainda estava viva. Tinha certeza absoluta de que ela voltaria para casa.

O que Sean queria dizer com isso? Então como *é* que tinha que ser? O que ele estaria escondendo? Ou será que apenas quis dizer que não era para Emily ter morrido dessa forma tão trágica e tão jovem?

A polícia estima que ela tenha se afogado logo depois de ser dada como desaparecida, embora seja difícil determinar a data exata. Ah, sim, alguns trilheiros encontraram o carro alugado a aproximadamente dois quilômetros de distância na floresta. Não havia sinal algum de luta corporal; estava viva quando se afogou. Havia apenas dois conjuntos de impressões digitais no chalé. Um, supõem eles, deve ser de Emily, e o outro, de Sean — o que faz sentido, os dois estiveram lá para comemorar o aniversário dele. (Os policiais haviam tirado as impressões digitais de Sean logo depois do desaparecimento de Emily, na primeira vez em que o chamaram para depor.)

Nem eu nem Sean fomos capazes de encontrar palavras para o que sentíamos. Ainda podia ouvir Emily me pedindo que tomasse conta de Nicky para ela e Sean viajarem juntos, pedindo-me um pequeno favor. Não tinha ideia do que passava pela cabeça de Sean agora. Talvez estivesse se lembrando do fim de semana tórrido dos dois.

— Pode não ser ela... Pode ter havido algum engano terrível — falei.

— O anel — disse ele. — Encontraram o anel. O anel de diamante e safira da minha mãe. Ainda estava no dedo dela. De alguma maneira, ficou deformado...

Então ambos desatamos a chorar. Nós nos abraçamos e soluçamos. Separados e juntos.

14

BLOG DA STEPHANIE
UMA NOTÍCIA MUITO TRISTE

Olá, mães!

Tenho uma notícia muito triste para dar. A polícia de Squaw Lake, em Michigan, onde fica o chalé da família de Emily, localizou um corpo que acreditam ser o dela. Devido à ausência de evidências de qualquer espécie de ferimento e de sinais de luta corporal ou violência, e também da causa da morte ter sido afogamento, cogitam de suicídio ou até de acidente. Não há como saber o que se passava na cabeça de Emily quando ela entrou naquele lago. Talvez tenha se afastado demais ao nadar, ou talvez...

O marido de Emily, Sean, foi encontrar as autoridades para trazer o corpo de volta. Ao que parece, a polícia telefonou para a mãe de Emily em Detroit, mas a cuidadora disse que é melhor esperar até ela ter um de seus "dias bons" para lhe dar a notícia.

Tal como a dor do parto, a dor do luto e a imensa carga de trabalho que a morte traz consigo são coisas que esquecemos — mas passei por tudo isso com a minha mãe e, depois, com Davis e Chris. Meu meio-irmão me ajudou quando minha mãe morreu, mas, apesar de ele ter estado ao meu lado para me dar apoio, basicamente cuidei de tudo sozinha.

Agora tento me lembrar de quem era aquela pessoa, a moça e depois a jovem mãe que foi forte e capaz o bastante para fazer o que precisava ser feito: dar os telefonemas necessários, publicar o obituário no jornal, decidir o que fosse preciso em relação aos bens que uma pessoa acumula ao longo de uma vida, mesmo que curta. Ainda guardo todas as coisas de Davis, algumas de Chris e até mesmo boa parte das coisas da minha mãe em um celeiro aqui em Connecticut.

O que fazer com as coisas de Emily? É cedo demais para decidir. E como vamos contar a Nicky? Sean e eu concordamos que é melhor contar a ele logo depois do café da manhã em um domingo em que ele tenha combinado de brincar com Miles mais tarde.

Se Nicky quiser ficar com o pai em casa o dia inteiro depois disso, tudo bem. Mas, se preferir se distrair... poderá brincar com meu filho, que estará sinceramente arrasado por Nicky. Afinal de contas, Miles perdeu o pai, embora na época ele fosse pequeno demais para se lembrar. Sean e eu acreditamos que Miles vai conseguir dar apoio para Nicky, ainda que ele só tenha 5 anos de idade. É assim. Uma pessoinha do bem.

Não muito tempo depois de recebermos a notícia da morte de Emily, e, após muita procura, Sean e eu encontramos Nicky escondido no armário dela, no meio das suas roupas. Quando Sean comentou o fato com o terapeuta de Nicky, ele sugeriu que começássemos a tirar as coisas de Emily da casa. (Espero que me perdoem se isso está sendo confessional demais.) Sugeri que, se isso era mesmo necessário, o melhor seria alugar algum local.

Sean foi inflexível e se recusou a se livrar nem que fosse de uma única peça de Emily. Certa vez, quando estávamos discutindo o assunto, ele ficou tão agitado que disse:

— Quando ela voltar... — Em seguida percebeu seu engano, e foi nesse momento que soube que ele ainda não aceitara a morte dela.

Fiquei tão aliviada quanto ele por não ser obrigada a passar pela tarefa terrível de revirar as posses de um morto. E parecia errado doar um guarda-roupa cheio de roupas da Dennis Nylon para o Exército da Salvação. Eu, com certeza, não caberia nelas. Além de provavelmente pesar uns sete quilos a mais que Emily e ser mais baixa que ela, suas roupas não fazem meu estilo. Teria a impressão de estar fantasiada, uma mãe e dona de casa meio hippie fingindo ser uma mulher fashionista de negócios. Ademais, sempre existe uma pequena parte dentro de você que diz: e se a pessoa *não estiver* morta? E se ela voltar e ficar brava porque você doou todas as suas belas roupas? Tais sentimentos são comuns, principalmente em casos como este, em que não existe de fato um encerramento — nenhuma despedida carinhosa no leito de morte, nenhum funeral de verdade.

É tudo tão triste, tão terrivelmente triste. Sempre que penso em minha amiga, choro de um jeito incontrolável e percebo o quanto Sean está se esforçando corajosamente para não desabar. Em especial na frente de Nicky.

Não importa a que conclusão as autoridades cheguem, temos certeza absoluta e profunda de que a morte de Emily foi um acidente. Sean e eu não acreditamos que ela tenha desejado se matar. Nós a conhecíamos; ela adorava a vida. Amava o marido e o filho. E me amava também. Jamais escolheria nos abandonar.

Achamos que ela estava precisando de um descanso, que as pressões do trabalho, do casamento e da maternidade tinham começado a pesar tanto que, apesar de todo o esforço de anos (décadas) de sobriedade, os velhos demônios de Emily — as questões fundamentais que ela superara com tanta valentia — voltaram à tona. Ela guardou alguns remédios, comprou bebida e foi até o chalé da família para espairecer e passar uns dias a sós. Não é o que eu esperaria dela, mas mesmo assim é plausível.

Ela foi nadar no lago. Afastou-se demais. Calculou errado a distância. E afogou-se.

Segundo Sean, antes ela nadava razoavelmente bem, mas agora não mais. E os exames toxicológicos mostraram indícios de álcool, analgésicos e ansiolíticos em seu sangue — em quantidade suficiente para comprometer o julgamento e a cognição de Emily, para afetar seriamente seu senso comum, uma das coisas que eu mais adorava nela.

Estou rezando para que vocês entendam e não julguem. Nem todos são fortes. Podemos nos perder um pouco na loucura e tomar atitudes que não devíamos. Pode acontecer com qualquer um.

Este é um desses casos trágicos em que a pessoa não machucou ninguém mais além de si mesma.

E de nós. Seu marido, seu filho, sua melhor amiga.

Então, por favor, perdoem. Deixem-me lamentar a morte da minha amiga. Sei que o amor e as preces de vocês estão conosco. Obrigada, de antemão, por suas palavras carinhosas de consolo e condolências.

Com amor,
Stephanie

15

STEPHANIE

Não consigo lembrar quem — Sean ou eu — foi o primeiro a dizer que, apesar do que estivesse escrito no laudo da autópsia, não aceitava que Emily tivesse se matado. Eu acreditava sinceramente que a morte dela havia sido um acidente, e tenho certeza de que Sean também. Quando Nicky tivesse idade o bastante para entender as coisas, seria muito mais fácil para ele se a morte da mãe fosse considerada um acidente, e não suicídio.

E, em caso de ter sido mesmo um acidente, como acreditamos que foi, a seguradora terá que pagar dois milhões de dólares para Sean e Nicky — dinheiro que não precisaria pagar no caso de suicídio cometido menos de dois anos depois da emissão da apólice do seguro. Pesquisei isso na internet e comentei a respeito com Sean, mas tive a impressão de que ele já sabia.

Para Sean, Nicky e Miles, o motivo e a forma como Emily morreu eram importantes, mas não passavam de um detalhe. O principal é que ela não estava mais aqui. Nunca mais voltaria.

Sean e Nicky espalharam as cinzas de Emily no bosque atrás da casa. Acho que Nicky não entendeu o que acontecia. E Sean não facilitou as coisas ao lhe dizer que eles estavam atirando o espírito da mãe dele ao vento. Mais tarde, Sean me contou que Nicky não parava de perguntar: "Para onde tá indo o espírito de mamãe? Cadê a mamãe? Não tem vento nenhum aqui."

Sean lera sobre esse ritual num site budista e eu o achei lindo, nem um pouco parecido com algo que se esperaria de um britânico bonitão extremamente másculo que trabalha em Wall Street. Isso me fez pensar que o lado sensível escondido de Sean devia ser uma das coisas que Emily amava nele. Com certeza era uma das que eu amava.

Sean perguntou se eu e Miles gostaríamos de estar presentes quando eles espalhassem as cinzas de Emily. Eu gostaria, mais do que tudo no mundo, mas achei que seria melhor para ele e Nicky se não estivéssemos lá. Talvez eu seja supersticiosa. Talvez não tenha achado certo espalhar as cinzas de uma mulher por cujo marido eu estava apaixonada.

Sean me mostrou uma cópia do laudo da autópsia. Ele me orientou a olhar o item "análises", que descrevia danos severos ao fígado, indicando abuso intenso e prolongado de álcool e opiáceos. O fígado não só apresentava cicatrizes como também dano recente, o que talvez tenha pesado na balança na hora de se decidirem pelo veredito de suicídio, mas, mesmo com esse dado, não se podia ter certeza.

Eu disse que não era possível. Um de nós saberia se Emily estivesse abusando do álcool e das drogas. Sean insistiu que era altamente possível. Quando ele estava na faculdade, quatro dos seus colegas mais brilhantes eram junkies pesados. Dois deles se formaram entre os melhores da turma, os dois primeiros. E as pessoas nunca souberam de nada.

— *Você* sabia — observei.

— Era colega de quarto deles — disse Sean. — Acho que me atraio por esse tipo de gente.

Fiquei chateada ao ouvir Emily ser descrita como "esse tipo de gente". Mas, afinal, que tipo era ela? Como é possível conhecer alguém tão bem quanto eu achava que a conhecia e não saber das informações mais básicas a seu respeito? Algumas pessoas vão contra a corrente e levam vidas extremamente produtivas mesmo sustentando um vício. Emily não deixou a peteca cair. Trabalho, filho, família. Uma vida bem organizada e até mesmo (na superfície) glamourosa.

Repassei cada conversa que tive com ela, cada tarde que passamos juntas. O que eu havia deixado de ver? O que Emily tentara me dizer e eu não fui capaz de ouvir?

Que tipo de melhor amiga eu tinha sido?

———

NA PRIMEIRA VEZ em que eu e Sean transamos, lembrei-me do que eu estava perdendo. O prazer louco, puro. Uma das mãos dele, em concha, segurava meu seio, enquanto a outra subia de leve pela minha coxa. Ele me virou de costas para beijar minha nuca e foi descendo pela minha espinha, depois me virou novamente de frente e enfiou a cabeça entre minhas pernas. Fiquei chocada com o quanto ele era bom de cama, mas por que eu deveria me sentir surpresa? Nossa pele e nossos corpos, era tudo tão bom que nada mais existia a não ser o sentimento intenso — de gratidão e, sim, de amor — por quem fazia você se sentir desse jeito. O desejo desesperado de gozar e o desejo desesperado de que o sexo não acabasse nunca mais.

Naquele momento, não pensei em nada a não ser em como era bom, mas, depois, tudo voltou à minha mente: tudo que eu me esquecera ou colocara de lado quando estava com Davis. Percebi que me acomodara, que me dispusera a viver sem isso; dei-me conta do que aceitara abrir mão em troca de um casamento cômodo, uma viuvez respeitável e uma vida em que colocava as necessidades de Miles acima das minhas. Agora que me lembrava, não queria voltar a viver sem aquele prazer e alegria. Eu tinha necessidades, meu corpo tinha necessidades, e nem tudo dizia respeito a Miles. Era como se o sexo com Sean tivesse me lembrado de que eu era uma pessoa.

Tentei não pensar em Emily dizendo que o sexo sempre fora a melhor parte de seu casamento, que fazia todo o resto perder importância. Que ela podia aceitar as ausências de Sean, sua obsessão com o trabalho, suas indiretas humilhantes, sua incapacidade de apreciar quem ela era, pois ele chegava em casa e simplesmente (nas palavras de Emily) a comia.

Acima de qualquer coisa, tentei não pensar em como Emily se sentiria se descobrisse sobre nós.

O mais estranho é que nosso caso começou com uma das crises de choro de Nicky.

Ele tinha passado a dar chiliques, a chorar e berrar. Parecia fazer isso por nada, mas claro que havia motivo. Sua mãe morrera. Como as lágrimas dele não me partiriam o coração?

Sean estava levando Nicky ao mesmo terapeuta que cuidara de Miles depois da morte de Davis. O Dr. Feldman lhe trazia alívio e tranquilidade, como fizera antes com Miles, mas não tinha nenhum outro conselho a dar a não ser ter paciência e esperar. Ele disse que gostaria de ver Nicky uma vez por semana, mas o pequeno se recusava a ir com essa frequência, e o médico disse que era melhor não o forçar.

Na primeira noite em que transei com Sean, jantamos todos na minha casa. Miles, Sean e eu comíamos steak, enquanto Nicky brincava com seu guacamole com nachos, usando um nacho para apanhar raivosamente o abacate amassado e depois enfiar tudo na boca. A pasta verde cremosa escorria pelo seu queixo.

De repente, Nicky empurrou o prato para o meio da mesa e ficou olhando para a travessa de carne fatiada, disposta no meio de uma poça de sangue e caldo.

— Essa é minha mãe. É ela. Você matou e cozinhou ela — disse, olhando-me com ódio. — E agora a gente tá comendo ela. Que nem no filme que eu assisti.

Aquilo me magoou, especialmente depois de tudo que fiz por ele, do quanto gosto dele. Forcei-me a lembrar que ele era apenas um menininho que perdera a mãe, um menino que estava passando por uma dor inimaginável. Que, na verdade, nada disso tinha a ver comigo... nem com os meus sentimentos (ainda reprimidos) pelo pai dele.

— Que filme? — Sean lhe perguntou.

Ele não me olhou para ver como eu havia reagido à acusação do filho. Em circunstâncias normais, isso também teria me magoado, mas a intensidade do foco de Sean em Nicky me mostrou o quanto ele amava e instintivamente queria proteger o filho — o que me fez amá-lo e respeitá-lo ainda mais.

— Eu assisti com Miles na tevê. A gente entrou escondido na sala de televisão e viu depois que a mamãe dele caiu no sono — respondeu Nicky, em tom de provocação, como se me desafiasse a contradizê-lo.

Sean e eu nos entreolhamos e demos um leve, mas preocupado, sorriso. Era como se o fato de eles assistirem ao filme (provavelmente proibido) apagasse a parte de eu ter matado e cozinhado a sua mãe.

— Você está de castigo — falei para Miles. Ele riu.

Então Nicky se atirou no chão e começou a berrar, quase como se sofresse uma convulsão. Graças a Deus que não há nenhum vizinho próximo. E se isso acontecesse num apartamento na cidade? Oh, pobrezinho do Nicky!

Primeiro Sean o segurou, depois eu assumi e tentei acalmar o menino. Mas Nicky não queria que eu o tocasse e se debateu para se livrar dos meus braços e voltar para o pai. Nem eu nem Sean perdemos a paciência. Nem mesmo por um instante. Não desistimos em momento algum. Era como se Nicky fosse nosso filho e estivéssemos ajudando um ao outro a ser os melhores pais possível. Agarrei o braço de Nicky enquanto Sean lhe afagava o cabelo e Miles tentava segurar sua mão, apesar das tentativas do menino de dar socos no ombro do pai.

— Meu amor — falei a Miles. — Deixa o Nicky, ele está triste.

Não era bom para Miles ver aquilo, mas, apesar disso, pareceu errado obrigá-lo a sair dali. Decidi deixá-lo assistir a desenho animado no meu iPad, coisa que não costumo fazer.

Era uma solução. Não ótima, mas ainda assim uma solução. Até mesmo Nicky se acalmou um pouco. Enquanto eu acomodava Miles numa poltrona confortável, a velha poltrona do seu pai, que ainda mantenho aqui, e preparava tudo para ele assistir aos desenhos, senti Sean me observando e gostando do que via. Saber que ele estava admirando minhas habilidades de mãe foi estranhamente sensual, mas a verdade é que qualquer coisa teria sido sensual, dado o que eu sentia por ele — não importa o quanto eu tentasse abafar o sentimento.

Nicky estava exausto. Adormeceu nos braços de Sean. Ele o segurou assim adormecido por algum tempo e depois o levou até o quarto de Miles. Colocou-o na bicama e o cobriu com o lençol.

— Hora de dormir — falei para Miles.

— Ah, não, só daqui a meia hora.

— Agora — insisti. — Estamos cansados. Está sendo difícil pra Nicky.

— Pra todo mundo — retrucou Miles.

Sean e eu trocamos olhares que diziam: Miles é uma criança incrível. Ele tinha razão. Todos estávamos cansados, enfrentando uma situação difícil. O chilique de Nicky nos deixara em carne viva, indefesos.

Coloquei Miles na cama e fiquei por perto até ter certeza de que eles estavam bem. Depois, Sean e eu caímos no sofá exaustos. Ele buscou o episódio seguinte de *Breaking Bad*. Tínhamos parado de assistir à série depois de receber a notícia da morte de Emily — a violência e o lado sombrio da trama estavam sendo demais para nós —, mas a retomamos.

Para nossa sorte, foi o episódio mais sexy de todos, talvez o único romântico de toda a série. Jesse Pinkman e a namorada estão se apaixonando. Era como um filme sensual no meio de toda aquela produção de metanfetamina, assassinato e nojeira, só que a namorada dele é junkie.

Eu estava sentada ao lado de Sean. Nós podíamos sentir o desejo, mas não sabíamos qual de nós tremia.

Começamos a nos beijar. Ele beijou meu pescoço, depois meus ombros, depois levantou minha blusa e beijou meus seios.

E foi assim que tudo começou.

Havia tantas perguntas que deveríamos ter feito, perguntas que precisávamos fazer. Porém, durante aquelas primeiras semanas, nós nos sentíamos tão felizes por estarmos juntos, fazendo aquilo que sonhávamos fazer havia tanto (pelo menos eu sonhava) que não perguntamos nada a não ser sobre sexo e o que dava prazer.

Fomos cuidadosos. Os meninos não ficaram sabendo de nada. Concordamos que só faríamos aquilo quando estivessem na escola. Sean dormia com menos frequência em casa do que antes. Tê-lo aqui sem poder ficar com ele era uma tortura.

Não tínhamos nem nome nem palavras para o que estávamos fazendo. Não nos perguntamos se duraria nem o que planejávamos fazer. Não perguntamos: e Emily? Será que estamos traindo a memória dela? Mal conversávamos. Apesar de a casa estar vazia, tentávamos não fazer barulho.

Se eu tinha receio de que Sean pensasse em Emily quando estava comigo? Não, não tinha. Era impossível. Eu saberia. Ninguém é assim tão bom.

Agora, à noite, sozinha na minha cama, não durmo bem. Assim que me deito, caio em um sono tão pesado que é como se estivesse drogada. Depois de três ou quatro horas desperto e fico acordada até o dia raiar e ser hora de levar Miles (ou Miles e Nicky) para a escola.

Existe algo muito extasiante neste momento — no meu caso com Sean. Mas e o futuro? Poderíamos nós quatro continuar vivendo assim, como uma família não oficializada?

Sean poderia voltar a trabalhar no escritório, eu poderia levar e buscar os meninos na escola todos os dias. Nicky superaria a tristeza. Todos superariam, cedo ou tarde. Ainda que nunca esqueçamos a dor, deixamos de nos lembrar dela a cada minuto.

Às vezes acho que esse caso é totalmente pecaminoso e errado. Atormento a mim mesma. Penso: Sean e eu precisamos dar um basta nisso. Mas, se tem algo que aprendi a respeito de mim mesma, é que não sou boa em dar um basta em nada que deseje fazer, principalmente quando envolve sexo. Além do mais, não estamos magoando ninguém, estamos?

Deus sabe o que Sean está sentindo. Será que é culpa por ter transado com a melhor amiga da esposa tão pouco tempo depois de ela morrer? Ou talvez ache que isso não tem importância, considerando que Emily está morta e não pode mais saber nem se importar com o que ele faz? Andei lendo muito a respeito do suicídio e sei que muitas vezes quem fica se enche de raiva, uma fúria que não consegue entender nem admitir para si mesmo.

Odiaria pensar que Sean está dormindo comigo porque se sente furioso com Emily. Quando essa ideia assalta minha mente, afasto-a e me lembro de que já nos sentíamos atraídos um pelo outro antes de saber que ela havia morrido.

Depois, sinto-me mais culpada do que nunca.

16

BLOG DA STEPHANIE
RASCUNHO DE UM POST (QUE NÃO FOI PUBLICADO)

O fantasma de Emily segue Sean e vai da casa dele para a minha. Ela está sempre aqui, vendo e escutando. Sabe quando nos encontramos para tomar o café da manhã no restaurante depois de passarmos a noite cada um na sua própria casa.

Concentramo-nos em Nicky. É o que Emily desejaria, embora seja estranho o fato de alguém que gostava tanto do filho tomar uma dose imensa de remédios com álcool e depois ir nadar no lago.

17

BLOG DA STEPHANIE
A DOR DE TODO DIA

Miles sabia quando Nicky e seu pai espalhariam as cinzas de Emily. Embora talvez Nicky não tivesse entendido aquilo, Miles entendeu, quem sabe por ter mais experiência com a morte. Ele disse que nós dois, eu e ele, em nosso próprio jardim, deveríamos fazer um instante de silêncio enquanto Nicky e o pai devolviam o espírito da mãe de Nicky para a floresta.

Miles e eu ficamos em pé com a cabeça abaixada e os olhos fechados durante um longo tempo. Eu me agachei e inclinei o corpo para que pudéssemos nos abraçar.

Vocês, mães, sabem como é estranho nossos filhos crescerem. Ontem mesmo Miles era um bebê nos meus braços, agora é um menino. E também um homenzinho com quem posso contar. Eu jamais colocaria uma carga dessas em cima do meu filho, mas ele é minha pequena rocha. Temos prática em lidar com o luto. Aprendemos que passa. Talvez Miles tenha dito isso a Nicky e talvez isso tenha tornado a amizade dos dois mais forte.

Chorei todos os dias por meses depois da morte do meu marido e meu irmão. Às vezes, chorava o dia inteiro de forma intermitente. Lembro-me de olhar para estranhos e pensar que eles estavam sofrendo, mas eu não podia ver, da mesma forma que eles não tinham como saber a agonia pela qual eu estava passando. Entretanto, se existisse alguma versão do luminol, aquele treco que se usa para detectar sangue nas cenas de crime, para identificar a presença de tristeza, metade das pessoas que passam pelas ruas se iluminaria como árvores de Natal.

Não lembro quando o sofrimento constante começou a arrefecer, mas aconteceu. Não lembro qual foi o primeiro dia em que não chorei nenhuma vez. Não lembro a primeira manhã em que acordei sem sentir vontade de voltar direto para a cama. O esquecimento é bondoso.

Sinto saudades do meu marido e do meu irmão, e agora da minha melhor amiga. Às vezes a dor é tão insuportável que gemo em voz alta. Escuto e fico achando que outra pessoa deve ter produzido aquele som de partir o coração. Mas não há nem um dia em que eu sinta medo de não conseguir aguentar.

Miles significa tudo para mim. Aprendi a me colocar de lado e viver pelo meu filho. Não quer dizer que me esqueci de tudo, nem que não me lembre de cada segundo do dia em que meu marido e meu irmão morreram. Todos os minutos daquela tarde ficaram marcados a ferro e fogo no meu cérebro.

Meu marido e meu meio-irmão nunca gostaram um do outro, embora fingissem o contrário. Eram orgulhosos, decentes e gentis, e se tornou importante para ambos manter as aparências de um bom relacionamento. O que era impossível, já que ambos agiam como machos alfa: Chris à sua maneira de macho das ruas e Davis à sua igualmente teimosa maneira de WASP de família tradicional.

Quando morávamos na cidade, Davis empregou Chris, que se tornou pedreiro, para cuidar das contratações do pessoal encarregado das reformas em Fort Greene que sua empresa vinha coordenando. A tensão entre eles melhorou um pouco quando eu e Davis nos mudamos para Connecticut e eles pararam de trabalhar juntos. Meu irmão vinha nos visitar uma vez por mês ou coisa do tipo. Miles adorava o tio. Chris e Miles se chamavam por nomes secretos que eu e Davis não podíamos conhecer.

Era uma pena Davis e Chris não se darem bem. Tinham muito mais em comum do que poderia parecer. Gostavam de boxe e beisebol. Conheciam muito sobre carros. Os dois gostavam de mim... mas sei que isso era a grande parte do problema.

Numa tarde de verão estávamos sentados no alpendre de nossa casa em Connecticut tomando limonada quando um antigo carro chamativo passou pela rua.

Davis disse que era um Hudson de tal ano, mas Chris discordou, afirmando ser um Packard de outro ano. Cada qual estava certo de ter razão, e a discussão ficou acalorada. Por fim, fizeram uma aposta.

— Certo — disse Davis. — A aposta é a seguinte. A gente checa qual é o carro na minha enciclopédia de carros antigos e depois vai até o açougue. Quem perder, paga as costelas e os steaks. Se os dois estiverem errados, a gente divide a conta. — Estavam planejando um churrasco. Ambos adoravam fazer churrasco, embora nenhum deles chegasse perto de uma cozinha ou de um fogão.

— Negócio fechado — concordou Chris. — Estou pensando num belo *porterhouse*. Só para você ver como tenho certeza.

— Vá pegar o livro do papai, parceiro — Davis disse a Miles. Eu odiava quando ele chamava nosso filho de "parceiro". Chris se ofereceu para ir com Miles, que era pequeno demais para carregar um volume tão pesado. Seu pai estava apenas fazendo uma brincadeirinha quando pediu a ele que fosse buscar o livro.

Os três se inclinaram sobre o exemplar, procurando o carro misterioso. Miles estava empolgadíssimo. Quem visse, acharia até que ele sabia ler, embora só tivesse 2 aninhos.

— Ahá! Aqui! — exclamou Chris por fim.

Chris estava certo. Davis tinha errado.

— Você venceu, cara. A carne é por minha conta — disse meu marido. — Vamos comprar alguma coisa sensacional. — Ele me deu um beijo, nada além de um beijinho casual, e foi pegar as chaves.

Teriam sido essas as últimas palavras que eu o ouvi dizer? *A carne é por minha conta. Vamos comprar algo sensacional.*

Davis dirigia o Camaro 1966 que ele usava para passear no verão. Chris estava sentado ao seu lado.

Eu sei quais foram as últimas palavras que me ouviram dizer. Eram sempre estas as palavras que alguém da família me ouvia dizer antes de sair da minha casa. Eu não podia deixar ninguém ir embora sem antes dizer: *Eu te amo. Dirija com cuidado.*

Até hoje agradeço a Deus, a cada segundo, por ter batido o pé e não deixado eles levarem Miles junto. Meu filho queria dar uma de menino crescido, ir passear no carro com o papai e o titio, mas precisava tirar uma soneca se quisesse aguentar até o almoço. E pensei que os dois se divertiriam muito mais se não tivessem que se preocupar com o peque-no, se não tivessem que prendê-lo e soltá-lo da cadeirinha, se pudessem ser poupados de todas as coisas divertidas que eu fiz a semana inteira.

Mais tarde, a polícia informou que um caminhão entrou a toda velocidade pela Route 208, próximo demais do lado em que eles estavam. Davis desviou o carro para não bater nele, acabou perdendo o controle, e eles bateram de frente numa árvore.

Assim. Simplesmente.

Valorizem cada momento que vocês têm a sorte de passar com aqueles que amam, porque nunca se sabe o que acontecerá segundos depois.

Olhei para baixo e acabei de notar que meu teclado está molhado de lágrimas. Portanto, suponho que o processo de recuperação não progrediu tão bem quanto eu imaginava.

Como eu gostaria de imaginar.

Obrigada, queridas mães, por escutar e responder.

Com amor,
Stephanie

18

—

STEPHANIE

O que aconteceu não foi assim, de jeito nenhum. Bem, de jeito nenhum, não. Meu marido e meu irmão realmente saíram a fim de comprar carne para fazer churrasco. O carro de fato bateu numa árvore e os dois morreram instantaneamente. Isso foi o que aconteceu, mas não *como* aconteceu.

Eles não apenas desgostavam um do outro — eles se odiavam. Sempre se odiaram.

E não podiam ser mais diferentes. Chris era pé no chão, Davis tinha a cabeça nas nuvens. O senso de humor de ambos era tão diferente que, às vezes, Chris dizia alguma coisa que deveria ser piada e Davis interpretava aquilo como um insulto — e vice-versa. Se eles não fossem parentes (por minha causa), jamais passariam cinco minutos juntos em um mesmo ambiente. Havia apenas uma coisa em comum entre os dois: eu. E Miles, suponho. Pai dedicado. Tio amoroso.

Sempre ocorriam brigas que se tornavam feias e agressivas, discussões que estouravam. Naquele dia, não me lembro de quem começou. Os dois sempre discutiam sobre o modelo e o ano dos carros antigos que viam. Pode ter sido isso. Pouco importa. Ambos foram de zero a sessenta em dez segundos. Mais rápido do que uma Maseratti.

A situação se tornou acalorada e feia. Depressa. As mesmas velhas coisas foram ditas. Um deles acusou o outro de achar que sabia tudo e o outro o chamou de enganação. Um disse que estava farto de aguentar as babaquices do outro, e o outro disse que... Sei lá. Brigavam como irmãos, mas eram cunhados. Se Caim e Abel tivessem sido parentes graças a um casamento, e não parentes consanguíneos, as coisas poderiam ter acabado ainda pior, embora seja difícil imaginar o que de pior poderia ter acontecido.

Aquilo já durava muito tempo. Eu sabia exatamente o que aconteceria. Um deles sairia furioso dali e teríamos alguns minutos de paz. Depois o outro iria atrás do primeiro, como se finalmente fossem resolver alguma coisa. Aí os berros começariam mais uma vez. Ou então haveria um silêncio tão grande que eu conseguiria sentir a tensão pela casa e sentiria vontade de gritar.

Miles ouvia cada palavra. Acho que não entendia muita coisa, mas pegava o tom. Seu pai e seu tio estavam bravos. Miles começou a chorar.

Já escrevi no blog como os dois decidiram comprar carne para fazer churrasco, mas isso também não é bem verdade. Eu que sugeri a eles que fossem até o açougue. E nunca vou me perdoar, pelo resto da vida.

— Por que vocês não vão dar um passeio? Espairecer. Vão até a Smokehouse comprar alguma coisa deliciosa para o almoço — falei.

A Smokehouse! Isso chamou a atenção deles.

A Smokehouse era uma das melhores coisas de se morar aqui. É um açougue alemão antiquado. Eles produzem os próprios salsichões e frios e vendem os melhores cortes de carne. Garotas alemãs animadas atendem o cliente e, independentemente do pedido, dizem: "Boa escolha!" Davis e eu adorávamos. Mesmo quando eu estava tentando diminuir a carne vermelha, não aguentava e ia até lá para comer um sanduíche quente de linguiça de fígado no pão vianinha.

Intermediar um acordo de paz entre meu marido e meu irmão era como tentar separar dois cães em uma briga. Houve um monte de palavrões e rosnados, mas, por fim, Davis e Chris ficaram aliviados (como sempre) das coisas não terem terminado em violência física. Nunca chegaram a isso, embora os dois homens que eu mais amava no mundo se odiassem e não estivessem nem um pouco preocupados com o fato de alguém saber disso. Queriam que eu soubesse. Não queriam que eu esquecesse.

Ficaram felizes pela oportunidade de sair da casa, mesmo que fosse um com o outro. Era uma forma segura e fácil de terminar a briga, um modo dos dois ficarem bem na fita.

Davis pegou as chaves do carro e me deu um beijo de despedida.

— Dirija com cuidado — falei. — Eu te amo.

— Até mais — disse meu irmão.

Eles não voltaram para casa. Eles não voltaram para casa. Eles não voltaram para casa. *Onde estavam?* Não responderam a minhas ligações e mensagens de texto. Teriam ido tomar algo? Miles tirou uma soneca e acordou de mau humor. Com fome. Onde estavam seu papai e seu titio? Que horas era o almoço?

Quando a polícia veio até a minha casa, meu primeiro pensamento foi que meu marido e meu irmão haviam ido até a cidade, começado a brigar de novo e sido presos. Como eu e Miles conseguiríamos tirar os dois da cadeia?

Levei uma eternidade para entender o que o policial dizia.

Ele devia estar acostumado a lidar com pessoas em estado de choque, mas ainda assim me olhou de um jeito estranho quando perguntei:

— Tinha carne no carro? Eles chegaram a ir à Smokehouse?

— Carne?

Foi nesse momento que me tornei vegetariana.

O policial perguntou se eu tinha alguém — um familiar, um amigo próximo — para quem ligar. A Policial Sei-Lá-Quem (não peguei o nome) ficaria comigo até a pessoa chegar. Ele apontou para a viatura estacionada na frente da minha casa, para a mulher com chapéu de policial sentada no banco do passageiro.

Eu segurava Miles no colo, e ele começou a chorar. O policial o olhou com pena. O pobrezinho tinha acabado de perder o pai.

— Não, obrigado, podem ir agora. Está tudo bem. Vou ligar para a minha mãe — falei.

Não estava nada bem, e minha mãe falecera há cinco anos. Só queria que dessem o fora dali.

O fato de ter dado a ideia de eles saírem para comprar carne era duro demais para qualquer um conseguir suportar — e se manter são.

Depois que a polícia se foi, passei um longo tempo tentando acalmar Miles, que chorava horrores, embora não conseguisse entender o que acontecera. Estava tão ocupada com ele que não tive tempo de ir ao banheiro. Mães com filhos pequenos aprendem a adiar ou até mesmo ignorar suas necessidades mais básicas.

Miles e eu deitamos na minha cama. Ele caiu no sono, e fui até o banheiro, deixando a porta aberta para ouvir caso ele acordasse.

Vi um papel sulfite branco pregado no espelho com band-aid. Os pedaços de band-aid estavam em ângulos esquisitos e a coisa toda parecia uma criação de gente psicótica, semelhante à forma como os serial killers decoram seus esconderijos nos programas de televisão.

Era a letra de Davis, mas normalmente a letra de Davis era, como tudo nele, organizada e bem composta. Aquele era o jeito como Davis escreveria se tivesse tomado drogas pesadas. Depressa. Sem cuidado algum. Com raiva. Em garranchos. Tive que reler várias vezes, não apenas porque era difícil decifrar, mas também porque eu continuava em estado de choque.

O bilhete dizia: *Cansei de tanta mentira.*

Na pia, havia uma foto de mim e Chris conversando de pé no nosso jardim. Rindo. Davis rasgara a foto ao meio, separando-me do meu meio-irmão.

Sabia que era um bilhete suicida ou que alguém poderia interpretá-lo assim. Então o queimei na pia do banheiro. Não queria que alguém pensasse que Davis tinha se matado. Do ponto de vista prático, havia um seguro em questão. Isso afetaria a forma como eu e Miles viveríamos dali para a frente. Miles não precisava saber de nada. A mãe de Davis não precisava saber de nada. Não queria nem precisava que ninguém soubesse de nada.

Devo ter apagado por um instante. Depois disso, só sei que me vi sentada no chão do banheiro. Devo ter batido a cabeça na borda da pia.

Enquanto pressionava uma toalhinha na testa para estancar o ferimento, ouvi Miles chorar no quarto. Quando ele me viu, com sangue escorrendo pelo meu rosto, começou a berrar.

Pensei: Você tem razão em chorar, meu filhinho querido. Tem razão em sentir medo.

Sua mãe é um monstro.

19

STEPHANIE

Eu sabia a que Davis se referia. Sabia o que ele queria dizer com mentiras.

Chris e eu nos amávamos desde o dia em que ele pisou na casa da minha mãe. Nunca houve um momento em que não soubéssemos que estávamos fazendo algo errado, assim como nunca houve qualquer momento em que não tivéssemos certeza de que nosso caso de amor aconteceria e que terminaria. Jurávamos um para o outro; prometíamos que daríamos um basta. Então Chris ligava ou aparecia, e tudo começava outra vez.

Quando fui para a faculdade, Chris saiu de Madison e alugou um apartamento perto do meu conjunto estudantil. Por ser carpinteiro, e dos bons, conseguia encontrar emprego praticamente em qualquer lugar. Quando eu saía da aula, ia para a casa dele a fim de esperá-lo. Passávamos o fim de tarde e o início da noite na cama de Chris, que era apenas um colchão jogado no chão do seu quarto frio, enquanto o sol de inverno da Nova Inglaterra se punha cedo e a luz do dia ficava acinzentada, depois azul. Nós nos sentíamos tão felizes por estarmos juntos, pele contra pele. Éramos a droga e o traficante um do outro.

Para as pessoas que não entendem como não conseguíamos ficar longe um do outro e nos comportar como seres humanos decentes — como não conseguíamos partir para outra e superar aquilo —, a única coisa que posso dizer é que elas nunca viveram algo parecido na vida. Aquilo durou anos — com idas e vindas. A situação saiu do controle. Por uns dois meses, só olhar para a foto de casamento dos meus pais era o suficiente para me excitar. Quer coisa mais doentia? Existe um grupo de ajuda com 12 passos para superar isso? Provavelmente deve existir um grupo de ajuda para tudo o que já aconteceu na minha vida. Não que eu fosse frequentá-lo.

Chris e eu concordávamos: não é certo. Não é saudável. Estamos magoando os outros, magoando a nós mesmos. Terminávamos de novo e ficávamos afastados até não aguentarmos mais.

Foi em um desses períodos em que estávamos conseguindo manter nossa promessa que conheci Davis. O cara bacana por excelência, desde que você não o irritasse por causa de alguma cor de tinta ou por dizer onde fica o sofá. Como ele era sólido, são e generoso! Importava-se com o planeta, com o futuro. Queria ter uma casa, uma família. Era tão honesto, tão sincero. Parecia viver em um mundo iluminado e brilhante, onde as pessoas fazem o que é certo e não transam com seus meios-irmãos.

Eu podia até imaginar — *quase* imaginar — que Davis seria capaz de me perdoar se eu contasse a verdade em relação a Chris. Supondo que nosso caso tivesse mesmo terminado. Mas não contei nada a ele. E o caso não terminou.

Seria muito suspeito não o apresentar ao meu irmão. E Davis sabia da história — de *parte* da história — de como eu e mamãe descobrimos que papai tinha outra família.

Resolvi que o primeiro encontro dos dois deveria ocorrer em um lugar público, coisa que aconselham você a fazer quando há risco de confusão ou conflito. Não sei por que achei que poderia acontecer algo do tipo. O conflito estava todo na minha cabeça.

Saímos para jantar numa cantina italiana da velha guarda no Brooklyn, da qual Davis gostava porque era autêntica. Continuava igual desde Cristóvão Colombo.

Chris tinha uma namorada, alta e loira como as garotas que ele sempre namorava. Acho que ela se chamava Chelsea. Essas garotas não se pareciam em nada comigo. Talvez meu irmão quisesse mostrar que havia me esquecido, mas ele era sempre tão distante e frio com elas que aquilo nunca me enganava. Eu sabia como Chris ficava quando estava a fim. Quando gostava de alguém. E não sentia nem um pouco de ciúme, embora ele desejasse isso.

Davis não era o tipo de pessoa que imaginaria que alguém, sua esposa, uma mulher que ele pensava conhecer e amar, pudesse transar com o meio-irmão. Naquela noite, não aconteceu nada capaz de causar desconfiança. Chris e eu tínhamos nos tornado ótimos em esconder as coisas.

Mesmo assim, ele e Davis acabaram se metendo numa discussão idiota sobre — justo quem! — Frank Lloyd Wright. Davis não parava de repetir como Wright era um gênio.

— Claro, ele era um gênio, mas um gênio de verdade se importaria se o teto dos clientes tivesse vazamentos. E Wright dizia para eles colocarem um balde embaixo do vazamento ou afastar os móveis — Chris dizia.

Nisso eu concordava com Chris. Imaginei como devia ser morar numa casa maravilhosa e cheia de vazamentos. Porém, não seria nada sábio ficar do lado do meu irmão.

Como teria sido fácil que aquela conversa fosse amistosa, que os dois se unissem. Ambos conheciam Frank Lloyd Wright; ambos tinham opinião forte. Entendiam de arquitetura e construção, embora por ângulos diferentes.

Procurei o garçom. Mais vinho! Onde diabos estava o nosso macarrão?

— E se a gente concordar em discordar? — Chris sugeriu, por fim.

— Fabuloso! — Lancei um olhar agradecido a meu irmão.

Mais tarde, em casa, Davis disse:

— Se ele não fosse seu irmão, eu diria que é um paspalho.

— Mas ele é meu irmão — retruquei. — Então é melhor tomar cuidado com o que você fala. — Nós rimos e eu pensei: consegui evitar um problema. Por enquanto.

Uma noite, quando Davis estava no Texas visitando o local da construção de um museu cujo projeto de seu escritório disputava em licitação para construir, Chris apareceu em casa sem ser convidado. Juro que não liguei para ele; portanto, foi uma espécie de sexto sentido, uma intuição dele de que eu estaria sozinha.

Ele entrou. Olhamos um para o outro. Ele me cumprimentou com um abraço. O abraço se transformou em um beijo. E, mais uma vez, estávamos *juntos.*

Meu caso com Chris parou quando engravidei de Davis, e só tivemos uma recaída (que não durou muito tempo) depois de Miles nascer. Não queria meu precioso filho sendo criado por uma adulta incestuosa. Eu.

A única vez que Davis me perguntou diretamente sobre Chris foi pouco tempo antes de morrer, durante um churrasco que oferecemos para os funcionários do seu escritório no nosso quintal.

Eu perguntei a Davis se podia convidar Chris para ter alguém com quem conversar. Nossos convidados basicamente só conversariam sobre design e as fofocas da firma, atirando uma ou outra pergunta bem-educada sobre Miles para ter certeza de que eu havia feito a salada de batatas e comprado os cachorros-quentes. E tido o filho do patrão. Nenhum deles se interessava genuinamente por Miles — ou por mim. O que importava era Davis — o astro, o gênio.

— Claro, por que não? Chame o Chris — Davis disse.

Ele deve ter pensado que seria melhor do que me ouvir reclamar depois que todo mundo havia me ignorado. Era arriscado trazer Chris para cá, mas fazia um tempinho que não o via, e eu sabia que, se pudesse simplesmente olhar para ele do outro lado do jardim, já não ficaria entediada.

Durante a primeira hora da festa percebi que Davis me observava. Deve ter visto que eu me encontrava ali e, ao mesmo tempo, em outro lugar... até Chris aparecer.

Eu estava na mesa de comidas. Chris chegou por trás de mim. Quando me virei, ali estava ele. Minha felicidade, ao vê-lo, foi mais do que a felicidade de uma irmã ao ver o irmão. Ficou muito óbvio. Olhei para o outro lado do gramado e percebi que Davis também notara.

Naquela noite, Davis disse:

— Stephanie, preciso te perguntar uma coisa. Talvez pareça estranho, mas... existe algo... diferente no seu relacionamento com Chris? Pode ser que eu esteja sendo paranoico, mas às vezes tenho a sensação de que vocês são meio... próximos demais. E isso me assusta às vezes. A ligação entre vocês é tão intensa que chega a parecer que são amantes.

Eu estava sentada diante do espelho do quarto, escovando o cabelo. Fingi que havia deixado algo cair no chão para não ter que olhá-lo nos olhos.

— Ei, achei que eu é que fosse a paranoica neste casamento — falei. — Porque isso é ridículo. Somos próximos, só isso. Talvez a gente esteja compensando o tempo perdido por termos passado a infância separados.

Davis soube que eu estava mentindo. Soube do mesmo jeito como as pessoas sabem e não sabem as coisas que não *querem* saber sobre a pessoa que amam. Mesmo assim, entretanto, ele soube.

Tínhamos alguns pratos de jantar — *off-white* com bordas de jade — de que Davis gostava muito. Ele os selecionara laboriosamente, um a um, em uma lata cheia de louças antigas numa loja no começo da Broadway.

Naquela noite, quando me recusei a confessar que meu relacionamento com Chris ia além do afeto familial comum, Davis foi até a cozinha. Ouvi um barulho de algo se quebrando, depois outro. Corri até lá e vi que ele tinha atirado vários pratos na parede.

— Por que isso? — perguntei.

— Não sei — respondeu ele. — Talvez *eu* só esteja compensando o tempo perdido.

Isso não era nada típico dele. Foi muito mais típico dele fazer o que fez em seguida: pedir desculpas e limpar os cacos de louça com o aspirador.

Pensei que ter Miles, que o fato de *eu e Davis* termos Miles, mudaria as coisas. Pensei que isso faria eu e Chris recuperarmos o juízo. Mas só havia feito nosso caso se enterrar ainda mais fundo, onde o ar era mais próximo, quente e sensual.

No dia em que os dois morreram, o calor do verão estava sufocante. Eu me encontrava no jardim perto da piscina, enquanto Miles brincava na piscininha infantil ao meu lado e Davis descansava embaixo de um guarda-sol do outro lado. A pele dele era muito clara e se queimava com facilidade, ao contrário da minha e de meu irmão.

De tarde, ouvi o som da caminhonete de Chris estacionando na frente da nossa casa. Olhei para Miles a fim de não precisar olhar para Chris, enquanto o ouvia caminhar até nós. Era incapaz de encarar Davis. Ele perceberia tudo só de olhar para o meu rosto.

Não havia nada a fazer a não ser trocar um abraço rápido e um beijo. Davis estava nos observando.

Ele sabia. E sabia que eu sabia.

Fechei os olhos para meu marido não enxergar o desejo neles. Fui pegar uma cerveja para Chris. Então ficamos sentados olhando Miles, que fazia seu macaco de plástico navegar num barco de plástico laranja.

No dia em que eles morreram, depois da discussão, quando os dois entraram no carro, lembro que pensei: E agora, o que vai acontecer? O caminhão que veio para cima deles e a árvore em que eles bateram responderam a essa pergunta por mim.

Davis foi enterrado em New Hampshire, no cemitério no campo perto da casa na qual a família da mãe dele sempre residiu. Deixei Miles com a governanta da avó dele para que ele não visse a mortalha do seu pai ser baixada na cova. Davis, sem que eu soubesse, deixara um testamento pedindo um enterro no campo e deixando tudo (inclusive os futuros rendimentos dos objetos de design que ele criou) para mim.

Havia muita gente no funeral. Todos os funcionários do escritório vieram de Manhattan, assim como alguns clientes que moravam nas casas que ele tinha construído ou reformado: estranhos que trabalharam com ele e acabaram se tornando próximos. Além disso, ele tinha uma família enorme espalhada pela Nova Inglaterra, tios, tias e primos que nunca conheci — um clã inteiro reunido para se despedir dele e (alguns) para me ver pela primeira e última vez.

Na recepção, na casa da mãe de Davis, serviram frios e um queijo duro que ninguém conseguiu comer. Biscoitos e palitos de cenoura. Café. Chá. E pronto. Pensei: existe gente neste mundo que não sabe que as pessoas precisam *muito* de um drinque em um dia como este? Isso explicava muita coisa sobre Davis, mas era tarde demais para eu ter um novo entendimento a respeito de como a criação do meu marido o influenciara — e me importar com isso.

No dia seguinte, deixei Miles com a avó e peguei um avião até Madison para ir ao funeral de Chris. Eu era a parente mais próxima. Não havia mais ninguém para ajudar nas decisões que precisavam ser tomadas, mas estava tão entorpecida que fiz tudo no automático. Imaginei que Chris (que não tinha testamento) desejaria ser enterrado ao lado da mãe. Precisei investigar um pouco para descobrir onde ficava o túmulo dela, mas me senti grata pela distração.

Foi um funeral muito diferente do de Davis. Não havia parente algum, exceto eu. Nenhum tio, tia ou primo. Mas Chris tinha muitos amigos. Saiu um obituário no jornal de Madison, e dois amigos o postaram no Facebook. Parecia que metade da turma da grande escola pública onde ele estudou estava lá.

Todos o adoravam e — fora um cara chamado Frank, que trabalhara numa obra com Chris e se parecia um pouco com ele — ficaram surpresos ao saber que ele tinha uma irmã. Pensaram que fosse filho único, que sua mãe fosse solteira. E, de certa maneira, era mesmo. Mas ficaram felizes em me conhecer. Só lamentavam que fosse numa ocasião tão triste. Sentiam pela minha perda. Como se tivessem alguma ideia do que eu perdera!

Havia uma mulher, uma antiga namorada de Chris, que não parava de me olhar de um jeito esquisito e excessivamente curioso. O mais estranho é que ela se parecia um pouco comigo.

Tive certeza de que a ex-namorada de Chris sabia, ou pressentia, que existia algo... fora do normal... na minha relação com o meu irmão. Os culpados, porém, sempre acham que alguém conhece seu segredo.

Nenhuma daquelas pessoas parecia saber que meu marido morrera no mesmo acidente que Chris, e não vi motivo para contar. Fingi que somente Chris estava no carro quando este bateu na árvore. Parecia mais fácil assim — menos explicações a dar, menos dor indesejada. Já havia dor demais.

Depois da cerimônia, fomos até um bar local. Todos compraram rodadas de bebidas e fizeram brindes lacrimosos em memória de Chris. Todos ficaram ruidosamente bêbados. Eu me mantive bem perto de Frank, um amigo de Chris, prendendo-me nas frases e gestos que me faziam lembrar do meu irmão. Fomos os últimos a ir embora do bar.

Naquela noite, fiz algo que mais tarde me deixou profundamente envergonhada. Contei a Frank que estava bêbada demais para dirigir até o meu motel, o que era mesmo verdade, e o convidei para ir até meu quarto, onde, falei, havia um frigobar. Poderíamos tomar um último drinque antes de dormir. Eu sabia que *não* era verdade. O motel era barato demais para ter frigobar.

Assim que a porta se fechou atrás dele, comecei a beijá-lo. Frank sabia que eu não estava no meu perfeito juízo, e era um cara legal. Não parava de dizer:

— Tem certeza de que quer mesmo fazer isso?

Acho que ele sabia que a questão ali era Chris, e não o sexo — ou ele; portanto, talvez estivesse se sentindo um pouco usado, da maneira como pensamos que só as mulheres se sentem.

Deitamos na cama. Ele levantou minha blusa, afastou meu sutiã para o lado e começou a chupar meu mamilo.

— Me dê licença um minuto — pedi. Fui ao banheiro e vomitei violentamente.

Frank não se sentiu ofendido nem ficou chateado. Estávamos em luto por causa de Chris. Ele me esperou voltar para a cama e me cobriu com os lençóis. Deu-me o número do seu celular e disse para telefonar se precisasse de algo. Ou se quisesse algo. Nós dois sabíamos que eu nunca ligaria.

Acordei com uma dor de cabeça ofuscante e um caso extremo de ódio de mim mesma, que doía mais do que a cabeça. Inconscientemente, percebi que havia retirado a aliança de casamento e a guardara na bolsa antes do funeral de Chris. Minha culpa só aumentou quando percebi que tinha ficado tão bêbada na noite anterior — e estivera tão ocupada fazendo algo completamente errado — que me esqueci de ligar para a mãe de Davis para saber se Miles estava bem.

Com a água da torneira, que tinha gosto de cloro, preparei um café na ridícula máquina que havia no quarto. Bebi duas xícaras, depois preparei o descafeinado e tomei tudo também. Então, vomitei de novo.

Telefonei para a mãe de Davis. Ninguém atendeu. E soube que algo estava terrivelmente errado.

Chamei um táxi e, de alguma maneira, consegui encontrar o bar onde o carro que eu alugara estava parado no estacionamento. Corri para o aeroporto de Madison. Tentei mais uma vez ligar para a mãe de Davis e, de novo, ninguém atendeu. Liguei para o telefone fixo. Nada. Mal conseguia abafar o pânico crescente.

Nunca tive tanta certeza de que meu avião iria cair. Estava absolutamente certa de que nunca mais veria Miles de novo, que esse seria o castigo pelo que eu fizera na noite anterior — minha punição pelo que havia feito em todos aqueles dias e noites com Chris. Já não sabia mais no que acreditava, mas, naquele dia, quando o avião decolou, eu rezei.

Por favor, faça com que eu viva para ver meu filho, e nunca mais vou fazer nada disso de novo. Por favor, faça com que ele esteja bem. Eu existiria apenas para Miles. Nunca mais ficaria com um homem. Nunca mais faria sexo perigoso e inadequado com as pessoas erradas. A única felicidade que importaria para mim seria a de Miles. Eu abriria mão de todo o resto. *Mas faça com que eu consiga chegar em casa.*

Busquei Miles na casa da sua avó em New Hampshire. Perguntei por que ela não atendera ao telefone e ela respondeu que, em sua dor e distração, deixara a bateria descarregar e se esquecera de colocá-lo na tomada. E que o telefone fixo falhava sempre que chovia forte, o que havia ocorrido na noite anterior. Pediu desculpas por me deixar tão preocupada. Fiquei imaginando por que ela não pensara em me telefonar. Sempre desconfiei que a mãe dele não gostava de mim. E, agora que seu filho estava morto, provavelmente gostava menos ainda.

Miles soltou um gritinho de alegria ao me ver, e eu o abracei com tanta força que ele gemeu de dor. Fiquei tão aliviada que meus joelhos fraquejaram e tive que me apoiar em um dos braços do sofá para não cair ou desmaiar. Durante todo o trajeto de volta até Connecticut, Miles ficou acordado em sua cadeirinha e usou as poucas palavras que conhecia para me contar (assim acho) que a avó o havia levado para ver um pônei.

Eu me sentia tão feliz por estar viva que só quando entrei na nossa casa é que lembrei: Chris e Davis estavam mortos.

Mantive a promessa. Nada de homens e nada de escolhas ruins. A única coisa que importava era Miles.

Até Emily desaparecer e eu conhecer Sean.

Talvez a perda me destrave. Talvez a tristeza libere algum demônio que, de outra maneira, permaneceria guardado nas profundezas do meu ser.

20

BLOG DA STEPHANIE
NOVIDADES SOBRE... VÁRIAS E DIVERSAS COISAS

Olá, mães!

Tenho certeza de que vocês devem achar que sou a pior blogueira do mundo, por não postar há tanto tempo. Mas agora estou de volta, com muitas novidades. Tanta coisa aconteceu desde o meu último post.

Sempre achei que é melhor ser sincera e aberta, mas sei que algumas mães de nossa comunidade vão encarar mal o que estou prestes a dizer. Peço que suavizem seus corações, ampliem suas mentes e me escutem — e tentem entender antes de me julgar.

Sean e eu estamos morando juntos. Quem pode dizer que é errado quando a gentileza e a cooperação se transformam em amor? Como sabemos, o coração deseja o que o coração deseja.

Nada trará Emily de volta. Apesar de Sean, eu e Nicky jamais sermos capazes de superar nossa perda, ajudaremos uns aos outros a nos tornarmos pessoas melhores. Sean, eu e as crianças podemos ser uma família. Os meninos poderão ser irmãos. Nenhum de nós quer desistir da própria casa e das lembranças que elas trazem; por isso, resolvemos dividir o tempo entre nossos dois lares. A escola dos meninos fica mais perto da minha casa e por isso sou eu que, na maioria das vezes, os levo para a escola.

Cada criança tem seu próprio quarto. Eles podem levar o que quiserem de uma casa para a outra, e têm duas escovas de dente, dois conjuntos de meias, e por aí vai. Sei que parece um desperdício ter duas casas quando tanta gente neste mundo não tem uma sequer, mas qualquer outro arranjo implicaria uma decisão que simplesmente não conseguimos tomar por enquanto. Em algum momento, porém, tomaremos. *Tomaremos.*

Às vezes eu e Sean passamos as noites separados. Às vezes sozinhos, às vezes com os dois meninos ou só com nosso próprio filho. Não tinha certeza se gostaria desse modo de vida, mas gosto. Gosto de estar com Sean — mas também de ficar sozinha com Miles.

É um esquema pouco comum, mas, por enquanto, parece bom. Estamos nos esforçando ao máximo para dar aos dois menininhos a melhor infância que eles podem ter, sob circunstâncias que ninguém escolheria. Nenhum deles precisa abdicar da sua casa nem de passar um tempo a sós com seu pai ou sua mãe.

O terapeuta do Nicky tem ajudado muito. Mesmo assim, o pequeno continua triste, coisa que tem todo o direito de estar.

Se alguma das mães quiser compartilhar sua história ou tiver algum conselho sobre como conversar com uma criança sobre a morte, por favor fale nos comentários.

Depois que deixo os garotos na escola, levo Sean até a estação de trem. Ele voltou a trabalhar meio período no escritório, o que é ótimo para todos, principalmente para ele mesmo — apesar de, no começo, Nicky chorar quando voltava para casa e não encontrava o pai. A empresa prometeu a Sean que reduzirá muito o volume de viagens, e ele me prometeu que não me deixará sozinha com Nicky e Miles com frequência.

Depois que Sean vai trabalhar, preciso fazer uma busca na casa atrás de atos de minissabotagem que Nicky possa ter feito. Jogar o caminhão de bombeiros de brinquedo na privada e o controle da televisão no fundo do baú de brinquedos, por exemplo.

Os olhares terríveis que Nicky me dá de vez em quando seriam capazes de gelar o sangue de qualquer pessoa. Além disso, ele desenvolveu uma série de hábitos meticulosos parecidos com TOC. Só quer comer com determinados garfos, senão é uma hora de lágrimas. Ou só aceita comer rabanetes. Ou batata frita feita em casa. Ele diz o que quer e prefere morrer de fome a comer qualquer outra coisa. Conta os passos até seu quarto e os passos da porta da frente até o carro de Sean. O terapeuta sugeriu que não mediquemos Nicky — Sean pediu especificamente para medicá-lo — até ele terminar de passar por todas as fases do luto.

Eu me sinto feliz por Nicky estar na terapia, mas não precisamos de nenhum profissional para nos lembrar de que a mãe do pobrezinho morreu. Tenho passado meu precioso tempo vago procurando na internet sites que me ajudem na tarefa de ser madrasta para um garoto de 5 anos que acabou de perder a mãe.

Não paro de pensar que Emily saberia o que fazer nesse caso, mas não posso nem conversar com Sean sobre o assunto, com medo de que se sinta ainda pior. Sean não precisa saber das coisas hostis que o filho faz. Tento poupá-lo. É errado?

É por esse motivo que lhes pergunto, mães: alguma de vocês já passou por uma situação dessas? O que descobriram que ajudou? Poderiam recomendar algum livro sobre o assunto? Eu ficaria muito agradecida em receber qualquer espécie de conselho.

Muito obrigada desde já, queridas mães.

Com amor,
Stephanie

21

STEPHANIE

Quando se vive em família, é fácil parar de notar as coisas, parar de prestar atenção. É uma maneira de saber que isso é uma família. Deixamos algumas coisas passarem batido. Tem gente que chama isso de tolerância, ou preguiça, ou estado de negação. Eu chamo de ir levando.

Logo me acostumei ao comportamento difícil, basicamente dirigido a mim, do meu enteado (não oficial). Ele sempre era legal com Miles. Os dois se adoravam da mesma maneira de antes. Como irmãos. Se a amizade deles tivesse começado a degringolar, talvez eu fosse mais rápida em falar sobre o problema com Sean.

Sean tentava compensar o tempo perdido no trabalho; então não ficava muito em casa. Deixava o filho aos meus cuidados. E, quando o pai estava presente, Nicky não desperdiçava o pouco tempo que tinha com ele dando mostras de raiva ou insatisfação.

Lidar com essa situação cabia a mim, e eu o fazia de bom grado. Por Sean, por Emily, por Nicky. No entanto, sentia que algo estava para acontecer, que alguma coisa terrível estilhaçaria a calmaria que vem antes da tempestade imprevisível, perigosa e iminente.

Quando as pessoas começavam a falar sobre cachorros e como eles eram inteligentes, meu irmão Chris contava uma história. Ele fora visitar um amigo no sudoeste e fez uma caminhada no deserto com seus cachorros. Os cães começaram a latir; os pássaros a fazer os barulhos que fazem; o vento a soprar, mas, de repente, todo aquele barulho apenas parou. Os cães e os pássaros caíram em silêncio. Até mesmo o vento não soprou.

Chris olhou para o chão e, a menos de seis metros, havia uma cascavel, silvando. Eu me lembro do meu irmão dizendo que o silêncio também pode ser um aviso, mais alto que uma sirene.

Achava essa história envolvente e sensual. Chris uma vez a contou quando estávamos com Davis, e meu marido o olhou com tanto ódio e desprezo que, por um instante, tive certeza de que ele sabia sobre mim e Chris.

Isso tudo é para dizer que me acostumei com as miniagressões de Nicky e nunca perdi a simpatia que sinto por ele — nem a paciência. Foi apenas quando ele parou de fingir que fiquei assustada.

Certa tarde, Nicky voltou da escola parecendo ter se transformado no melhor menininho do mundo. Na maioria dos dias, ele mal falava comigo e se recusava a responder quando eu perguntava o que ele havia feito na aula, mas, naquela tarde, ele me perguntou como fora o *meu* dia e o que eu tinha feito.

Uma criança perguntando a um adulto como havia sido *seu* dia? *Sério?* Não lhe contei que passara horas na internet procurando conselhos sobre como lidar com *ele*. Disse que passei parte do dia arrumando a casa, o que era verdade.

Na hora do jantar, Nicky disse que comeria o que quer que eu preparasse — até mesmo um prato vegetariano. Estava completamente diferente do menino raivoso que existia até o dia anterior. Aquilo me encheu de alegria. A magia curadora do tempo começava a surtir efeito. Estávamos dando passinhos pequenos, saindo na ponta dos pés da escuridão e entrando na luz.

No entanto... no entanto... eu tinha uma sensação incômoda. De que algo estava errado. Não sei como senti isso, mas senti. Uma intuição materna.

Era como se o mundo tivesse ficado em silêncio e eu pudesse ouvir o silvo da cascavel.

Os meninos estavam escondidos em algum lugar. Eu sabia. Sempre pegava os dois sussurrando, como crianças malignas tramando conspirações em um filme de terror.

O que não queriam me dizer? Por que Nicky de repente começou a agir de modo tão gentil? Quando estavam brincando e eu entrava no quarto, ambos me olhavam como se eu tivesse interrompido uma conversa secreta.

Certa noite, quando ambos dormiriam na minha casa (Sean ficaria trabalhando até mais tarde na cidade), Nicky entrou na sala de mansinho e disse que não estava conseguindo dormir. Pediu-me que lesse uma história para ele. Eu o levei de volta para o quarto de hóspedes, que havia sido transformado no quarto dele, e li um livro atrás do outro para Nicky, todos os que pediu. Esperei até ele dizer que estava cansado, coisa que raramente as crianças fazem. Apaguei a luz e o coloquei na cama embaixo das cobertas. Acariciei-lhe a testa macia e ligeiramente úmida.

Muita gente (incluindo as crianças) dizem coisas no escuro que nunca diriam com as luzes acesas.

— Tem alguma coisa acontecendo na escola? Engraçada, especial, ou chata, talvez? — perguntei a Nicky.

Ele ficou em silêncio por tanto tempo que pensei que tivesse adormecido.

Então, ele disse:

— Eu... vi a mamãe hoje.

Senti um calafrio. O terapeuta havia nos avisado sobre as dificuldades que crianças têm de aceitar a morte de um ente querido. E agora, sem Sam ali para me ajudar, eu é que precisaria lidar com aquela situação.

Teria que contar a esse menino em sofrimento que, por maior que fosse a vontade dele de ver a mãe, isso não era possível. Ela se fora. De vez.

Respirei fundo.

— Tenho certeza de que você *pensa* que a viu, meu querido... É comum achar que vimos pessoas que amamos, mesmo isso não sendo...

— Eu *vi* ela — insistiu Nicky. — Eu vi a mamãe.

O importante era estimulá-lo a continuar falando e encorajá-lo a confiar em mim, a me contar aquilo que, de tanto desejar que fosse verdade, ele se convencera de que *era mesmo*.

— Onde? — perguntei. — Onde você viu sua mãe?

— Ela estava na frente da cerca da escola lá fora, na hora do recreio. Deixaram a gente sair hoje porque o dia estava quente. Quis sair correndo até minha mãe, mas o recreio estava quase no fim e os professores começaram a gritar que era hora de entrar.

— Tem certeza de que era a sua mãe? Muita gente se parece com outras pessoas, mas não...

— Tenho certeza, sim — disse Nicky. — Consegui ler os lábios dela. Estava dizendo: "Até amanhã. Mande um oi para Stephanie."

— Ela disse isso? Pediu para mandar um oi para Stephanie?

— Hã-hã. Eu já tinha visto ela ali antes... faz uns dois dias... na última vez em que deixaram a gente brincar lá fora. E contei para Miles. Ele achou que eu estava inventando, e fiz ele jurar que não contaria para ninguém.

Nicky acreditava em cada palavra do que estava dizendo.

Era difícil entender meus sentimentos emaranhados. Basicamente senti tristeza. Entendia o Nicky, mas também me sentia frustrada. Ele não havia progredido em nada no sentido de aceitar a perda — a perda definitiva — da sua mãe. Eu não podia lhe dizer que ele havia imaginado tudo, tentar explicar (para uma criança de 5 anos!) o conceito de alucinações que acontecem quando desejamos demais alguma coisa. E, seja como for, isso cabia a Sean, ele é que era o pai.

Beijei a testa de Nicky e puxei as cobertas para cima.

132

Quando Sean voltou da cidade, servi um copo de uísque para ele. Duplo. E me aninhei ao seu lado no sofá.

— Aconteceu uma coisa perturbadora esta noite. Quando estava colocando o Nicky para dormir, ele me disse que viu Emily na frente do pátio da escola — falei.

Sean empertigou o corpo e me encarou. Vi várias emoções se debatendo nos seus olhos: choque, descrença, esperança, medo, alívio.

— Isso é perturbador *mesmo*, não é bom para ele. Não é saudável. Ele estava comigo quando espalhamos as cinzas de Emily. O que devo fazer agora? Ensinar o que é DNA? Explicar que seu pai enviou a escova de dente da mamãe e o médico legista identificou o material genético dela? — perguntou ele.

Eu nunca o tinha visto tão bravo e descontrolado.

— Pare com isso — falei. — Não consigo suportar. Chega.

— Ah, coitadinho dele — disse Sean. — Coitado do meu filho.

Apaguei a luz, e ficamos sentados no escuro. Eu o abracei, e ele apoiou a cabeça no meu ombro.

Por fim, falou:

— Não vamos partir o coração dele tão cedo de novo. Se ele quiser viver este sonho por mais um dia, não vamos obrigá-lo a despertar.

Na noite seguinte, na hora de dormir, Nicky disse de modo simples e com toda a calma do mundo:

— Vi a mamãe hoje de novo. — Como se estivesse fazendo uma declaração.

Dessa vez, expliquei a Nicky que as pessoas às vezes sonhavam e achavam que tinham visto gente que não estava ali — gente que, talvez, tenha morrido.

— Essas pessoas parecem muito reais e falam com a gente como se fossem de verdade, mas não são. É tudo um sonho. Uma fantasia. E, quando acordamos, é sempre triste. Sentimos mais saudades do que nunca, mas, ao mesmo tempo, entendemos que essas pessoas continuam dentro da gente, nem que apenas nos nossos sonhos — falei.

— Não, você está enganada, minha mãe estava ali, sim. Eu vi. Corri até ela. Cheguei o mais perto que consegui, mas tinha aquela cerca idiota separando a gente. Ela me tocou por entre a cerca, tocou meu cabelo e meu rosto. Então ela me disse para correr de volta até os outros meninos. E...

— E o quê? — Minha voz soava estranha para mim. Ansiosa, tensa... e amedrontada. Mas do que, exatamente, eu tinha medo?

— E me disse que nunca mais me deixaria de novo. Falou para eu contar isso para você e o papai.

Eu me inclinei para beijar a testa de Nicky.

Notei algo familiar. Levei alguns instantes para perceber o que era, identificar uma lembrança que já começava a se apagar.

Cheirei a pele e o cabelo de Nicky. E senti o cheiro do perfume de Emily.

Sean passaria aquela noite na casa dele, trabalhando, e eu ficaria com os meninos, mas liguei dizendo que queria ir até lá. Sean ouviu o tom de urgência na minha voz. Sem perguntar qual era o problema, ele me disse para pôr os meninos no carro e mandar uma mensagem quando estivesse chegando. Carreguei os meninos, de pijamas, até meu carro. Quando cheguei à casa de Sean, ele saiu e me ajudou a carregá-los até o quarto de cada um.

Eu lhe contei que havia sentido o cheiro do perfume de Emily em Nicky e que dessa vez Nicky insistira em ter visto a mãe. Insistira que ela o tocara.

Sean parecia desgastado. Seu rosto se tornou sombrio, e seu tom era curto e grosso quando disse:

— Stephanie, vamos parar com essa merda de *Twilight Zone*. — Ele nunca tinha falado assim comigo antes, e, pela primeira vez, pensei que Emily poderia levar a melhor dessa vez. Até então eu não sabia que se tratava de uma competição, mas era: ele sempre amaria Emily, a memória dela, mais do que amava a mim. Tal como Nicky,

Sean jamais superaria a perda dela. — Stephanie, você está perdendo a noção. Emily morreu. Ninguém deseja que isso seja verdade, mas é. Não era para ter acontecido. Mas aconteceu.

Tive a vaga lembrança de já ter ouvido Sean dizer isso antes: que não era para ter acontecido. E mais uma vez me perguntei: o que era para ter acontecido?

— Precisamos ajudar o Nicky a aceitar isso, e não alimentar suas fantasias dolorosas e destrutivas — disse ele.

Eu sabia que Sean tinha razão, mas o cheiro do perfume de Emily havia me assustado. Talvez estivesse fantasiando, desejando acreditar que ela continuava viva, apesar de saber que, se ela realmente estivesse, eu teria que lhe dar satisfações. Falei para mim mesma: controle-se. Estamos em luto, e o luto faz as pessoas imaginarem e fazerem coisas malucas...

Sean deu um suspiro profundo, depois se levantou, pegou-me pela mão e me levou pelas escadas até o banheiro dos fundos no segundo andar da casa, onde, no armário de roupa de cama e banho, em cima de uma prateleira, havia um vaporizador com o perfume de Emily.

Ele o borrifou no ar.

Foi horripilante. Lilases e lírios. Freiras italianas. Aquilo nos trouxe Emily de volta. Por um instante, ela estava ali conosco.

— Guardo um frasco desse perfume aqui. Nicky o encontrou, depois pegou a escada, subiu até a prateleira, alcançou o frasco de perfume e o borrifou no cabelo. Coitadinho. Acho que isso deve ter feito ele se sentir mais próximo da mãe — disse Sean.

Parte de mim sabia que isso não tinha sentido. Fazia dois dias que Nicky não vinha para casa, e só hoje eu senti o perfume no seu cabelo. Mas desejava uma explicação lógica. Queria acreditar em Sean. Além disso, não havia mais nenhuma justificativa. Eu vira o laudo da autópsia e a urna que continha as cinzas da minha amiga.

Com o perfume de Emily, com o cheiro forte do seu doce odor de lilases e lírios no ar, Sean e eu fizemos amor. É vergonhoso o quanto estávamos excitados, mas talvez não seja tão surpreendente. Talvez estivéssemos apenas tentando provar algo para nós mesmos, e um para o outro.

Nossa amada Emily estava morta.

Mas continuávamos vivos.

Certa noite, eu estava na minha casa com Miles e jantando massa com molho de tomate fresco, o tipo de refeição vegetariana deliciosa que costumávamos fazer quando éramos só nós dois. Era um alívio, de certa maneira. Um alívio e um prazer.

Estava me sentindo em paz; portanto, foi um duplo choque quando Miles me disse:

— Ei, adivinha só, mãe. Eu vi a mãe de Nicky hoje. Ela estava indo para a floresta que fica atrás da escola quando a gente saiu lá fora, na hora do recreio. É como se ela estivesse esperando a gente sair. Então ela saiu correndo, porque não queria que ninguém mais a visse. Correu depressa, mas vi que era ela.

Será possível que um coração pare de bater e o resto do corpo continue vivo? Acho que sim, pois meu coração parou em meu peito.

— Tem certeza?

— Sim, mamãe.

— Certeza certeza? — perguntei, tentando manter a calma.

— Certeza certeza — garantiu Miles.

Tem um livro que a gente costumava ler. Uma das mães que acompanham meu blog o recomendou quando escrevi sobre a época em que Miles estava com mania de se esconder e me deixava apavorada.

O livro se chama *Cadê o Coelhinho Travesso?* O coelhinho fica se escondendo da sua mãe e isso a assusta, mas as crianças conseguem encontrar onde ele está nas ilustrações. A mamãe coelha, entretanto, fica muito preocupada, porque não tem a menor ideia de onde ele está. E, no final, o coelhinho promete que nunca mais vai se esconder dela de novo:

— Você promete com seu narizinho cor-de-rosa? — pergunta a mãe.

— Prometo, sim — diz Coelhinho Travesso.

— Promete com cada um dos dedinhos bonitinhos das suas patas?

— Prometo — responde Coelhinho Travesso, e nunca mais se esconde da mãe de novo.

Aquilo se transformara em uma brincadeira minha e de Miles, sempre que eu queria que ele me prometesse alguma coisa. Agora, então, perguntei a ele:

— Era mesmo a Emily? Promete com seu narizinho cor-de-rosa?

— Prometo — disse meu filho.

— Promete com cada um dos dedinhos bonitinhos das suas patas?

— Era ela. Eu prometo — respondeu Miles.

22

———

BLOG DA STEPHANIE
OUTRO PEQUENO FAVOR

Olá, mães!

Essa vai ser rápida. Alguma de vocês se lembra do título de um filme francês que tenho certeza de ter assistido na faculdade sobre um diretor de escola sádico e sua amante sexy (Simone Signoret?) que armam um esquema para meter medo na esposa rica e frágil dele, fazendo-a pensar que ela o assassinou e, em seguida, fingindo que ele voltou dos mortos?

Não acredito que eu tenha inventado essa história. Aguardo vocês.

Obrigada!

Com amor,
Stephanie

23

BLOG DA STEPHANIE
OUTRO PEQUENO FAVOR (CONTINUAÇÃO)

Diabolique!

Obrigada, mães, pela resposta que vocês me enviaram em questão de segundos! Nem acredito no quanto são atenciosas, em como isso prova que existem mães lendo isto agora mesmo e que, se eu precisar de ajuda — nesse caso foi apenas uma mão à minha memória —, não hesitarão nem por um segundo.

Diabolique.

Consegui baixar o filme minutos depois de postar a pergunta.

Que momento incrível! Você deseja uma coisa, mas não sabe exatamente o quê; então, lança isso ao ciberespaço e descobre. E consegue!

Ah, se a vida real pudesse ser como este blog!

Não decidi ainda se recomendo ou não o filme. A mãe que me enviou um e-mail disse que só se lembrava do título porque nunca sentiu tanto medo. Falou que nunca mais gostaria de revê-lo e sugeriu fortemente que eu não fizesse outras mães viverem com essa lembrança, como ela.

Se somos do tipo que se assusta com os romances da Patricia Highsmith (só de digitar o nome, já sinto saudades de Emily!); então, talvez esse filme não seja para nós. Mas ele me arrebatou porque a trama é toda cheia de reviravoltas e porque Simone Signoret está maravilhosa no papel de professora de escola sexy/amante sinistra.

O filme começa na escola, onde um monte de meninos franceses desajeitados de calças curtas berra e corre para todos os lados. O diretor é extremamente controlador. Todos têm medo dele, e ele apronta com todo mundo, só por prazer.

Simone Signoret está de óculos escuros para esconder os hematomas que ganhou do diretor, seu amante violento. Ele também abusa da esposa, mas apenas psicologicamente, porque é o dinheiro da sua mulher que sustenta a escola. Ela tem problemas cardíacos, e o cara torna a vida da esposa tão miserável que ela pensa que vai morrer de tristeza e humilhação.

Filmes como esse sempre me fazem perceber como, apesar dos erros que cometemos e das coisas ruins que fizemos, eu tive sorte ao escolher meus homens. Porque (como tantas mães já descobriram) é muito fácil se envolver com alguém que você acredita ser um cara bacana. Você tem um filho com ele, e, então, um dia ele se transforma...

A esposa e a amante odeiam o diretor com tanta intensidade que decidem matá-lo. Elas lhe dão uísque com uma droga, depois colocam seu corpo num cesto e o atiram na piscina da escola.

O plano é fazer parecer um acidente. Nunca daria certo, mas no fim não é isso o que importa. Quando drenam a piscina, não há corpo algum.

Chega de *spoilers*, mães, caso decidam assistir... mas não estou sugerindo nada.

Vou apenas dizer que o morto começa a aparecer toda hora em lugares inesperados e aterrorizantes, não como um desses filmes violentos (o telefonema vem de dentro da casa!) ou um festival de sanguinolência, mas como algo mais sombrio e perverso.

A história dá diversas reviravoltas. Ninguém é aquilo que parece ser. Nada é o que você pensa que é.

Fiquei presa pela trama. Tive calafrios. Me surpreendi com o final. Fiquei imersa durante algumas horas.

Assistam ou não, a escolha é de vocês, mães inteligentes.

Com todo o meu amor e, como sempre, obrigada,

Stephanie

24

STEPHANIE

O que acabei de escrever no meu blog — mais uma vez — não foi o que aconteceu. Na verdade, o filme me deixou enlouquecida. Enquanto eu ia assistindo, ficando cada vez mais assustada, parte de mim se perguntava: e se todo mundo estiver mentindo? Abusando psicologicamente de mim? E se Emily estiver viva? E se Emily e Sean tramaram para me fazer passar por isso, para fazer isso comigo? Mas por quê? O que eu fiz para eles? Foi extremamente deprimente.

Assisti ao filme na minha própria casa — escondida e culpada, como se fosse um filme pornô. Assim que terminou, eu me arrependi de não ter sido na casa de Sean. Precisava que ele me dissesse que estava apenas sendo paranoica, precisava acreditar nele.

Valeu a pena acordar os meninos e ir até a casa de Sean. Miles e Nicky voltariam a dormir no caminho.

A mesa de jantar de Sean se encontrava repleta de papéis. Ele estava trabalhando. Pusemos os garotos na cama e ele me serviu um copo de conhaque. Na lareira, o fogo crepitava. O sofá estava quente e confortável.

— Existe alguma chance, *por menor que seja*, de que Emily esteja viva? — perguntei

— Nenhuma — respondeu ele. — Nenhuma mesmo.

— Miles viu Emily. E a vista dele é ótima. Ele é meu filho. Acredito nele — falei.

— Crianças estão sempre vendo coisas que não existem — disse Sean.

— Miles não — retruquei. — Miles sabe o que existe e o que não existe.

Primeiro Sean pareceu irritado, depois horrorizado, depois assustado e depois... eu não tinha a menor ideia do que ele estava sentindo. Sua expressão se modificava em câmera lenta. Ele se levantou e saiu da sala. Demorou muito tempo para voltar. Fiquei ali sentada, confusa e preocupada. Seria melhor ir atrás dele? Será que eu devia pegar Miles e voltar para casa? Ou era melhor continuar esperando?

Esperei. Era o mais fácil a se fazer.

Finalmente Sean retornou. Ele se recostou no sofá e passou o braço em torno do meu ombro.

— Sinto muito, Stephanie. Sinto mesmo.

— Pelo quê? — indaguei.

— Por não perceber o quanto isso tem sido duro para você. Todo o tempo pensei que somente eu e Nicky estávamos sofrendo, mas você também está.

Comecei a chorar.

— Sinto saudade dela — falei.

— Todos sentimos — disse Sean. — Venha morar aqui comigo. Vamos tentar fazer isso dar certo. Emily se foi. Ela morreu.

Comecei a chorar ainda mais. Sean também.

— Nicky deseja que a mãe esteja viva. Deseja tanto que convenceu a si mesmo de que ela não morreu. E, sei lá como, convenceu Miles de que ele também a viu. Mas Emily não está viva. E ela iria querer que Nicky tivesse outra mãe, que tivéssemos um lar estável. Venha morar aqui. Em tempo integral. Por favor.

— Tudo bem — concordei. Em poucos minutos, senti o medo e as dúvidas dos últimos dias desaparecerem, como se fossem uma doença da qual eu houvesse me recuperado por milagre.

— Podemos dar apoio um ao outro e proteger os meninos dos fantasmas ou seja lá do que eles estiverem imaginando. Nos proteger para o pior defendendo a caravana, como vocês americanos dizem — disse Sean e riu por entre as lágrimas.

Miles está nas nuvens. Adora a casa de Nicky. Sente-se à vontade aqui. A tevê é maior do que a de lá de casa. Não sinto falta das noites em que Sean, eu e os meninos passamos nas nossas próprias casas. Não sinto falta da minha casa. Não muita. Às vezes, um pouco, mas na maior parte do tempo gosto de estar aqui com as crianças e Sean.

Cada dia que passamos aqui significa que Emily está um dia mais distante. Durante muito tempo, quis mantê-la próxima, mas agora eu a quero longe. Quero ser a dona do coração de Sean e, um dia, do coração de Nicky. Preciso ter paciência.

Existem muitas coisas sobre as quais não posso falar no blog. Não escrever lá me dá mais tempo para pensar, pensar sobre a minha amiga.

Como é possível você achar que conhece alguém, mas, na verdade, conhecer tão pouco? Como Emily pode ter abandonado o filho e ido até Michigan para se entupir de bebida e drogas? Essa não era a amiga que eu conhecia.

Tornei-me obcecada com o que restava dela na casa. Era uma conversa difícil, mas convenci Sean a guardar algumas coisas de Emily em um guarda-volumes. Eu me ofereci para encontrar um e organizar o transporte.

Pensei em perguntar às mães se elas conheciam alguma empresa de guarda-volumes na fronteira entre Nova York e Connecticut, mas tive medo de que percebessem o que estava acontecendo e soubessem que eu me livrava de algumas das roupas e dos objetos de Emily. Era algo que precisávamos fazer, a fim de abrir espaço para mim e Miles, para podermos sentir que de fato morávamos ali. Sean concordou.

Combinamos que Sean ficaria em casa para ajudar o pessoal da mudança numa tarde de sábado. Ele diria a uma equipe completa de organizadores profissionais o que desejaria que fosse levado, enquanto eu ia com os meninos ao cinema.

Estava bem interessada em saber o que ficaria, aquilo de que Sean não suportaria se desfazer.

Até então, sempre que eu dormia na casa dele, tomava cuidado para ser respeitosa, para honrar a privacidade de Emily. Acharia errado remexer as gavetas e armários dela. (Sean teve a atenção de livrar uma cômoda e um armário para mim.) Depois que me mudei, porém, comecei a tomar mais liberdade.

Se encontrava algo de Emily que me interessava ou que parecia fornecer alguma informação, eu o examinava em busca de pistas a respeito de quem ela realmente era e por que fez o que fez.

Mais ou menos nessa época parei de escrever no blog. Enviei uma mensagem para as mães da comunidade avisando que daria um tempo e voltaria em breve.

Era difícil demais escrever sobre minha vida com algo semelhante a honestidade. Poderia ter escrito sobre a dieta de Miles e sobre ajudá-lo a se transformar em um adulto bacana; poderia ter escrito a respeito de formar uma família mista e conseguir lidar com o imenso buraco que existia em nossas vidas.

As mães, entretanto, não são idiotas. Teriam percebido a nota falsa; notariam que meus interesses agora estavam em outro lugar. Talvez percebessem também que eu me enfiara em um lugar ligeiramente sombrio do qual teria que me esforçar para sair.

Tornei-me obcecada com o que poderia descobrir a respeito de Emily.

E se Miles e Nicky estivessem dizendo a verdade? E se ela estivesse viva? Seria possível? Seria possível que ela e Sean tramassem contra mim? Por causa do dinheiro do seguro? Começava a parecer que, com a ajuda dos advogados fora de série da empresa dele, Sean conseguiria fazer a morte de Emily passar como um acidente — portanto, embolsaria os dois milhões, descontando as taxas advocatícias.

Quando os meninos estavam na escola e Sean trabalhando na cidade, eu começava um jogo. Todos os dias eu devia procurar e encontrar algo interessante sobre Emily. Um objeto que forneceria uma dica sobre quem ela realmente foi. Depois eu me obrigava a parar.

O primeiro lugar onde procurei foi o armário de remédios. Nada criativo! Encontrei um frasco de Xanax de 10mg, receitado para Emily por um médico de Manhattan. Por que ela não o levara consigo? Se eu fosse dar um pé na bunda do meu marido, deixar meu filho com minha melhor amiga e embarcar em uma esbórnia de álcool, remédios e natação, esse remédio seria exatamente o que eu desejaria.

A menos que ela tivesse tantos que não precisasse deste.

Eu não conseguia me lembrar do que o laudo da polícia relatou ter encontrado no chalé. Teriam achado alguma garrafa de bebida ou frasco de remédio vazio por lá?

No segundo dia, em um armário do corredor, encontrei uma bolsa roxa de crocodilo com o logo da Dennis Nylon. Ela estava cheia de cédulas de baixo valor, alguns euros, mas a maior parte era formada por pesos, rublos e dinares, todos coloridos, com imagens de flores e rostos de heróis nacionais. Lembranças de viagens. Pela Dennis Nylon. Imaginei festas na beira da piscina regadas a garotos locais, modelos e drogas.

Enquanto isso, Emily escrevia *press releases* e administrava informações. Minha amiga não tinha sido uma drogada desvairada, mas sim uma mãe responsável e esposa amorosa com um emprego importante. Talvez, porém, ela houvesse sido tudo isso junto. Aquele dinheiro era a coleção de Emily. Seu diário de viagens.

Talvez tivesse havido um crime. Talvez a máfia russa estivesse querendo entrar no meio da moda, mas Emily ficou em seu caminho. Minha imaginação rodopiava, descontrolada. Obriguei-me a relaxar.

Encontrei uma caixa repleta de fotos de Emily. Parecia estranho não haver nenhuma fotografia da sua infância, nem da sua vida antes de se casar com Sean. Teria Sean se livrado dessas fotos? Ou haveria algo no seu passado que ela desejara apagar? Sean disse que ela se isolara dos pais, mas que havia sido lacônica ao falar do motivo. Não era estranho o fato dos dois serem casados e ele não saber de nada disso? Eu contava muita coisa sobre mim a Davis. Sobre meus pais. Porém, deixei de fora algo importantíssimo: meu relacionamento com Chris.

As únicas fotos que havia na caixa eram de Emily com Nicky. Lembrei que Sean tinha dado as fotos de Emily sozinha para a polícia e que eles ainda não as haviam devolvido. Ajudei-o a editar as fotos em que Nicky aparecia, tirando o menino, porque decidimos que o rosto dele não precisava vir estampado em todos os jornais, nem aparecer na internet.

Em um armário dos fundos, ao lado do lugar onde a chaminé subia até o sótão, encontrei um vestido azul-claro num cabide e um estiloso par de sandálias azul-claro de salto alto embaixo dele.

O vestido oscilou quando abri a porta. Como se fosse uma pessoa se escondendo no escuro e esperando para saltar em cima de mim e me assustar: Buuu! No começo, fiquei assustada.

Seria o vestido de casamento de Emily? Não dava para perguntar. Eu não queria que Sean soubesse que andava remexendo os armários do sótão. Ele disse que desejava que eu me sentisse em casa, mas eu não sabia o que ele queria dizer com isso.

Tirei o vestido azul do cabide e o levei, juntamente com os sapatos, até o nosso quarto. Vesti as roupas de Emily. O vestido ficou justo demais, e as sandálias apertaram meu pé um pouco, mas folguei as tiras. Eu me sentia a irmã da Cinderela tentando enfiar o pé no sapatinho de cristal.

Olhei-me no espelho. Eu me senti uma pecadora. Me senti triste.

Fingi que era Emily. Deitei-me na nossa cama com as pernas pendendo na lateral para me observar no espelho. Enfiei a mão por baixo do leve tecido azul-claro e comecei a me masturbar. Fingi que era Emily e que Sean estava me olhando.

Gozei em mais ou menos um minuto. Quando gozei, soltei uma gargalhada. A essa altura, não era surpresa alguma saber que eu era uma pervertida. Seria lésbica também? Não queria transar com Emily. Só gostei de fingir que era ela. Levei as roupas para o sótão de novo e as pendurei no armário do jeito como as encontrara.

No quarto de hóspedes havia uma penteadeira estilo *art déco* com um grande espelho redondo. Era o tipo de coisa que devia parecer irresistível num leilão, mas que, ao chegar em casa, faria você se perguntar o que lhe deu na cabeça para acreditar que precisava de uma penteadeira que uma estrela de cinema dos anos 1930 usaria para empoar o nariz.

Em uma das gavetas, encontrei um envelope de papel pardo cheio de cartões de aniversário. Cartões comemorativos que se compram em farmácias. Todos ainda estavam dentro dos envelopes, endereçados aos vários locais onde Emily Nelson (ela não adotou o sobrenome de Sean) havia morado em diferentes momentos da sua vida. O seu quarto no conjunto residencial da faculdade em Syracuse. Seu primeiro apartamento em Alphabet City, em Manhattan. Era possível acompanhar a ascensão de Emily na Dennis Nylon só de observar os endereços se tornando cada vez mais chiques. Então os cartões seguiam para a East Eighty-Sixth Street — onde ela morara com Sean depois de Nicky nascer. Mas quando ela morou em Tucson? Emily nunca me contou nada a respeito. Ou talvez estivesse apenas de passagem durante seu aniversário e o cartão da mãe foi enviado para lá.

Os cartões eram do tipo convencional, padronizado. Flores. Balões. FELIZ ANIVERSÁRIO PARA MINHA QUERIDA FILHA. FELIZ ANIVERSÁRIO PARA NOSSA FILHA MAIS AMADA.

Não havia nada mais pessoal do que isso, nenhuma anotação ou voto. Nada escrito à mão a não ser o destinatário, *Para Emily,* e a assinatura, *Com amor, Mamãe.* A letra, sempre grafada com tinta marrom de caneta-tinteiro, pertencia a outra época, em que as garotas eram especialistas em caligrafia. Era irretocável — floreada, mas firme.

No canto superior esquerdo de cada envelope, com a mesma letra, lia-se: *Sr. e Sra. Wendell Nelson.* E lá estava um endereço em Bloomfield Hills, Michigan.

O endereço dos pais de Emily.

Peguei o envelope e o coloquei na minha gaveta. Senti que era importante ter aquele endereço, embora não soubesse o porquê. Se existia alguém capaz de me ajudar a esclarecer o mistério de quem fora minha amiga, era a sua mãe. Eu sabia que ela sofria de demência senil, mas me lembro de ouvir que tinha dias bons. Talvez eu pudesse lhe fazer uma visita num desses dias bons. Jamais teria coragem para ir até lá vê-la — nem o tempo ou a liberdade! —, mas gostei de ter seu endereço.

Havia mais uma coisa. Uma coisa importante. E aconteceu completamente ao acaso.

Uma tarde, Sean ligou do trabalho me pedindo para procurar na gaveta de cima da sua escrivaninha um papel no qual anotara as informações de contato de um cliente. Ele havia se esquecido de levar o celular na reunião e depois se esquecera de adicionar o telefone dele na sua lista de contatos. E precisava do número do cara. Agora.

Percebi que Sean estava envergonhado; achou que tinha feito merda. Eu o confortei, comentando que não era nada. As pessoas esquecem coisas mais importantes do que essa. Ele enfrentava um período de muito estresse. Não falei: pegue leve com você mesmo, sua esposa morreu. Mas sabíamos a que eu me referia. Disse que procuraria o papel e telefonaria de volta quando o encontrasse.

O papel — arrancado de um bloco de notas amarelo — estava onde ele disse que estaria, junto de um monte de contas e recibos, carregadores antigos de celular e uma maçaroca desses crachás que se usam em reuniões. Fiquei surpresa com aquela bagunça. Sean é uma pessoa muito organizada. Mas, enfim, ninguém é perfeito, e eu já tinha visto como ele podia deixar as coisas saírem do controle quando se tratava de trabalho. Assim que fomos morar juntos, muitas vezes eu tinha que tirar pastas (bem organizadas!) e pilhas de papéis de cima da mesa de jantar para podermos comer.

Logo antes de eu fechar a gaveta, notei uma caixinha forrada de veludo azul, ligeiramente empoeirada. Era uma caixinha de joias. Tive a impressão de ouvir uma voz me aconselhando a não abri-la, mas essa mesma voz tornou aquele ato irresistível.

Abri a caixinha. Ali dentro estava o anel de Emily: a safira rodeada de brilhantes.

Segurei-o entre os dentes. E, então, eu a vi. Eu vi Emily. Vi os brilhantes cintilando enquanto ela mexia as mãos, nós duas sentadas no sofá, conversando sobre os livros e filmes que ela adorava, sobre Nicky e Sean, sobre as coisas das quais ela gostava. Rindo, brincando e celebrando a dádiva da nossa amizade maravilhosa.

Num impulso, levei o anel até o rosto. E tive a impressão de sentir o cheiro das águas frias e escuras do lago em Michigan, e, por baixo dele, um leve odor de decomposição. De morte. Era impossível um anel cheirar assim, mas, apesar disso, eu tinha certeza de que cheirava.

Minha amiga se fora. Isto era a única coisa que restara — este anel e as nossas lembranças. Devolvi o anel à caixinha de veludo, guardei-a novamente na gaveta e a fechei. Comecei a chorar — mais do que já havia chorado desde que recebera a notícia da morte de Emily.

Eu me recompus. Telefonei para Sean. Mal conseguia me manter firme enquanto lia para ele o número de telefone do seu cliente. Sean me agradeceu. Quis lhe dizer que eu o amava, mas não era o momento. Quis lhe dizer que tinha encontrado o anel de Emily, mas sabia que jamais confessaria isso.

Parei de buscar pistas na casa. Não havia mais nada que precisasse ou desejasse saber.

Nós nos acomodamos em uma rotina. Os garotos iam para a escola, Sean ia para o trabalho. Maricela vinha às quartas-feiras; portanto, eu não precisava fazer a faxina. Ocupava-me arrumando o quarto dos meninos e coletando coisas para fazermos projetos de arte quando eles chegavam, assando muffins e construindo aeromodelos.

Tentei me lembrar de Emily apenas de uma maneira boa. De uma maneira positiva, útil. Decidi que essa história dos meninos a terem visto, e do cheiro dela em Nicky, e das minhas próprias dúvidas faziam apenas parte de nosso sofrimento. De nossa recusa a acreditar que ela se fora.

Porque ela se fora. Sean vira o laudo da autópsia. Os resultados do teste de DNA. Se o corpo no lago não era dela, então de quem era? Nem mesmo em uma cidadezinha de Michigan se cometem erros desse tipo.

Eu lia livros de receitas e aprendia a cozinhar pratos diferentes — berinjela à parmegiana, ensopados de tofu coreanos — que, de início, Sean e os meninos estranharam, mas dos quais aprenderam a gostar. Ou talvez só os comessem para me agradar. Enfim, comiam tudo. Eu não queria que comêssemos carne todas as noites. Comecei a me sentir bem na cozinha de Emily. Estava alimentando as pessoas que ela amava. Comida era a sustância, era vida. Minha amiga montara uma cozinha, encontrara um marido e achara alguém de confiança que poderia cuidar do seu filhinho depois que se fosse.

Todos estavam cedendo de alguma maneira. Nicky parara de fingir e me tratava bem — ou quase —, como fazia antes da sua mãe sumir, quando nós quatro nos divertíamos em programas na sexta à tarde depois da escola. Transformei o quarto de hóspedes — aquele da penteadeira — em uma espécie de escritório, e decidi que em breve voltaria a escrever no blog. Já havia se passado tempo suficiente para que minhas leitoras aceitassem que eu e Sean agora éramos um casal.

Eu teria muito a dizer sobre os desafios e as recompensas de criar dois meninos em vez de um. Por um lado, era mais fácil; por outro, mais difícil. Até agora eles não haviam brigado. Eu me sentia grata, mas tinha dúvidas se isso duraria.

O sexo com Sean continuava tão incrível quanto no começo. Ou quase. O tesão diminui quando se pode ter a pessoa sempre que quiser. É natural. A não ser que você transe todas as noites, coisa que você faz no começo, depois nem tanto. Em algumas noites, vocês ficam ali deitados lado a lado, como irmãos. E percebem, mas tentam não dar importância a isso.

Talvez tenha sido por esse motivo que o tesão entre mim e Chris nunca havia arrefecido. Porque não podíamos transar sempre que queríamos. Nem de longe.

Os garotos nunca mais falaram que tinham visto Emily na escola, nem em qualquer outro lugar. Resolvi fingir que nada daquilo acontecera. Lembrava-me de ter lido sobre histeria em massa, casos em que um grupo de pessoas tem a mesma alucinação ao mesmo tempo. É algo especialmente comum entre crianças da mesma escola. Acontecera com Nicky e Miles, mas os dois não demonstraram sinais de nenhum dano permanente.

Tínhamos conseguido superar, pensei.

Nosso Dia de Ação de Graças foi tranquilo, só nós quatro. Os garotos me ajudaram a assar o peru. Estava perfeito, com pele crocante e úmida, um recheio delicioso. Sean foi doce e fingiu não saber o que significava aquela data, para que os meninos lhe dissessem tudo o que haviam aprendido na escola: que os peregrinos tinham vindo para cá e os nativos americanos lhes ensinaram a plantar milho e a fazer suas primeiras plantações, para que eles pudessem sobreviver aos invernos gelados da Nova Inglaterra.

Naquela noite, depois que eles foram dormir, Sean e eu ficamos sentados no sofá terminando nosso vinho. Ele me abraçou e disse que seria bom fazermos uma viagem no feriado de Natal, nós quatro. Para um lugar quente. Uma ilha. Um lugar onde só existisse a gente. Ele nem precisava dizer: um lugar para onde ele nunca fora com Emily. O México, quem sabe, ou o Caribe. Um colega de trabalho tinha ido a Viecques e adorado.

Drinques à base de rum. Redes na praia.

Eu disse que seria maravilhoso. E parecia mesmo.

Ficamos acordados e fizemos amor. Pensei: talvez isso dê certo.

Na manhã seguinte, deixei os meninos na escola e levei Sean até a estação de trem, voltando, em seguida, para casa. Já começava a pensar na casa como minha. Não mais de Emily, nem de Sean — minha.

Preparei uma xícara de café. Sentei-me à mesa ensolarada da cozinha. Depois levei o café até a sala de estar e me acomodei no sofá. No sofá de Emily, pensei por um segundo, depois me obriguei a parar de pensar dessa maneira. Era meu sofá agora.

Pensei na minha vida até agora e na possibilidade de que as coisas tivessem se ajeitado, se tranquilizado. Com sorte, poderiam continuar assim. Por mim, seria ótimo.

O telefone tocou. A linha fixa que ninguém nunca usava.

Corri para atender.

O identificador de chamadas dizia FORA DE ÁREA. Atendi e me arrependi. Ouvi o silêncio que se ouve logo antes da fala de uma gravação automática.

Estava prestes a desligar quando uma voz disse:

— Stephanie. Sou eu.

Era Emily. Eu reconheceria a voz dela em qualquer lugar.

— Onde você está? — perguntei. — Você precisa me dizer!

— Aqui fora. Observando você.

Corri de janela em janela. Não havia ninguém lá fora.

— Dê a volta na cozinha — disse Emily. — Levante a mão. Vou lhe dizer quantos dedos você está mostrando.

Levantei a mão, com dois dedos erguidos.

— Dois — disse Emily. — Tente de novo.

Dessa vez, ergui as duas mãos. Sete dedos.

— Número da sorte — falou Emily. — Você sempre foi uma garota esperta. Certo, preciso ir. Por enquanto. A gente se fala em breve. — Isso era típico de Emily: a gente se fala em breve.

— Espere! — gritei. Tanta coisa que eu queria perguntar! Mas como começar essa conversa, se eu estava na casa dela, morando com o seu marido?

— Não. Espere você. — Seria minha imaginação ou aquilo parecia uma ameaça? Ela desligou.

Olhei para as coisas de Emily. Os móveis de Emily. Sua casa.

Não era possível que aquilo tivesse acontecido. Em poucas horas, consegui me convencer de que eu havia imaginado o telefonema de Emily.

Estava deitada no sofá, talvez tivesse adormecido e sonhado com aquilo. Desde que Emily morreu, eu vinha tendo sonhos vívidos. Em alguns, ela aparecia. Talvez esse tivesse sido um deles.

Eu, entretanto, não estava convencida. Parte de mim sabia o que acontecera.

Na manhã seguinte, ao voltar depois de deixar os garotos na escola, deixei as compras na casa, respirei fundo algumas vezes e fui até a floresta.

Calculei onde Emily devia ter se posicionado para conseguir me ver pela janela.

Fiquei ali e olhei para a casa.

Nada se mexia. Era pavoroso.

Ouvi galhos se partindo no meio da floresta. Mal consegui respirar.

Então vi a mim mesma pela janela. Na casa. E foi a coisa mais horripilante do mundo.

Era eu, e não era eu.

Era outra pessoa. Eu estava sozinha. Estava na floresta.

Espionando a mim mesma.

PARTE DOIS

———

25

EMILY

B isbilhotar. Algo nessa palavra me deixa quase fisicamente nauseada e, ao mesmo tempo, eu a adoro. *Bisbilhotar.* A palavra me traz uma sensação quase igual ao frio na barriga que se tem logo antes do carrinho descer na montanha-russa. Algumas pessoas fazem qualquer coisa para sentir isso. E, como diz a música, *meu Deus, eu sei que sou uma delas.*

Ando *bisbilhotando* Stephanie, Sean e os garotos. O simples *pensar* na palavra já é quase tão excitante e nauseante quanto me aproximar de fininho da janela da cozinha para observá-la fingindo ser eu. Dormindo com meu marido, criando meu filho, cozinhando na minha cozinha pedaços gigantescos e ultrapassados de vaca morta. Para ser honesta — estou emprestando uma expressão de Stephanie aqui; ela sempre diz "para ser honesta", talvez porque raramente seja —, sinto-me mais fascinada do que furiosa.

Espionar Stephanie na minha casa é como jogar alguma espécie estranha de jogo de ação 3D numa casinha de bonecas. Como se todos ali dentro fossem figuras animadas que posso movimentar como quiser. Que posso obrigar a fazer coisas. Que posso controlar com minha arma mágica: um celular pré-pago.

Basta discar o número mágico... e a bonequinha da Stephanie corre até a janela.

Stephanie pode ficar com a casa, mas quero algumas coisas de volta. Pode ficar com o marido, cuja imbecilidade ficou comprovada até o fim dos tempos pelo fato de estar trepando com ela.

A única coisa que quero é Nicky. Quero meu filho de volta.

Mesmo quando era uma garotinha, estava sempre me escondendo e espionando. Agachava-me embaixo de janelas, deitava-me no gramado. Esperava os adultos fazerem algo sujo e mais íntimo do que preparar café, olhar dentro da geladeira ou (no caso do meu pai) fumar um cigarro escondido na varanda. Vi onde minha mãe guardava as garrafas de bebida e a frequência com que *era* obrigada a tirar o grande dicionário da estante. Que palavra ela precisava procurar? A garrafa ficava escondida atrás do dicionário. Vi minha mãe beber tanto, que aquilo nem parecia mais um segredo, apenas mais um hábito que costumava ter. Não a culpava. A pobre mulher se casara com o meu pai, um ginecologista famoso e criador de orquídeas exóticas por bioengenharia, as quais ele batizava com os nomes das suas "pacientes preferidas".

Só muito raramente eu quebrava o código dos espiões de manter o silêncio e a atenção. Minha mãe bêbada parecia tão idiota! Coloquei água na sua garrafa de gim e fiquei olhando pela janela enquanto ela bebia direto do gargalo. Ela me mataria se *me* pegasse tomando leite direto da embalagem. Depois do primeiro gole, ela ficou intrigada, como se tentasse se lembrar de como era o gosto da bebida. Depois, secou a garrafa, guardou-a dentro de um saco de papel pardo e a levou até lá fora para colocar o lixo no fim da calçada.

Quando estava no penúltimo ano do ensino médio, comecei a dar uns goles no gim dela, os quais foram se tornando cada vez maiores. Ela nunca percebeu ou pelo menos nunca disse nada. Se meus pais fossem recortes de papelão daria na mesma, a contar pelo interesse que tinham em mim. Na Dennis Nylon, você escuta, depois de alguns drinques, um monte de gente falar sobre como seus pais pareciam *ausentes*. Sempre que escutava essa expressão, pensava: você devia conhecer os *meus* pais ausentes. Mas isso seria impossível agora: papai morreu há oito anos, e mamãe não está em condições de conversar sobre os erros que cometeu como mãe.

Todo mundo tem uma infância terrível, todo mundo acha que devia ter sido um paraíso. E que a infância dos outros era uma maravilha. Essa é a mensagem que recebemos dos filmes e da televisão. Quando você é criança, pensa que sua família é a única que não é tão feliz nem tão bacana quanto a das sitcoms. O mais irônico é que, apesar de nunca deixar Nicky assistir às versões modernas desses programas de tevê que estragam a cabeça, a vida dele (num subúrbio de classe média alta, com uma mãe e um pai amorosos) era mais próxima da vida na televisão do que a minha infância e a de Sean — e nós assistíamos a esses programas.

Eu queria que Nicky fosse feliz. É a única coisa, a única, que sei que quero.

Quando você cresce, descobre que não foi a única criança infeliz, o que é legal. Legal se você for o tipo de pessoa que se alegra em saber que mais gente teve o mesmo azar que você. Stephanie gosta de pensar que todos estão seguindo pelo mesmo caminho cheio de pedras. Apesar de falar que é impossível conhecer o outro, ela pensa que é. Ela gosta de pensar que as outras pessoas estão sofrendo da mesma maneira, ou até mais, do que ela. Se você enfrenta um problema com seu filho, supostamente é um consolo saber que existem outras mães enfrentando o mesmo problema. Se sua melhor amiga desaparece, supostamente é um consolo saber que existe um monte de mulheres por aí cujas melhores amigas desapareceram.

É uma população bem pequena, esta que espera uma ligação do *Investigative Reports*, que espera para dizer ao repórter que tem certeza de que o culpado foi o marido.

Durante o dia, Stephanie fica no seu cantinho-escritório na varanda — *minha* varanda —, onde colocou uma escrivaninha antiga com tampo de correr do tamanho de um tanque e um tapete redondo trançado. Tudo muito aconchegante, tudo muito brega. O paraíso da mamãe blogueira. Mas parece que ela parou de escrever no blog.

Gente completamente estranha sentiu pena de Stephanie quando ela me perdeu. Sua melhor amiga. Postaram amor, abraços e emoticons de coração e de rostos preocupados.

Desde o primeiro dia em que sumi, peguei pesado no autocontrole para não bagunçar completamente a cabeça de Stephanie. Era como andar por aí com meu cérebro amarrado. Acabei de mergulhar um dedinho na tortura de Stephanie, e é ligeiramente interessante, mas dolorido também. No fim do dia, em qualquer momento do dia, é a minha casa, meu marido e meu filho.

Penso menos de Sean pelo fato dele ter sido capaz de suportar ficar com alguém assim. Mesmo que esteja usando isso para superar o luto que sente por mim. Teoricamente, eu poderia lhe dar outra chance, mostrar a ele que não morri. Ver com que rapidez ele larga a Stephanie. Seria interessante ver isso.

Mas ele já fracassou em um teste, em dois testes. Não vou lhe dar outra chance de prestar o exame.

O que importa é que Stephanie não é assim tão esperta. Era o que precisávamos. Foi por isso que a escolhi.

Nunca contei a Stephanie que minha mãe bebia. Não era algo que eu quisesse divulgar, apesar de Sean saber, porque a mãe dele adorava uma boa taça de xerez doce e nojento — portanto, eu e Sean tínhamos isso em comum.

Era basicamente tudo o que Sean sabia a meu respeito. Tive cuidado ao lhe dar informações. É o que faço, ou o que *fazia*, para viver — controlar informações. Era para isso que Dennis me pagava. Antes que a maioria das pessoas se desse conta das informações desencontradas, eu era capaz de fazer uma estadia judicialmente compulsória em uma clínica de reabilitação no Tucson parecer duas semanas orgiásticas de sexo e drogas em Marrakesh. Eu conseguia fazer uma coisa parecer outra. Podia fazer a Batgirl acabada parecer a coisa mais descolada do planeta.

Contei para Sean apenas as coisas que o faziam se sentir igual a mim, nada que o faria se sentir diferente de mim. Isso implicava deixar de lado algumas informações básicas. Meu Deus, como Stephanie gostava de falar de segredos. Eu escutava o que ela dizia, ou meio que escutava, e pensava: *temos* que ter segredos. Precisamos de segredos para viver neste mundo. Eu tenho um monte. Mais do que a cota. Vocês não fazem ideia.

Espionando minha mãe, aprendi uma coisa: não sabemos que estamos sendo observados. Gostamos de imaginar que estamos atentos. Nós nos enganamos achando que temos algo em comum com as criaturas que conseguem sobreviver na natureza, mas perdemos o instinto, o sexto sentido necessário. Não conseguiríamos sobreviver nem por um dia na selva — se ela estivesse cheia de predadores.

Basta um único predador. Que, por enquanto, sou eu.

A menos que vejamos ou escutemos alguma coisa, a floresta atrás da nossa casa pode estar cheia de atiradores de elite. Um tarado pode morar do outro lado do pátio, com binóculos grudados nos olhos, rezando ao deus dos pervertidos que a gente tire a roupa.

Havia um cara assim que morava do outro lado do beco que ficava em frente ao meu primeiro apartamento em Nova York, mais ou menos na época em que comecei a trabalhar na Dennis Nylon.

Eu o peguei. Camiseta regata branca, barriga grande e mole. Binóculos de superespião. As calças abaixadas nos joelhos. Mostrei-lhe o dedo, do outro lado do beco. Ele me mostrou o dedo também. Abaixou os binóculos e não desgrudou os olhos dos meus.

Não consegui suportar aquilo: me mudei. Perdi o depósito-caução. Consegui um apartamento mais legal.

Pedi um aumento a Dennis, e consegui. Ele adorava o fato de ser tão poderoso para me dar um troco e me salvar das garras de um pervertido.

Agora *eu é que sou* a pervertida do bairro. E Stephanie é quem precisa ser salva. De mim.

Há um filme que adoro. *A Tortura do Medo*. Inglês. É sobre um serial killer psicopata que filma a si mesmo matando mulheres. Ele prende uma câmera na lança que usa para empalar garotas bonitas a fim de conseguir filmar a expressão de horror no rosto delas. Um verdadeiro artista, um verdadeiro obcecado.

É o filme favorito de Dennis Nylon. Tínhamos isso em comum.

São filmes como esse que acabam com a carreira de um diretor. Todo mundo descobre o quanto o cara é doente e ninguém mais quer trabalhar com ele — principalmente depois que o filme dá prejuízo. *A Tortura do Medo* era demais para 1960. Até para hoje ele seria. Mas não para mim, nem para Dennis.

Fiquei surpresa por Sean não ter assistido, sendo inglês e tendo passado um tempo andando com gente mais ou menos artística. Seus amigos não assistiam a filmes assim? Não havia alguém a quem eu pudesse perguntar, alguém daqueles tempos com quem ele ainda mantinha contato. Seus amigos descolados da faculdade tinham começado a trabalhar em bancos, e, quando nos conhecemos, eles não se viam mais. Eu soube que ele poderia ser meu, se eu quisesse, bastando fazê-lo pensar que, se estivesse comigo, ainda podia ser o cara mais descolado do mundo.

Sean sabia fechar acordos, ganhar dinheiro e fazer negócios, mas nunca tivera um relacionamento amoroso de verdade. Mostrei a ele o que era a paixão. Fiz ele pensar que não podia viver sem mim. Foi muito fácil reprogramá-lo, enganá-lo, fazer Sean pensar que *estava* no controle. Fazia parte do seu encanto, era um bônus no pacote de bom amante que ele era: paciente, criativo e fogoso. Isso é algo que conta, mas conta mais do que deveria, caso fosse mais comum entre a população masculina. Quantos e quantos homens fazem amor como se tivesse um táxi com o taxímetro rodando à sua espera, parado na rua.

Eu podia transformar Sean no que quisesse. Bastava descobrir o que eu queria que ele fosse.

Sean e eu nos conhecemos num jantar beneficente especialmente terrível no Museu de História Natural. Chorei metade da noite porque tudo estava dando errado — a começar com um importante investidor que caiu das escadas e terminando com um chef siciliano badalado que cortou fora a ponta do dedo. Eu estava me virando em duas para dar conta de tudo; portanto, ninguém percebeu as mancadas gigantescas que teriam enfurecido Dennis e feito *todos* perderem o emprego.

Sean se apresentou e disse que trabalhava para a firma de investimentos que havia se associado com a Dennis Nylon. Agi como se já tivéssemos nos conhecido antes para o caso disso ser mesmo verdade — embora tivesse certeza de que, se fosse o caso, eu me lembraria.

— Será que podemos sair para jantar um dia desses? — perguntou ele.

Superdoce, superdescolado, superclaro.

Pouco tempo depois, convidei Sean para vir ao meu apartamento assistir *A Tortura do Medo* em DVD. Era nosso terceiro encontro. Foi um teste, mas também um risco — convidar um cara atraente, rico, basicamente decente e basicamente conservador a assistir ao meu filme preferido cujo assunto era um serial killer psicopata. Se eu fingisse que meu filme preferido era *A Noviça Rebelde*, podia desistir antes mesmo de começar. Quem desejaria sair com um cara que se atrai por mulheres desse naipe?

Assistimos ao filme juntos, o braço de Sean em torno do meu ombro. Já tínhamos transado — um sexo bom, talvez até ótimo; portanto, acho que ele pensou que esse gesto demonstrava seu autocontrole e boas maneiras, pois agora estava fazendo outra coisa que não um sexo ótimo. Não quero parecer fria nem convencida quando digo que ele achava que o sexo era melhor do que era. Creio que Sean tinha uma experiência limitada, formada basicamente de relacionamentos mornos com universitárias britânicas mal-ajambradas e estagiárias frustradas do banco.

Agora, estava fazendo minha vontade, assistindo a um filme de que gosto. Já tinha tido namorados suficientes para saber que esse era o tipo de coisa que os caras fazem no começo de um relacionamento. Mais para a frente, ou eles saem da sala, ou pedem para assistir à televisão — ou então simplesmente agarram o controle remoto e trocam para um jogo de basquete.

Durante o filme, Sean e eu não falamos nada.

— Brilhante — disse ele depois, daquele jeito irritante que os britânicos têm de pronunciar essa palavra. — Mas achei meio forçado. Você não?

Reprovado! Ele achou o filme *meio forçado*. Seria Sean um desses caras molengões que querem acreditar que as pessoas são *legais*? Sabe, o tipo que evita livros e filmes que mostrem qualquer tipo de dor, sofrimento ou violência. Existem caras assim por aí — mais do que se poderia imaginar.

Mas não era o caso de Sean. Ele apenas fingia ser um cara legal. Ou talvez fosse um cara legal fingindo ser um *bad boy*. Aquilo o excitava; o fato de eu gostar de *A Tortura do Medo* o excitava. Achava sexy. Assustador, mas de um jeito bom. Era o tipo de filme de que um cara gostaria, mas não as garotas, que, imaginava ele (provavelmente por causa de suas ex-namoradas), só querem voltar do trabalho e ficar no sofá com uma taça de pinot grigio assistindo à última refilmagem da Jane Austen produzida pela BBC.

Eu prefiro tequila, ou melhor, mescal. Mas nunca com Sean.

Mais tarde, ele se revelou um grande fã de séries de tevê sombrias: *Breaking Bad, The Wire*. Séries das quais eu não gostava muito, mas que todos os jovenzinhos do meu trabalho adoravam. Não consigo acompanhar as personagens.

Fugimos para casar em Las Vegas. Não contamos a ninguém. Nós nos casamos na Elvis Chapel e passamos três dias na cama, numa suíte do Bellagio. Foi ótimo: sexo, serviço de quarto, champanhe, tevê, os dois se exibindo um para o outro.

Não foi a atitude mais inteligente da parte de Sean sugerir visitarmos sua "mamãe" no norte da Inglaterra durante a lua de mel. Ele não parava de falar como lá era verde, como as charnecas eram românticas. Sean sabia que eu adorava *O Morro dos Ventos Uivantes*. A cidadezinha dele ficava a apenas uma hora de Haworth Parsonage, lar das irmãs Brönte.

Foram dois dias de chuva fina e desolação, frio horroroso e nuvens tão baixas que não consegui ver charneca alguma. Odeio a sensação de quando o frio está penetrando sua pele e atingindo os ossos. E tudo isso para quê? Só para eu e Sean andarmos por uma casinha deprimente cheia de turistas adolescentes chorosas? Depois voltar e passar a noite na casa úmida, mal aquecida e infestada de mofo do maracujá azedo e enrugado que era a mãe dele, que não gostava do filho e gostou menos ainda de mim?

No geral, procuro não sentir pena das pessoas. Acho que sentir pena não faz bem nem para a pessoa de quem se sente pena, nem para quem a está sentindo. Ainda assim, quando vi aquela casa! O linóleo rachado, os aquecedores a gás fedorentos, as cortinas pesadas e escuras e a mobília fedendo a cada ensopado de cordeiro preparado ali desde o reinado de Henrique VIII. Pobre Sean!

Um dia — quando ele havia saído para fazer compras — ofereci à sua mãe um gole de bebida do meu cantil. Fiz uma apresentação: mãe de Sean, este é José Cuervo. José, esta é a mãe de Sean. (Na verdade, era Herradura. Tequila barata me dá dor de cabeça.) Depois de passar a vida inteira tomando xerez, aquilo foi uma revelação para ela. Eu lhe disse que a mataria caso contasse para Sean, e ela riu, um *he he he* constipado, porque achou que eu estava brincando.

Naquela noite, ela foi dormir cedo; portanto, Sean não suspeitou de que estivesse bêbada. E aquilo me deu a aliança conspiratória da mãe dele, o que tornou nossa estadia ali quase divertida. Quase.

Ah, sim, *aconteceu* algo divertido.

A vida inteira eu sofri surtos sufocantes de tédio, que iam e vinham, e sabia quando uma crise estava se aproximando, do mesmo jeito que as pessoas conseguem sentir quando uma crise de enxaqueca ou de tontura é iminente. Eu sabia que precisava fazer alguma coisa para não sucumbir nem me comportar de um jeito que me causaria arrependimento depois. Tinha isso desde criança, e aprendera que *precisava* fazer algo para me livrar do surto. Era como uma mordida de inseto que precisava ser coçada.

Assim, roubei o anel da mãe de Sean.

Era lindo, uma safira rodeada por dois grandes brilhantes, engastados num aro simples de ouro. Eu o elogiei logo quando chegamos, e ela começou a tagarelar sobre o modo como as gemas haviam sido lapidadas e engastadas, sobre como seu marido lhe dera o anel antes de se casarem, sobre os donos anteriores e sobre a história do anel que remontava à era dos neandertais. Parei de escutar. Não lembro se decidi roubá-lo naquele instante ou se a ideia me ocorreu num impulso, quando apareceu a chance.

Uma noite, eu tinha deixado a mãe de Sean meio tonta, como sempre. Estava surpresa por seu filho não perceber quando mamãe se tornava mais desagradável e crítica do que o habitual. Suponho que a expectativa dele era baixa. Bem, naquela noite, ela insistiu e insistiu que ele fosse para a "saleta" ver "televisão" enquanto as "meninas" arrumavam a cozinha. Com todo o cuidado, colocou o anel no peitoril acima da pia para lavar a louça, depois foi para o "reservado".

Coloquei o anel no bolso. Simples assim. Agora vocês estão vendo, agora não estão mais. Impulso? Premeditação? Não sei. Não me importa. Não sou, por natureza, clepto. Isso foi especial.

Ela só sentiu falta do anel depois de terminar a louça. Então, no mesmo instante, enlouqueceu. Gemia como um animal ferido. Seu anel! Seu belíssimo anel! Não estava ali! Não estava em lugar algum! Será que tinha caído pelo ralo? Por que ela não tomou mais cuidado? Como poderia viver sem ele?

Reviramos a casa de cabeça para baixo, e o pobre Sean, o filho obediente, teve que descer até o porão e abrir o encanamento nojento para procurar o anel dentro dos canos.

E adivinhem só? O anel não apareceu. Quando a mãe dele se despediu de nós, ainda estava chorosa — mais chateada por causa do anel do que pelo fato do seu filho e a noiva estarem de partida.

Comentei isso com Sean no avião, a caminho de Nova York. Na classe executiva.

— Sua mãe ama mais aquele anel do que ama você — falei.

— Não seja tão dura com ela, Emily — retrucou ele.

Foi quando tirei o anel da bolsa e o mostrei a ele. Sean ficou felicíssimo.

— Você o encontrou! — exclamou. — Seu anjo maravilhoso! Mamãe vai ficar tão feliz!

— Não — falei. — Eu o roubei. E não tenho a menor intenção de devolvê-lo. Ela o levaria para o túmulo. Um desperdício ridículo.

Seria esse meu estranho senso de humor americano? Uma brincadeira? Sean sorriu, sem graça, como se quisesse demonstrar que entendera a piada.

Eu, entretanto, não estava brincando.

— Você o roubou?

Levantei as sobrancelhas e dei de ombros.

— Queria o anel para mim — falei. — Por isso o peguei.

— Você precisa devolvê-lo. Vou dizer a mamãe que você deixou sem querer o anel cair na sua bolsa quando vocês duas estavam na cozinha e só agora o encontrou.

— Por favor, abaixe esse tom, querido. — As aeromoças olhavam para nós. Será que os pombinhos fofos recém-casados (Sean tinha lhes dito que estávamos em lua de mel) já estavam tendo uma briguinha matrimonial?

— Não vou devolver nada — afirmei. — O que sua mãe vai fazer? Extraditar a noiva do filho e jogá-la na cadeia? Se você disser a ela que encontrei o anel, que ele sem querer veio parar nas minhas mãos, vou *dizer* que o roubei. Que foi *de propósito*. E o que acha que vai ser pior para ela? Pensar que perdeu o anel ou saber que seu filho se casou com uma ladra, mentirosa e sádica que quer que ela e o filho sofram? — Na verdade, *não* foi por esse motivo que fiz aquilo. Não queria ver ninguém sofrendo. Só queria o anel para mim. Gostei dele. Não entendi por que não era meu. — Talvez seja melhor eu contar a ela que *você* roubou o anel para me dar de presente.

Sean me encarou fixamente. Percebeu que eu estava determinada. Vi que sentia medo de mim — de algo em mim do qual ele nunca suspeitara. Havia muita coisa a meu respeito que ele não sabia, algumas que *nunca* descobriu — e que talvez nunca venha a descobrir.

O que ele achou que eu faria? Isso nunca ficou claro. Mas por que ele seguiria em frente com essa história e teria um filho com uma mulher que temia e em quem não confiava? Acho que porque ele me amava. E talvez estivesse apaixonado pelo medo.

— Agora — falei, depois de pedir mais champanhe — você vai colocar este anel no meu dedo. E vai me dizer que me amará para sempre. Diga: "Com este anel, eu lhe juro fidelidade para sempre."

— Você já ganhou um anel de noivado — observou ele.

— Gostei *deste* aqui — retruquei. — Já vendi o que você me deu. Sério que não percebeu? — Na verdade, eu o havia usado no dia anterior, só o vendi depois que voltamos para casa.

Sean segurou minha mão e deslizou o anel da sua mãe pelo meu dedo. Sua voz tremia quando ele disse:

— Com este anel eu lhe juro fidelidade para sempre.

— Para sempre — falei. — Mas, nesse meio-tempo... me encontre no banheiro daqui a vinte segundos. Bata duas vezes na porta.

Transamos de pé, minha bunda amassada contra a pia, no banheiro apertado do avião. Eu o tinha. Sean era meu.

——

ATÉ AGORA, NUNCA havia passado pela minha cabeça que Sean pudesse *realmente* ser idiota e fraco. Idiota o bastante para transar com a primeira mulher que deixou claro que daria para ele, caso quisesse.

Sei que pensa que estou morta — embora tenha lhe dito com todas as letras que não acreditasse nas histórias sobre meu falecimento. Seria ele incapaz de seguir instruções? Será que eu precisava dizer a ele que não acreditasse no relatório da autópsia? Que precisava dizer que, apesar de ele ter recuperado meu anel — o anel da mãe dele —, isso não significava que estou morta? Porém, sendo justa com Sean, nem eu mesma esperava que o anel voltasse para as mãos dele. Isso foi um bônus, um acidente. Uma vez mais, o anel destilava sua magia.

Sean é um cara honesto. Honesto até demais. Crédulo demais, pelo visto. E, no geral, simplório demais.

Eu lhe disse: não estarei morta. Não importa o que digam. Não estarei morta. Foi como um aviso de conto de fadas: não vire e olhe para trás, para mim, quando estiver saindo do inferno. E, novamente, o herói estragou tudo.

Ainda que Sean acreditasse que fiz um mergulho fatal bêbada e drogada em um lago congelante, não deveria ter havido um período decente de luto? Tempo para ele sofrer e começar a se esquecer de mim e se recuperar? Até decidir "seguir em frente" — citando Stephanie mais uma vez. Talvez, depois de um lapso adequado, Sean encontrasse uma mulher que ele jamais amaria ou desejaria tanto quanto eu — mas que cozinharia, limparia a casa e cuidaria de Nicky.

Mas a minha "melhor amiga" Stephanie? Que *constrangedor*! É *ofensivo* ele ser capaz de olhar para ela depois de estar comigo! Ela é um traste magoado e consumido pela culpa que decidiu se arrepender dos seus pecados se tornando a melhor mãe que já existiu na história. É um tapete felpudo de banheiro fingindo ser uma pessoa.

O fato de Sean estar com ela é *enlouquecedor*. Como pude me casar com um cara que dá em cima de Stephanie assim que pensa que eu morri?

Talvez seja o caso de uma vingança.

A estupidez de Sean é o que estou vendo daqui, atrás de uma árvore, nos limites do quintal, olhando Stephanie esvoaçar de uma janela para a outra como um passarinho preso dentro de uma casa. Tentando me ver ou ver onde estou. Erguendo dois dedos, depois sete. Olhando para a floresta.

Pensando: Socorro! Socorro!

Deixei Stephanie correr pela minha casa, saltitar de janela em janela. Ela teme sair. Eu a observo por mais algum tempo, depois vou embora. Meu carro está estacionado um pouco além da trilha de entrada da casa.

Volto até meu quarto no Danbury Hospitality Suites, onde me registrei com um cartão de crédito falso e outro nome. Estou com o carro da minha mãe, que peguei na casa do lago depois de atirar o carro alugado na floresta.

Aposto que Stephanie não vai dizer a Sean que eu liguei, nem que os estou espionando. Ela matraqueava sem parar que tinha medo de que as pessoas a achassem paranoica ou maluca. Dizia (consigo ouvir a voz dela agora): "Não é terrível como as pessoas estão sempre tentando convencer as mães (como eu odiava o jeito como ela dizia essa palavra, 'mães') de que elas estão doidas?" Era *isso* que eu era obrigada a ouvir naquelas hororosas tardes de sexta-feira enquanto ficava imaginando como lidaria na segunda-feira, no trabalho, com o último surto de raiva de Dennis.

Se Stephanie sugerisse que uma mulher morta não apenas está viva, como também virou alguém à la *A Tortura do Medo*... bom, acho que talvez achassem de fato que ela está com um parafuso a menos. Isso seria prova de que ela *enlouqueceu*. Nunca me preocupo se alguém poderia pensar que — o rosto público maquiado e impecavelmente vestido da Dennis Nylon, a mãe e esposa descolada e competente — estou louca. Porém, se alguém soubesse da verdade, poderia concluir que sou muito mais pirada do que a Stephanie, que é apenas besta, pouco inteligente e terrivelmente insegura.

Se Sean confessar alguma coisa, terá que confessar a história toda: armamos um plano para fraudar o seguro de vida da empresa dele, no valor de uma (relativamente) pequena fortuna. Sean aprendeu, com sua carreira no meio financeiro, a não entregar o jogo que tem em mãos. Os jogadores de pôquer e os banqueiros sabem como fazer isso. Além dos viciados em adrenalina, como esta que vos fala.

———

NOSSO PLANO COMEÇOU com uma brincadeirinha que, tenho certeza, muitos casais fazem. O que a gente faria se milhões de dólares caíssem no nosso colo? Pediríamos demissão. Levaríamos Nicky para algum lugar lindo e viveríamos tranquilos até a grana acabar. A fantasia era essa.

Sean estava indo bem no trabalho. Meu emprego era bom. Tínhamos uma casa bacana e um filho maravilhoso.

Vocês poderiam pensar que gostávamos de nossa vida. Mas não. Talvez a insatisfação não seja o melhor a se compartilhar, talvez a inquietação não seja lá a melhor base para um casamento. Mas provavelmente é melhor se, num casal, as duas pessoas estiverem insatisfeitas e inquietas em vez de apenas uma. Sean odiava os canalhas para quem trabalhava. Ressentia o tempo e a energia que a empresa sugava dele, o que tornou mais fácil para mim convencê-lo de que meu plano era uma espécie de tramoia à la Robin Hood. Seríamos Bonnie e Clyde: heróis fora da lei.

Por minha vez, eu estava de saco cheio do ramo da moda, onde todos se comportavam como se o mundo tivesse desabado se uma modelo na passarela desse uma topada no dedão. As modelos eram temperamentais. Viviam à base de água e cigarro.

Sean e eu comprávamos bilhetes de loteria toda semana. Se ganhássemos, deixaríamos nossos empregos, nos mudaríamos para o interior da Itália ou o sul da França e moraríamos por lá enquanto durasse o dinheiro. Depois pensaríamos no passo seguinte.

Fui eu que pensei em uma espécie diferente de... loteria. Uma na qual teríamos mais controle. O pote de ouro de que precisávamos para nos salvar. Para viver bem, para ter a vida que queríamos ter. Com mais tempo para nosso filho, sem ficarmos exaustos e estressados a todo momento, mesmo quando não estávamos trabalhando.

Foi o que eu lhe disse que queríamos. Agora, pelo visto, ele quer a Stephanie. Por mim, tudo bem.

O que eu sempre quis foi Nicky. Queria meu filho. Ainda quero.

Obriguei Sean a assistir aos filmes dos quais eu gostava, filmes noir dos anos 1930 e 1940. Eu os baixava na internet todas as noites. Foi assim que começamos a dizer de brincadeira que daríamos um golpe no seguro. No início, *era* piada. Sean nunca imaginou o quão longe eu levaria a ideia.

Expliquei os passos lógicos, e Sean foi me acompanhando, como todos os homens enfeitiçados e trapaceiros daqueles filmes. Ele era o Fred MacMurray, eu, a Lana Turner.

Precisávamos da Stephanie — ou de alguém como ela. Minha "melhor amiga" era quase perfeita demais. Às vezes, eu tinha a sensação assustadora de que a criara de modo tão irretocável para ser aquilo de que precisávamos que seria possível pular algumas etapas do nosso plano.

Stephanie era tão perfeita que tudo fez mais sentido ainda do que antes dela aparecer e fazer parte, sem saber, do nosso plano. O plano, aliás, começou a parecer mais possível do que quando eu e Sean apenas desafiávamos um ao outro, quando tudo não passava de uma ideia divertida.

Não era possível Stephanie desconfiar. Eu tinha certeza de que não. Ela estava tão feliz por ter encontrado uma amiga. Sempre que usava a expressão "uma mãe amiga", eu achava que passaria mal, e não de um jeito bom.

Eu a escolhi no meio da multidão. Um grupo de mães esperando os filhos saírem da escola.

Quando se fala em predadores, na maior parte das vezes, está se falando de sexo, poder e fraqueza. Criminalidade. Pedófilos predam crianças. Estupradores predam mulheres. Na natureza, a predação é motivada pela fome. Os tubarões grandes comem os peixes menores. Os fortes predam os fracos.

Nesse caso, porém, era diferente. Stephanie é adulta. O fato do filho dela e Nicky serem amigos era perfeito. Estava predestinado.

A questão sempre foi Nicky. Sean e eu trabalhávamos tanto — até tarde da noite, às vezes inclusive nos fins de semana — que mal o víamos. Ele estava crescendo, e nunca passávamos tempo com ele. Era nosso único filho. Não teríamos outro.

Engravidar tinha sido fácil, mas dar à luz fora muito difícil. O médico nos chamou ao seu consultório (o que nunca é um bom sinal) e nos disse que ter outro filho poderia ser fatal para mim e para o bebê, mesmo que eu conseguisse levar a gravidez até o final (pouco provável).

Passei a tomar a pílula de baixa dosagem e isso parecia funcionar bem, sem nenhum efeito colateral. Ou nenhum admitido pelos médicos. Se quer saber, eu me sentia extremamente irritável, e ainda mais inquieta e impaciente. Talvez, entretanto, não fosse culpa da pílula, mas, sim, da vida. Tudo e todos me incomodavam. Menos Nicky.

Pergunto-me que tipo de prevenção Sean está usando com Stephanie, cujo histórico no quesito gravidez é perturbadoramente inconsistente. Ela diz que Miles não foi planejado, que ela e o marido o conceberam por acidente numa festa de casamento cara e descolada.

Meu plano — e a capitulação de Sean — resultava de uma combinação de fatores, os filmes antigos e o novo contrato de emprego que li de cabo a rabo. Vinte e tantas páginas, cláusula atrás de cláusula, dúzias de etiquetinhas de plástico brilhantes com espaços para Sean dar um visto. E então — quem diria? —, na página 22, uma proposta de seguro de vida para ele e sua esposa, um prêmio gigantesco em troca de um pequenino desconto no holerite.

Não tive mais paz. Toda manhã eu falava naquilo sempre que estávamos juntos. Às vezes acordava Sean de madrugada e retomava o assunto de onde havíamos parado. No início ele relutou. Faltava-lhe visão para enxergar a beleza do que eu sugeria. Provavelmente Sean pensou que eu tivesse enlouquecido, mas ele sabia que eu falava sério. E se ele se recusasse? O resultado seria pior do que qualquer coisa que já pedi para meu marido fazer. Talvez pior do que ele era capaz de imaginar.

Uma noite, depois de transarmos, sempre o melhor momento para abordar Sean ou qualquer outro homem, toquei novamente no assunto. É de endoidar. Você tem a ideia mais inteligente e sensacional desse mundo, mas precisa trepar com eles antes.

— Nossa vida não é assim tão ruim — disse ele. — Estamos trabalhando como condenados, querida, mas não vai ser assim para sempre. Nicky parece feliz.

— É isso o que você quer, Sean? Trabalhar o tempo inteiro, mal vendo seu filho? O único que teremos. Quer acordar um dia e se dar conta de que ele está na faculdade? Que já era? Viver dia após dia dessa mesmice, desse... tédio?

Eu falara demais. Por um triz, não revelei algo sobre mim mesma que, com a mesma rapidez, esconderia novamente. Todos guardam segredos, como diz Stephanie, *ad nauseam*.

— Está dizendo que se sente entediada comigo? — perguntou Sean.

Eu me sentia mesmo, mas não admitiria.

— Sean, não quer arriscar? Apostar todas as fichas. Jogar. Viver sem pensar nas consequências. Andar na beira do precipício. *Quer* chegar ao ponto em que dizemos, "é só isso o que existe?"

Aquilo o fez parar. Ele percebeu que o que eu realmente queria dizer era:

— Será que *você* é tudo o que existe? O que me impede de encontrar outro homem com mais dinheiro e tempo do que Sean e... levar Nicky comigo?

Eu jamais faria uma coisa dessas. Sean era o pai de Nicky. Nada mudaria isso, e ninguém poderia substituí-lo.

Martelei aquela ideia. Se ele queria continuar levando aquela vida, aquela vida que *estávamos* levando — a hipoteca, o carro, as obras de arte nas paredes, as roupas que custavam uma grana apesar do desconto que eu recebia no trabalho, mas que, mesmo assim, eu precisava comprar para trabalhar —, não tínhamos saída. Estávamos presos. Os valores dos imóveis haviam se estabilizado desde que nos mudamos para Connecticut e, se vendêssemos a casa, perderíamos dinheiro. Não tínhamos como nos mudar de volta para Manhattan, a menos que quiséssemos morar em Bushwick ou nos espremer em um apartamento de um dormitório da época do pós-guerra em Midtown. Mesmo com o salário de Sean e o meu, precisaríamos de um financiamento gigantesco para isso ou então teríamos que alugar, o que seria caro e longe do ideal.

Pela primeira vez, não reclamei quando Sean quis relaxar na frente da tevê. Mas passei a obrigá-lo a assistir a *House Hunters*, *House Hunters International* e todos os programas de busca de residências. Todas as noites, um casal decidia começar uma vida nova em algum lugar exótico: Antígua, Nice, Sardenha, Belize. Por quê? Porque queriam escapar desse jogo de gato e rato e passar mais tempo com a família.

— Eles *estão* conseguindo — falava para Sean. — Esses fracassados estão fazendo aquilo que você tem medo de arriscar.

— Onde arrumam o dinheiro? — perguntava ele. — Os programas nunca falam.

— Eu sei onde arrumar o dinheiro — retrucava eu. — O problema não é o dinheiro. É você não ter colhão para *fazer* alguma coisa a respeito do problema.

Eu não havia esquecido a expressão do rosto de Sean quando ele colocou o anel da sua mãe no meu dedo, no avião. Era só uma questão de tempo até ele fazer o que eu mandava.

Sean escolheria a opção máxima de seguro de vida que sua empresa oferecia. Eu sumiria do mapa. Desapareceria. Ficaria escondida por algum tempo. Teria que falsear minha própria morte. Essa era a parte difícil, mas as pessoas faziam isso nos livros e nos filmes o tempo inteiro. E na vida real também. E se safavam!

Portanto, devia ser possível. Mas era necessário um pouco de reflexão nessa parte.

Ficaria fora de cena pelo tempo necessário, a depender do empenho das autoridades em minha busca. Depois, mudaria o visual. Arrumaria um passaporte falso.

Sean embolsaria a grana do seguro e nos mudaríamos para algum paraíso na Europa, onde ninguém faria perguntas sobre o casal bonito de expatriados americanos e seu filho adorável. Pagaríamos o aluguel em dinheiro vivo.

Quando a grana acabasse, a gente decidiria o que fazer. Mas, se fôssemos cuidadosos, isso demoraria um bom tempo. E nos divertiríamos. Faríamos o que quiséssemos, o tempo todo. Nunca mais nos sentiríamos entediados.

Não era o plano mais racional. Havia algumas rugas que precisávamos alisar. Talvez ninguém em sã consciência acreditasse que funcionaria. Eu gostava do fato de ser arriscado. O oposto de tedioso e seguro.

Já havia lido sobre o que chamam de *folie à deux*. Duas pessoas (lá vem outra palavra nauseante) *permitem* que cada qual viva sua própria doença mental. Havia lido isso novamente em *A Sangue Frio*, mas dessa vez prestei atenção na química maligna que surge quando os dois caras se encontram e nos assassinatos que jamais teriam acontecido caso estivessem sozinhos.

Poderia acontecer o mesmo comigo e Sean se embarcássemos nesse plano? Seríamos capazes de permitir que o outro fizesse coisas que jamais faria sozinho? E, aliás, quem estaríamos prejudicando? Não mataríamos um fazendeiro decente e trabalhador, sua esposa e seus dois lindos filhos. Pegaríamos a grana de uma empresa que roubara aquele de gente decente e trabalhadora como aquele fazendeiro e sua família.

Talvez não tenha sido um bom sinal o fato de acharmos a ideia sexy. Conversar sobre ela nos excitava. Tramar virou as preliminares, e o sexo passou a ser quase tão quente quanto da vez em que ele colocou o anel da sua mãe no meu dedo, naquele avião que ia do Reino Unido para Nova York. Quase.

Afirmei a mim mesma que *era* um bom sinal. Que um casamento sensual era bom para os dois, bom para nossos corpos e almas, bom para Nicky.

Por fora, parecíamos gente normal. Mais que normal. Um casal bem-sucedido de classe média alta com dois empregos importantes, uma casa fabulosa e um filho maravilhoso. E, ah, é. Uma melhor amiga.

Eu precisava que alguém acreditasse em mim e contasse ao mundo minha versão da história. Acima de tudo, precisava que alguém tomasse conta de Nicky durante um período que seria difícil para ele, até nossa pequena família se reunir de novo. Eu tinha Alison, a babá sensacional de Nicky, mas ela estava decidida a voltar a estudar e nunca se interessou em trabalhar em período integral. Eu precisava de alguém que transformasse Nicky em sua prioridade máxima. Talvez um lugar abaixo do seu próprio filho, mas isso já bastaria.

Era um plano maluco. O tipo de plano arriscadíssimo sobre o qual você lê no jornal e pensa: quem seria capaz de cair nessa história? Quem imaginaria que alguém acreditaria nisso? Sean e eu, entretanto, não conseguíamos nos sentar para encontrar o passo a passo de uma saída sensata. *Teria* prejudicado nosso casamento. Sean precisava me ver ainda como a garota rebelde que o convidara, no terceiro encontro, para assistir ao filme *A Tortura do Medo*. E precisava continuar achando que era o marido dessa garota desonesta.

Eu me tornei uma predadora de amizades, à caça de uma nova melhor amiga. A questão não era nem sexo nem poder, mas proximidade e sinceridade. Criar nossos filhos. Maternidade.

Toda sexta-feira à tarde, eu saía mais cedo do trabalho. No começo, isso foi uma luta, embora a Dennis Nylon Inc. alardeasse o quanto era flexível e apoiava a vida familiar dos funcionários. Eu é que escrevera os *press releases* sobre essa flexibilidade e esse apoio familiar; portanto, pegaria mal se Blanche — o braço direito de Dennis, seu cão de ataque — dissesse que eu não podia sair mais cedo às sextas-feiras para buscar meu filho na escola.

Fiquei embaixo de uma árvore na frente do colégio. Observei as outras mães. Estava procurando por Nicky, mas, ao mesmo tempo, caçava a mãe ideal.

A melhor amiga.

Foi fácil, comparado ao que eu precisava fazer nos desfiles, eventos promocionais e reuniões: correr os olhos pelos salões e arenas em busca do mínimo sinal de confusão. Uma celebridade aceitara a marca errada de vodca! Desastre total!

Enquanto procurava uma mãe para se tornar minha amiga, eu me senti como um pervertido caminhando num shopping em busca daquela garota pré-adolescente que mastiga o cabelo. Procurava por uma Mãe Capitã.

Mãe Capitã era como eu e Sean chamávamos as mães com mochilas, carrinhos de bebê, slings, berços portáteis, cadeirinhas e jaquetas acolchoadas de quilt que mais pareciam roupas espaciais nas quais elas poderiam ser lançadas para Marte, caso fosse preciso. Com o bebê seguro e quentinho.

Eu procurava por uma Mãe Capitã que quisesse uma grande amiga. A Mãe Capitã que procurava por mim.

Stephanie tinha razão quando falava que as outras mães não eram simpáticas. Mas eu, Sean e Nicky tínhamos morado no Upper East Side; portanto, a frieza não era novidade alguma para nós. Meses mais tarde, ainda estávamos derretendo o gelo frio de Manhattan da nossa pele.

Durante as primeiras semanas de aula, vi a Mãe Capitã olhando na minha direção. Entretanto, foi somente naquele dia de chuva, em que ela se esqueceu de trazer seu guarda-chuva, que fizemos contato visual. Mesmo a distância, percebi o lampejo de pânico, como se esquecer do guarda-chuva fosse uma catástrofe. Não fazia frio nem chovia pesado. Eu estava acostumada a ver celebridades agindo assim, mas não gente normal. Então, eu a vi olhar ansiosamente para o portão da escola e percebi que ela não estava com medo de se molhar, e sim com medo do *filho* se molhar no trajeto de um minuto até o carro.

Acenei para ela. Tinha trazido o guarda-chuva da empresa, que o pessoal que cuidava da produção de produtos com a marca de Dennis projetara para ser super-resistente, amplo e leve.

Eles haviam produzido uma dúzia deles e depois cancelaram o projeto. Era ridículo demais para o preço que custava. Depois dessa, Dennis apostou no tradicional. O protótipo seguinte foi uma obra--prima. Praticamente uma tenda. Projetado com base em um modelo de guarda-chuva britânico, um tradicional acessório de banqueiro. Sean ficou emocionado quando lhe presenteei com um desses, como se tivesse mandado fazê-lo sob medida para ele. Só depois que fomos morar juntos é que ele descobriu que eu ganhara meia dúzia daqueles guarda-chuvas de graça; tinham sobrado de um evento de alguma celebridade no qual a Dennis Nylon Inc. distribuíra brindes exclusivíssimos. Aquelas festas davam um trabalhão. Sempre havia alguma diva querendo fazer meu assistente lhe dar sapatos especiais que nem produzíamos. A Dennis Nylon já vendera cem mil daqueles guarda-chuvas de banqueiro, a maior parte no Japão.

Enfim. Convidei a mãe superansiosa para compartilhar meu guarda-chuva gigante de grife decorado com patinhos. Aquilo tinha sido feito para Stephanie; era para gente assim que fora criado. Como sempre, Dennis tinha razão ao dizer que não era o ideal para o público da sua marca.

— Oi — disse ela. — Sou a mãe de Miles, Stephanie.

Pode-se dizer que meu cruzeiro resgatou o botinho salva-vidas de Stephanie que estava à deriva em um mar infestado de tubarões. Convidá-la para dividir meu guarda-chuva foi como convidar um cãozinho superanimado para dividir uma tigela de ração.

Dei-lhe o guarda-chuva de presente porque queria que ela se sentisse especial, escolhida. Disse que era o único que fora produzido pela Dennis Nylon. Mais tarde, quando fomos até minha casa, percebi que Stephanie viu todos os outros guarda-chuvas iguais àquele e fiquei alerta. Garota, disse a mim mesma, conte a sua história — as suas *histórias* — direito. E foi o que fiz, dali em diante.

Nicky e Miles eram amigos. Ela achava que eu sabia disso. De outra maneira, sendo ali a esnobe Connecticut, eu jamais teria acenado para ela.

Sabia que Nicky tinha um amiguinho chamado Miles, mas, naquela época, Nicky e eu não conversávamos muito. Não dava tempo. Ele estava sempre dormindo quando eu chegava em casa. Alison lhe dava o jantar e o colocava na cama. Às vezes, eu e Sean ficávamos sem ver Nicky por uma semana.

Esse era o motivo por trás do nosso plano. Ou parte dele. Motivo número um: eu queria ver meu filho. Motivo número dois: precisava fazer algo arriscado e nada tedioso. Motivo número três: quem deixaria passar a chance de embolsar dois milhões de dólares e se divertir um pouco?

Convidei Miles e Stephanie para irem até a nossa casa. Eu sabia que Sean só voltaria tarde do trabalho, mesmo sendo sexta-feira à noite. Os meninos saíram correndo para brincar, encantados por estarem juntos.

Não me lembro muito daquela primeira conversa. Provavelmente concordei com tudo o que Stephanie disse. Sim, a maternidade era exigente. Sim, envolvia-nos demais. Sim, as emoções e responsabilidades tinham me pegado completamente de surpresa. Um choque. Valia a pena. Um pesadelo. Uma alegria.

Eu concordava, concordava.

Stephanie ficou em êxtase. Havia encontrado um espírito como o dela. E eu encontrara a ajudante do mágico que atravessa com uma espada a caixa de onde a bela assistente desapareceu misteriosamente.

Anos atrás, Pam, a diretora de criação da Dennis Nylon Inc., organizou uma sessão de fotos de moda. Jogadores de pôquer profissionais, desses que aparecem na televisão, seriam fotografados usando os ternos sequinhos que a Dennis desfilaria naquele ano. Tropicais, leves, com aparência vagamente de gângster, tom ligeiramente cinzento.

Pam não havia pensado direito em todos os detalhes. Os campeões do pôquer vestem números estranhos. São caubóis gordos, caras robustos de Hong Kong. Matemáticos geeks que ficam uma bosta com qualquer roupa que vestem.

Só um desses caras era gostoso, um jogador conhecido que todos chamavam de George Clooney, embora ele não fosse George Clooney — só parecia com ele. Sua namorada, Nelda, era uma estrela do punk rock dos anos 1980 que também era jogadora de pôquer, capaz de ganhar ou perder trinta mil num único jogo e voltar a sentar à mesa na noite seguinte.

A sessão enfrentou um monte de problemas, e, no fim, tornou-se evidente que havia custado uma fortuna e provavelmente não seria usada. A ideia era legal, mas todos os caras, exceto George Clooney, faziam as roupas parecerem um lixo. Era constrangedor e caro. Custou à pobre Pam seu emprego.

Depois da sessão, convidei George Clooney e Nelda para um drinque. Um drinque à custa da Dennis Nylon, só para pedir desculpas pelo desastre que fora aquele dia. Estava fazendo o que podia, tentando (sem sucesso) salvar a cara de Pam.

George Clooney e Nelda não queriam ir, principalmente quando descobriram que Dennis Nylon não compareceria. Porém, não conseguiram pensar em uma desculpa com a rapidez necessária. Havia um bar de tequila bacana ali perto que eu conhecia bem e, sem demora, George Clooney e Nelda já me contavam tudo sobre o pôquer.

Gostaria de me lembrar das coisas que eles disseram, aqueles poucos truques e técnicas seriam muito úteis no dia a dia. O que lembro é:

Sempre existe uma pessoa nos jogos de apostas altas que os outros chamam de "o peixe". E, no fim do jogo, o peixe perde todo o dinheiro.

George Clooney disse:

— Se você não souber quem é o peixe, o mais provável é que você *seja* ele.

Stephanie era o peixe. Em nenhuma outra circunstância eu teria me tornado amiga de alguém que escreve em um blog para se conectar com outras mães que pensam como ela.

Naquela primeira conversa falei sobre meu trabalho. Stephanie falou sobre seu blog. Eu disse que estava ansiosa para lê-lo. Isso completou o círculo para ela. Não éramos amigas apenas por causa dos nossos filhos, nós tínhamos cérebro e uma carreira. Trabalhávamos. Admirávamos a vida profissional uma da outra.

Eu sabia que ela se tornara viúva depois de um acidente terrível. Não dava para morar na nossa cidadezinha sem saber disso — mas era melhor fingir que não sabia e esperar que ela me contasse.

O blog foi o que definiu tudo. A banalidade, aqueles posts nerds sobre como ser a mãe perfeita e se conectar com e ajudar outras mães, e talvez, de vez em quando, dar um passo para trás a fim de refletir sobre os esforços que a sociedade faz para transformar você e as outras mães em máquinas de cuidar de filhos, sem vida própria nem identidade. Surpresa, *mães*! Já era!

O blog confirmou tudo. Eu poderia deixar meu marido e meu filho com Stephanie sem receio de que cairiam nas baboseiras dela. Que hilário.

Uma brincadeira armada para cima de mim, como dizem.

Todos desejamos o que não temos. Stephanie invejava minha carreira na Dennis Nylon, embora jamais fosse admitir. Tudo o que eu desejava — ou *pensava* desejar — era ficar em casa com Nicky. Com uma bela grana, em um lugar maravilhoso. Sem precisar trabalhar. Eu queria me arriscar a ser pega — ou a não ser. Mais tarde eu lidaria com o tédio. Se batesse a inquietação, Nicky e eu decidiríamos o que fazer.

Stephanie se iludia se pensava que podia fazer meu trabalho. Com todo aquele falatório constante sobre Miles, ela não duraria nem cinco minutos na Dennis Nylon. Ninguém ali queria saber de crianças. No começo, ninguém tinha família, ou porque era gay, ou porque era jovem e assustado. Então os casais gays começaram a ter mais filhos do que os héteros assustados. De vez em quando, alguém do trabalho me perguntava como estava Nicky, mas não era frequente, e Dennis não queria nem saber do meu filho. De jeito nenhum.

No papel, apoiávamos os funcionários com crianças. Mas esse apoio não era *apoio* apoio. Eu ainda não tinha Nicky quando Dennis me contratou. Não tenho certeza se ele teria me contratado caso eu tivesse um filho. Sempre que tocava no nome de Nicky, Dennis calava a boca e eu mudava de assunto, perguntando o que ele planejava para a próxima coleção. O poder de Dennis vinha do fato dele ser um gênio e poder ligar e desligar sua atenção como se liga e desliga uma torneira.

Não havia outra pessoa que eu pudesse contratar que fosse melhor do que a Mãe Capitã para cuidar de Nicky quando chegasse a hora de sumir. Uma babá dessas não existe. Quem teria imaginado que Stephanie interpretaria que uma das suas tarefas era dormir com o meu marido?

Sério, eu devia ter imaginado. No começo, achei até que o blog de Stephanie era inofensivo, basicamente formado por essas baboseiras de gente que gosta de abraçar árvores. Depois que a conheci, porém, foi interessante observar a diferença entre a mulher que ela fingia ser no seu blog e a pessoa que de fato era. Quem lia o blog tinha a impressão de que ela era o próprio retrato de pessoa respeitável, a melhor e mais honesta mãe que já viveu no planeta — quando, na verdade, era uma mulher que teve um longo e apaixonado caso com seu meio-irmão e que talvez tenha sido a responsável pelo suicídio do marido.

Escolhi enxergar o que eu queria enxergar. Devia ter interpretado as mentiras dela como um aviso.

Claro que Stephanie não me contou todos os seus segredos de imediato. Porém, ela sempre dava a entender que havia algo mais, algo sombrio na sua história, algo que talvez fosse meio bizarro, mas que me interessaria se minha atenção se desviasse, por exemplo, do assunto fascinante referente aos garotos estarem gostando da professora ou dos esforços dela em fazer Miles comer comida vegetariana.

Seus segredos eram o seu capital. No início, nossas conversas pareciam um jogo de adivinhação. Ela dava pistas sobre seus segredos e eu precisava manipulá-la para que me contasse quais eram. Ou, pelo menos, sobre *o que* eram. Era tudo falso. No fundo, ela *desejava* me contar. Mal podia *esperar* para isso.

Eu sabia como seu marido e seu irmão haviam morrido, mas fingi não saber de nada. Era uma história tão triste que chorei. Lágrimas de verdade. Isso significou muito para Stephanie, porque ela achava que eu era reticente, até mesmo fria, embora eu me esforçasse ao máximo para parecer simpática e receptiva.

Depois que choramos juntas, ela comentou como era incrível ter uma amiga, uma melhor amiga, como na época em que éramos adolescentes.

Foi difícil responder alguma coisa. Não que importasse: ela estava tão certa de que sabia quem eu era e o que eu sentia por ela que nunca sentiu curiosidade em saber a verdade.

Stephanie era fraca, mas insistente na sua fraqueza. Ela nos fez ser as melhores amigas do mundo. Como se *fôssemos* adolescentes. Ela me analisou: minhas roupas, meu estilo, o jeito como eu falava com Nicky. É lisonjeiro, ainda que meio assustador, quando alguém deseja ser igual a você. *Mulher Solteira Procura* é um dos filmes mais assustadores que existem.

Sean e eu lembrávamos um ao outro: é tudo por Nicky.

Eu não queria uma melhor amiga. Queria uma testemunha e uma cuidadora temporária para o meu filho.

Stephanie abriu o coração comigo. Como se eu fosse um padre, um pastor, um rabino ou sua terapeuta. É difícil saber o que dizer quando a mãe do melhor amiguinho do seu filho lhe conta que teve um caso com o meio-irmão dela. Um caso que durou dos seus 18 anos até pouco antes dele morrer — e que pode ter levado seu marido a se suicidar e matar o amante da esposa. Seu cunhado.

— Uau — foi tudo que eu pude dizer.

— Uau mesmo — falou Stephanie.

O que eu tinha de trocar com ela, um segredo por outro? Não é assim que supostamente funciona uma amizade? Reclamei de Sean e de como era estressante visitar a mãe dele no Reino Unido. Contei como ele era um amante fabuloso. Reclamei da minha carga de trabalho. E me queixei do fato de Sean acreditar ser mais esperto do que eu e não me dar crédito por tudo o que eu fazia. Tudo era verdade, mas eu não podia lhe contar o meu maior segredo, ou seja, que tudo isso — cada conversa, cada taça de vinho branco, hambúrguer gorduroso e partida de minigolfe depois da escola — fazia parte de um plano meu e de meu marido.

Não sei se Stephanie me escutou. Ela precisava falar, dar a entender que havia algo mais, alguma outra coisa que desejava me contar, uma coisa mais sombria que estava escondendo. A cenoura na ponta da vareta da minha falsa amizade com Stephanie.

Ela escolheu um lugar estranho para me contar seu último grande segredo, que, para falar a verdade, eu já intuíra e só estava esperando ouvir.

Era um sábado de agosto. Sean precisou trabalhar na cidade. Stephanie e eu decidimos levar os meninos até a feira do condado. Eu disse a mim mesma que poderia ser divertido: as galinhas valiosas de família e porcos premiados, os frascos de picles enfeitados com fita azul. Os garotos gostariam dos animais da fazenda, do algodão-doce e do carrossel.

O dia, porém, estava extremamente quente. O lugar da feira era poeirento, abafado. A fumaça das cebolas cortadas em flor fritas e dos Oreos empanados (novidade daquele ano) enchia o ar, uma névoa suada e oleosa. Por alguns minutos, achei que fosse vomitar ou desmaiar.

Quando os meninos saíram correndo na nossa frente, Emily e eu nos perguntamos: que mãe em sã consciência deixaria o filho andar naquela montanha-russa enferrujada e velha? Eu teria adorado aquele passeio, mas achei que não podia dizer.

O único brinquedo em que os meninos tinham idade suficiente para ir sem adultos, e que não achavam coisa insultuosa de bebê, era um círculo de carrinhos que pareciam submarinos. Presos a um poste central por cabos, os minissubmarinos rodavam lentamente, levantando-se de leve e se abaixando suavemente em direção à poça de água embaixo deles. Um brinquedo para crianças pequenas.

Parecia completamente seguro, mas, apesar disso, fiquei surpresa quando a superprotetora e neurótica Stephanie deixou Miles ir. Ela e eu nos inclinamos na cerca que rodeava o brinquedo e ficamos olhando nossos meninos subindo e descendo. Imaginei se ela estava se lembrando de *Pacto Sinistro*. Eu a obrigara a assistir ao filme comigo e ela ficara bastante perturbada com a cena do carrossel. Acho que não chegou a terminar o livro, embora tivesse fingido que sim.

— Olhe para o Miles. Olhe quando ele estiver perto — disse Stephanie.

— Que tem ele?

— Dê uma boa olhada. Você se lembra de quando eu lhe mostrei fotos do meu irmão, Chris?

— Claro. — Eu me lembrava de um cara moreno, bonito e musculoso de camiseta branca e calça jeans. Tímido na frente da câmera, ligeiramente inquieto. Entendi o motivo dela se sentir atraída por ele, pois eu também havia visto fotos do seu marido, Davis, e o irmão era bem mais atraente. Eu me lembro de Stephanie me mostrando aquela foto junto com a do casamento dos seus pais, apontando a semelhança entre seu pai e o meio-irmão. E entre a mãe dela e ela.

Então Stephanie disse:

— Preciso lhe contar uma coisa que nunca disse a ninguém.

Ela já começara várias conversas assim. Algumas das suas histórias foram intensas — por exemplo, a do caso com o irmão —, enquanto outros "segredos" pareceram tão insignificantes que eu os havia esquecido no mesmo instante.

Miles e Nicky passaram em seus pequenos submarinos. Sorriram e acenaram, e sorrimos e acenamos para eles também.

Eu estava pensando na cena do filme de Hitchcock. O carrossel gira cada vez mais depressa, cada vez mais fora de controle, enquanto Farley

Granger e Robert Walker lutam até a morte. A única pessoa que sabe como parar o carrossel é um velhinho que se arrasta por baixo do brinquedo. Observá-lo se arriscando é muito mais assustador e eletrizante do que a luta.

O que *faríamos* se Miles e Nicky estivessem girando cada vez mais rápido? Quem se arrastaria embaixo do carrossel para salvar nossos filhos? A garota que recebia os ingressos trocava mensagens de texto com alguém. Percebi que eu estava tendo o tipo de pensamento que Stephanie teria. Você é Emily, lembrei a mim mesma. Não ela.

Dei a volta em Stephanie e liguei o gravador de última geração que eu passara a levar no bolso para momentos como aquele prestes a acontecer.

O brinquedo de submarinos tocava músicas clássicas de discoteca, mas não muito alto. A garota dos ingressos mantinha a música baixa para o caso de receber algum telefonema.

— Tenho certeza de que meu meio-irmão, Chris, é o pai de Miles — disse Stephanie. — Oi, meu amor! — gritou ela para Miles, e eu acenei para Nicky.

— Por que você acha isso? — perguntei, tentando parecer calma. — Stephanie, você tem certeza ou não?

— Tenho. Davis estava viajando. Numa obra no Texas. Chris veio até a minha casa. Miles se parece com ele. Não se parece nem um pouco com Davis. A mãe de Davis disse que não consegue ver nem um único gene do seu lado da família no neto.

Eu sabia que ela diria isso. Estive esperando ouvir aquilo por um longo tempo. Ainda assim, foi um choque ouvir Stephanie admitir.

— Miles se parece com você — falei.

— Você acha que as pessoas desconfiam?

— Claro que não. — Ninguém descobriria nada. Os professores de Miles com certeza não desconfiariam. Talvez o próprio Miles sim, mais tarde, quando pedisse para ver fotos do seu pai e do seu tio.

Ninguém a não ser seu marido falecido, pensei, mas não disse nada.

— Emily, você me conhece tão bem. Eu te adoro. É bom poder contar isso para alguém, não precisar guardar tudo aqui dentro. Sou uma pessoa terrível?

Quando os submarinos de Miles e Nicky se aproximaram mais uma vez, os dois pareciam ter entrado em transe.

— Os garotos são ótimos — falei, como se fosse uma resposta à pergunta de Stephanie. Ela consideraria uma resposta.

As crianças tinham mais duas, quem sabe três voltas, antes do brinquedo parar. Agora sob pressão, Stephanie falou depressa:

— Não consigo levar Miles ao médico sem achar que sou uma mentirosa e enganadora. Quando me pedem o histórico de doenças da família do pai, finjo que estou falando de Davis. Obviamente não digo que o pai dele é meu meio-irmão.

O brinquedo desacelerou e parou. Os meninos saíram. Queriam falar sobre como havia sido divertido. Com certeza não era o momento para pressionar Stephanie ainda mais sobre o pai do seu filho.

Eu não conseguia acreditar que alguém pudesse confessar uma coisa dessas. Era o tipo de informação que dava muito poder a quem ouvia. Poder para usar a seu bel-prazer. Stephanie sempre dizia que nunca se pode conhecer alguém de verdade. Mas ela achava que me conhecia — e que podia confiar em mim. Foi seu erro. Escolheu esquecer que minha profissão era controlar informações. Distorcê-las e usá-las do jeito mais conveniente possível.

Alguns dias depois, na cama, liguei o gravador para Sean ouvir o que Stephanie me dissera na feira.

— Não admira que ela sempre pareça estar com medo de ser presa — disse ele.

Uma afirmação como essa sugeriria que meu marido a considerava atraente? Acho que não. Outra brincadeira que armaram para cima de mim.

———

DE UMA COISA eu ainda não tinha ideia: como fazer parecer que eu, de fato, havia morrido, para não precisarmos esperar uma eternidade até receber o dinheiro do seguro.

A solução apareceu sozinha. Caiu no meu colo — e então eu soube que chegara a hora de partir. Pelo menos Sean foi esperto o bastante para não me perguntar qual era a solução. Melhor que ele não soubesse.

As coisas seriam diferentes se ele tivesse confiado em mim quando eu disse "Aconteça o que acontecer, não acredite que eu morri"? Talvez ele não tivesse ido para a cama com Stephanie. E eu não seria obrigada a espionar os dois escondida na floresta localizada atrás da minha própria casa.

Stephanie não olha para Sean como se tivesse medo de ser presa. Ela devia se sentir culpada — mais culpada do que jamais se sentiu em relação a qualquer coisa na sua vida. Ela olha para meu marido como se ele fosse um deus, o senhor da mansão que entra de fininho na cozinha para trepar com a cozinheira louca de amor.

Um fator que me fez escolher Stephanie para ser nosso peixe foi a forma como ela escrevia obsessivamente em seu blog sobre tentar alimentar o filho com comidas saudáveis. Era quase insuportável ouvi-la falar desse assunto, mas, se eu deixaria Nicky com ela, era bom saber que ela não o deixaria viver à base de cereal colorido, batata frita e hambúrgueres de lanchonete.

Não esperava sentir essa fúria que me invade sempre que a observo na minha cozinha. Quando vejo o quanto ela parece feliz, o quanto parece (a palavra é dela) *realizada*.

Como se fosse um mantra tranquilizador, repito para mim mesma: ela está alimentando meu filho. Eu me sentiria mais chateada se pensasse no que ela está fazendo com meu marido.

Será que Stephanie sabe que Sean sabe quem é o pai de Miles? Duvido. Ela acredita que está fazendo Sean mais feliz do que antes, que está aliviando a tristeza de Nicky, que está substituindo a amiga morta. Que está sendo uma boa samaritana. Stephanie imagina que, se eu soubesse, agradeceria a ela. Se eu estivesse viva.

Ela é tão transparente quanto Sean está se revelando opaco. O que *ele* faz com *essa mulher*? É ele a pessoa que nunca conheci. Agora me pergunto: quem é esse cara que chega por trás da minha "amiga" quando ela está lavando a louça, afaga-lhe a nuca e se comporta como se eles fossem transar em cima da bancada da cozinha se as crianças não estivessem no cômodo ao lado? Como eu poderia não ficar enfurecida? Será que Sean se apaixonou por ela? Perdeu a cabeça? Na minha opinião, as duas coisas significariam o mesmo.

Combinamos que durante seis meses não teríamos contato algum. Até lá, o interesse no caso já teria diminuído. Durante seis meses, eu estaria morta. Um suicídio, pensariam alguns. Um acidente, motivado pela bebida e pelas drogas, insistiriam os advogados de Sean. E venceriam a causa.

Nossa separação, entretanto, não deveria ser permanente. Não era para encontrarmos outra pessoa. Essa é uma quebra *grave* no nosso plano. E muda tudo.

Um bônus de trabalhar no ramo da moda é que todo mundo tem mais ou menos 15 anos de idade. Todos se orgulham de saber como usar telefones pré-pagos "frios", abrir contas falsas de cartão de crédito, criar contas de e-mail fantasiosas e conseguir carteiras de identidade falsas — habilidades que sugerem que ser jovem e solteiro em Nova York é o mesmo que ser criminoso. Rebelde. E, se não sabem como conseguir alguma coisa de maneira ilegal, conhecem alguém que sabe, geralmente em Bushwick.

Conseguimos um passaporte para Nicky. Eu arrumei um passaporte falso para mim para o momento em que fosse necessário usá-lo. Coloquei peruca e óculos, mudei de aparência para tirar a foto. Eu usaria esse mesmo disfarce quando viajássemos. Uns dez segundos depois que tirei a foto, já me livrei da peruca e dos óculos e assumi meu visual "natural". Que alívio — parecer eu mesma de novo.

Sean e eu redigimos uma autorização judicial permitindo que o outro viajasse sozinho com Nicky para outro país. Eu fingiria ser uma mulher que ele conheceu na Europa e com quem se casou depois de um adequado período ῀ ιnto pela morte da esposa — eu. E viveríamos com a grana do seguro que ele ganhou pela morte acidental da sua primeira esposa — também eu. Quem não nos conhecesse, pensaria que somos um casal de expatriados americanos atraentes, independentes e ricos.

Contei aos jovenzinhos do meu trabalho que eu estava tendo um caso e precisava de uma identidade falsa para fazer ligações e reservar quartos nos hotéis. Eles adoraram o fato de uma supermãe e chefe de relações-públicas de meia-idade estar corneando seu marido inglês bonitão. Ficaram felicíssimos em ajudar. Juraram manter a boca fechada. Tive medo de que dessem com a língua entre os dentes, mas não. Gostavam de segredo, de romance.

Quando minha morte foi anunciada, sentiram-se genuinamente tristes, mas também apreciaram o fato de estarem por dentro de uma fofoca. Gostaram de esconder que eu andara tendo um caso. Pensaram que esse meu caso secreto tinha relação com os remédios e a bebida, com o suicídio ou acidente. Que trágico.

Descobri um jeito de me esconder. Durante um tempo, fiquei no chalé da minha família, no lago no norte de Michigan, depois me livrei do carro alugado e peguei o carro da minha mãe. Mudei-me para uma casa nas montanhas Adirondacks, a qual pertencia a uns amigos dos meus pais. Tinha visitado o lugar quando criança. Sabia que não haveria alguém por lá. Sabia até mesmo onde ficava a chave. Nem a casa no lago nem o chalé nas Adirondacks tinha televisão ou internet. Foi ótimo ficar fora do ar. As pessoas acham isso difícil, mas adorei. Não sentia a menor falta de nada da minha vida — a não ser de Nicky.

Só mais tarde comecei a ler o blog de Stephanie e descobri o que estava acontecendo. O que ela e Sean estavam fazendo. Como Nicky estava, ou como aquela outra mulher *achava* que ele estava.

É um eufemismo dizer que fiquei lívida. Levei um tempo para admitir: eu deveria ter imaginado.

A questão era Nicky. Eu não podia ficar longe dele. Não conseguia ficar sem vê-lo. Sentia saudades demais.

Pela primeira vez não menti ao concordar com Stephanie: a maternidade foi mesmo um choque. A força do meu amor pelo bebê me atingiu na primeira vez em que o segurei nos meus braços. Soube, então, que tinha sorte. Para algumas mulheres, isso demora um pouco mais. Mesmo agora, sempre que assisto à filmagem de um parto, de qualquer parto, lágrimas enchem meus olhos. E não sou de chorar — não sou do tipo sentimental.

Tornar-se mãe é como levar uma pancada na cabeça, o que, suponho, é o blog inteiro da idiota da Stephanie resumido numa única frase absurda.

Quando me encontrava escondida, fingindo estar morta, sonhava com Nicky. Pensava nele o tempo inteiro. Queria saber o que ele estava fazendo.

Cheguei a ponto de pensar que não conseguiria viver nem mais um dia sem ver meu filho. Como imaginei que conseguiria suportar aquilo? Ficar sem Nicky durante seis meses era como andar por aí sem um braço. Sem um coração. Notei que não senti nada parecido por Sean — e isso antes mesmo de descobrir o que estava acontecendo entre ele e Stephanie.

Fiquei parada na frente do pátio da escola onde as crianças brincavam durante o recreio. Tomei cuidado para ter certeza de que Nicky me veria, mas os professores não. O simples fato de vê-lo me causou alegria pura. Acenei para ele. Levei o dedo aos lábios. O fato de eu estar viva era nosso segredinho.

Decidi ficar na região, basicamente porque não conseguia suportar não ver Nicky.

Fiz check-in no motel Hospitality Suites em Danbury. Ficar assim tão perto de casa quando supostamente eu devia estar morta era um risco. Mas valeria a pena se eu pudesse ver meu filho. Além disso, gostava de correr riscos. Essa era a parte que mais me agradava.

Havia uma chance, uma pequena chance, de colocar nosso plano em perigo. A diferença é que, agora, o plano era *só meu*. E a razão desse plano existir era Nicky.

Falei para o recepcionista que sim, pagaria uma taxa extra para sua empresa extorsiva barata a fim de usar a internet. Eu me loguei e comecei a ler o blog de Stephanie: todos os posts que não tinha visto desde o dia em que deixei Nicky na casa dela.

Quando li os posts que ela começou a escrever depois que não apareci para buscar meu filho, pensei: Esse é o máximo de sinceridade de que Stephanie é capaz. A pobre coitada estava aterrorizada. Foi comovente ler seus pedidos para as mães estressadas e solitárias. Como se aquelas mulheres sobrecarregadas não tivessem mais nada o que fazer além de andar pelas ruas procurando a amiga desaparecida que Stephanie nem mesmo conseguira descrever direito. Como se já não estivessem ocupadas o suficiente trocando fraldas, preparando queijos quentes e enchendo copinhos de leite.

Fiquei curiosa para saber o que ela diria sobre meu desaparecimento. Suas teorias, suas análises sobre meu caráter e minhas motivações, seus lamentos pela perda da nossa amizade. Quando, o tempo inteiro, ela estava, na verdade, planejando seduzir meu marido e tentar tomar o meu lugar. Como se fosse capaz disso.

Nunca vou perdoar os dois.

Jamais poderia imaginar que Sean e Stephanie fariam uma coisa dessas. Agora preciso observá-los, mantê-los sob minha mira até decidir o que fazer.

Durante nossa amizade, li o blog dela e prestei a atenção mínima necessária para conversar sobre os assuntos sobre os quais ela tratava ali (maternidade e a vida dela, mas basicamente a vida dela). Nenhuma daquelas baboseiras, entretanto, seria uma coisa que leria por vontade própria. O autoengano dela, a pose. A loucura de achar que seu filho é o epicentro do universo.

Foi depois que li os posts sobre Sean que fiquei realmente enfurecida. Quanta mentira autoenganosa, autojustificada! Ele era meu marido!

Meu filho, a quem ela tentava me substituir, que ela desejava que me esquecesse. Eu a escolhera porque achei que ela fosse alguém que poderia tomar conta de Nicky, não alguém que desejaria outro filho. Ela era como uma dessas mulheres malucas deprimentes que roubam recém-nascidos das alas neonatais. Que, se querem um filho, roubam o de outra mulher. Só que Stephanie não era louca assim. E o filho que ela roubava era meu.

———

GOSTO DO HOSPITALITY Suites. Meu quarto é limpo, e a decoração bege monótona, tranquilizadora. Fiz as pazes com as manchas impossíveis de erradicar do carpete. Os lençóis e cobertores são limpos. Nada cheira mal, e tudo está em seu lugar. É silencioso; parece seguro. Não tem nenhuma das desvantagens dos motéis. Não preciso improvisar um ralo de banheira. Já fiquei em lugares piores quando viajava pela Dennis Nylon.

Tomo muitos banhos de banheira. Comprei um gel de banho e um xampu razoavelmente decente na Target.

Há um restaurante salvadorenho bastante bom na esquina e uma loja de conveniência bem equipada descendo a rua, perto o bastante para ir a pé. Vendem frutas frescas razoáveis e lámen que consigo preparar na cafeteira do meu quarto. O dono foi com a minha cara logo de início. Percebeu que eu não o odiaria por ser muçulmano, coisa que, aliás, ele não é. Na parede atrás do balcão, o deus-elefante hindu abençoa bilhetes de loteria.

Meu quarto tem uma geladeira; no corredor, há uma máquina de gelo. Compro garrafas de mescal premium na loja de bebidas e néctar de manga na loja de produtos naturais. Todas as noites, preparo um coquetel de mescal e suco de manga. Aprendi a receita com Dennis Nylon. Era o drinque preferido dele.

Comprei um copo de coquetel no shopping. Gosto de tomar meu coquetel lendo um livro. Compro livros pelo meu iPad. Nunca havia lido Beckett antes. Ele descreve como é ser eu neste momento.

Estou surpresa com a pouca falta que sinto do trabalho. Era uma parte tão grande da minha vida. Não sinto falta das surpresas ruins que serão todas minha culpa a menos que eu descubra um jeito de consertá-las. Não sinto falta do abuso de drogas de Dennis, nem dos acessos de fúria ciclônicos de Blanche. Não sinto falta nem mesmo do bochicho, do frisson. O que isso quer dizer, que sou mais feliz no motel Hospitality Suites de Danbury do que em Milão ou Paris, representando a Dennis Nylon Inc.?

A televisão do motel é razoavelmente boa, mas eles não têm canais premium. Passam alguns dos programas dos quais gosto. Competições de culinária. Gente procurando casas de praia ou construindo pequenas casinhas sobre rodas, nas quais os casais ou vão acabar se separando ou se matando. Eu costumava assistir a esses programas de busca de imóveis com Sean, mas é mais divertido assistir sozinha. Posso simplesmente desfrutar o programa sem ter de aturar as conversas chatas sobre se aquela gente está conseguindo começar uma vida nova, por que a gente não poderia também? Que piada! Agora supostamente estou morta — e Sean começou essa vida nova, sem mim.

Será que ele conseguirá a grana se acharem que minha morte foi acidental? Uma mulher morta não pode tomar conta de Nicky; portanto, algo precisa ser feito.

O noticiário local basicamente trata de acidentes de trânsito, violência doméstica e atos de violência relacionados a gangues em Newburgh, Hartford e outros lugares da Nova Inglaterra, dependendo do número de pessoas que levam bala. Muitos dos repórteres são negros ou hispânicos. As mulheres têm cabelo brilhante cacheado no salão. Uma vez por dia, entro na internet e leio o blog de Stephanie, que fala sobre como é morar com Nicky, Miles e Sean. A Família Sol-Lá-Si-Dó feliz e saudável. Só isso já é enfurecedor. O fato de *querer* saber o que ela escreve. Que eu me importe.

Quando éramos "amigas", só lia o blog porque ela insistia.

Duas noites depois de telefonar para Stephanie apenas para assustá-la e avisar que eu estava aqui, o seguinte post apareceu em seu blog:

26

BLOG DA STEPHANIE
A VIDA DEPOIS DA MORTE

Olá, mães!

Algumas de vocês vão achar que perdi completamente a cabeça. Vão pensar que os acontecimentos tristes que mudaram minha vida nos últimos meses me enlouqueceram de vez.

A única coisa que posso dizer é que continuo aqui. Apesar de tudo, ainda sou a mesma. Stephanie. Mãe do Miles.

Hoje quero escrever sobre algo que ninguém discute, a não ser nos ensinos bíblicos ou na igreja. Quando alguém diz "graças aos céus" ou "vá pro inferno", não está pensando no céu ou no inferno como lugares onde a gente pode ir parar. Esse assunto não vem à cabeça quando estamos tomando um drinque, nos jantares sociais ou na hora do cafezinho.

A vida depois da morte.

Ainda que nunca passemos nem perto de uma igreja, sinagoga ou mesquita, a maioria de nós percebe o quanto ter um filho pode tornar a pessoa mais espiritualizada. Miles me disse que, depois da morte, a gente se reúne numa grande nuvem feliz. É um jeito bom de enxergar as coisas. Os adultos, entretanto, quase nunca se perguntam: para onde *você* acha que vão os entes queridos? É um assunto mais tabu do que sexo ou até mesmo dinheiro.

E os mortos perto de nós? Poderão nos ouvir? Responder às nossas preces? Será que visitam nossos sonhos? Ando pensando muito nessas questões, perguntando-me onde estará Emily agora. Ando me perguntando o que eu lhe diria se ela pudesse me ouvir.

Então, com este blog eu gostaria de partir um pouco para o experimental, ir um pouco mais... longe do que o normal.

Vou escrever isto como se eu fosse capaz de me comunicar com minha amiga que faleceu. Como se ela pudesse ler o que estou escrevendo. Espero que isso me ajude a superar o sofrimento. E peço a vocês, mães, que escrevam suas próprias cartas para alguém que faleceu e com quem ainda desejam falar.

Então, lá vai:

27

BLOG DA STEPHANIE
(PARTE DOIS DO POST)
QUERIDA EMILY, ONDE QUER QUE VOCÊ ESTEJA

Querida Emily,

Não sei como começar. O que as pessoas dizem hoje em dia nos e-mails? Espero que você esteja bem!

Espero que esteja em paz.

Tenho certeza de que, se ler isto, a primeira coisa que vai querer saber é como está Nicky. Ele vai indo. Claro que sente saudades da mãe. Todos sentimos mais saudade de você do que é possível dizer. Ele sabe que você sempre será a mãe dele. Que nunca alguém irá substituí-la. Mas ele já não chora todas as noites, como antes. Sei que você não iria querer isso.

Iria?

Às vezes, gostaria que os mortos estivessem com a gente, perto da gente, que Davis, Chris, você — e meus pais — estivessem espiando por cima do meu ombro, cuidando de mim, ajudando e aconselhando, mesmo sem eu saber. Outras vezes, gostaria que fossem poupados da dor de ver a vida seguir em frente sem eles.

Sei que seria dolorido para você, minha querida Emily, me ver cozinhando na sua cozinha. Mas quero que saiba que estou preparando as receitas mais deliciosas e nutritivas para seu filho. Jamais poderia substituir você. A única coisa que posso fazer é amar as pessoas que você amava e tentar tornar a vida delas melhor.

O que sei que você iria querer, se os ama.

Descanse em paz, minha querida melhor amiga.

Sua amiga para sempre,

Stephanie

O que acham, mães? Mandem as cartas que vocês escreverem ou então seus comentários e preocupações. E obrigada, como sempre, pelo amor e apoio.

Com amor,
Stephanie

28

EMILY

Puta mentirosa e chantagista. Fechei a tampa do notebook com tanta força que tive medo de quebrá-la. Fiquei aliviada quando a abri novamente e minha home page — a selfie que Nicky tirou dele mesmo olhando para o meu computador — voltou a aparecer.

Vaca estúpida. Stephanie sabe que não morri. Sabe que a estou observando — e que não é lá do céu. Nem mesmo ela é burra o bastante para acreditar que está escrevendo para os mortos. Talvez tenha se convencido de que imaginou meu telefonema. Talvez tenha tentado tirar essa história da cabeça. Mas não consegue. E sabe disso.

Ela não pode contar *o ocorrido* para as mães da blogosfera. Está falando *comigo*, caso eu esteja lendo o que ela escreve. O fato de Stephanie supor que estou lendo seu blog é de enlouquecer, mas não tanto quanto o fato de ela ter ido morar com meu marido e meu filho.

Ela se acostumou a pensar que eu estava morta. Começou a gostar da ideia. Deu um basta na amizade. No luto. Portanto, liguei para ela a fim de que soubesse que não estou morta.

Meu telefone aparece para Stephanie como FORA DE ÁREA. Não existe maneira alguma dela entrar em contato comigo, exceto pelo blog. Ela pensa que todo mundo o lê. Só eu teria um bom motivo para isso. Provavelmente ela gostaria que eu estivesse mesmo morta. Alguém que preferia me ver morta coloca meu filho para dormir todas as noites e dorme com meu marido.

E ainda tem a cara de pau de escrever que era isso que eu iria querer? Talvez seja louca, o que significa que uma louca está criando meu filho.

É dolorido admitir que Stephanie tinha razão: é mesmo impossível conhecer alguém de verdade. Se ela quer brincar de gato e rato... que seja o rato. Eu vou ser o gato. O gato é paciente. O rato sente medo. O rato tem motivos para sentir medo.

Porque o gato sempre vence. O gato é quem gosta da brincadeira.

29

STEPHANIE

Já não sei mais o que é real. Durante algum tempo, consegui me convencer de que o telefonema de Emily havia sido uma alucinação. É como quando se tem uma dor incômoda, e ela de repente desaparece. Primeiro você tenta esquecer a dor, depois realmente a esquece.

Sempre soube que seria punida pelo meu caso com Chris, por enganar meu marido e por ter o filho do meu meio-irmão. Nunca deveria ter contado a Emily quem é o pai de Miles. Não poderia confiar essa informação a outra pessoa. Eu tinha a ideia imbecil de que, se contasse para alguém, meu castigo seria mais leve. Confessei para a pessoa errada. Agora recebo o castigo.

Se Emily estiver viva, alguém sabe o que fiz. Alguém que deseja me fazer mal.

Sempre soube que ela era mais esperta do que eu. Nunca deveria ter deixado isso acontecer. Era melhor ter morrido de solidão e frustração sexual do que ir para a cama com Sean e me mudar para a sua casa.

Não estou à sua altura. Provavelmente ela está rindo da minha tentativa ridícula de entrar em contato pelo meu blog ao fingir que acho que ela está morta. Emily é a única que sabe o quanto aquele blog é uma farsa.

Quanto ela terá contado a Sean? Creio que não tudo. Quando falo no Chris, nunca o percebo olhando para mim, nem observando Miles em busca de possíveis sinais de danos causados por incesto.

Sean parece adorar Miles. E ele é mesmo adorável. Aprendi a amar Nicky. Será que eu e Sean nos amamos? Não quero pensar nesse assunto.

Não seria isso o que Emily gostaria?

Não se ela estiver viva. E ela está. Talvez. Provavelmente. E estou sendo punida.

O que fiz para merecer isso? A única coisa que fiz foi tentar fazer uma amiga, ser amiga da mãe do amiguinho do meu filho. Ideia de jerico, Stephanie!

O que Emily vai fazer agora? Nada. Ela morreu. Ou não? Estará por aí? Observando?

Fico imaginando alguém — um detetive de polícia — perguntando por que fiz isso ou aquilo em vez disso ou daquilo outro. E respondo que não sei. Não sei mais o que faz sentido. Concentro-me no que é melhor para Miles. Mas não tenho mais certeza de que o melhor para meu filho é morar junto com o marido da minha melhor amiga quando, até onde sei, ela está nos espionando.

Fecho as cortinas; não ajuda. Emily está por aí. Ou talvez seja somente coisa da minha imaginação. Sempre existe essa possibilidade.

Não sei por que não conto a alguém. Na verdade, sei sim. O que eu diria à polícia? Lembram-se daquela minha amiga que desapareceu e vocês não fizeram nada? Bom, agora estou morando com o marido dela. E talvez minha amiga tenha voltado, e os dois podem receber milhões de dólares do sinistro do seguro graças à suposta morte dela. Quem acreditaria em mim? Quem sou eu? Uma mãe e uma blogger. Mulheres como eu são trancadas em hospícios o tempo todo. Elas veem os mortos, escutam vozes, não conseguem aceitar a verdade, insistem nas suas histórias malucas até alguém do serviço social decidir que é melhor colocar seu filho em um orfanato.

Receio que a história da minha amizade com Emily e do meu relacionamento com Sean faça a polícia chegar à verdade sobre o pai de Miles. Então eles teriam nas mãos um caso falso de pessoa desaparecida e talvez também de golpe em uma seguradora, e, como sou egocêntrica!, com certeza focariam num possível caso de incesto.

Emily pode contar comigo, seja lá o que esteja pensando em fazer. Dei-lhe esse poder na feira, quando estávamos observando Nicky e Miles no brinquedo.

Não contei a Sean sobre o telefonema de Emily. Talvez não confie de verdade nele. Não sei mais em quem confiar. Confio em Miles. E, na maior parte do tempo, em Nicky.

Tenho quase certeza de que Sean acredita que Emily está morta. E que, se estiver viva, não tentou entrar em contato com ele. Ou talvez sim, mas ele não me contou. Se ela estiver com raiva por minha causa por causa de Sean, por que *me* culpa? Ele que era seu marido. *É* seu marido.

Não consigo imaginar como dizer isso a ele. Não consigo encontrar o momento certo. Estamos morando juntos, mas não posso dizer: acho que sua esposa falecida me telefonou.

Percebo que o post dirigido à minha amiga não falecida não vai funcionar. Talvez até piore as coisas. Mas, enfim, foi uma distração bem-vinda imaginar o que lhe dizer.

Minha caixa de entrada se encheu de histórias de fantasmas, o que foi bom para mim. Mães de todas as partes veem os mortos. Algumas das histórias foram emocionantes. Uma delas era sobre uma mãe morta cujo espírito trazia para a filha um livro que se abria sozinho na página de um conto sobre uma mãe morta. A filha sentia a presença confortadora da mãe no quarto. Chorei quando li isso, pensando na minha própria mãe e no inferno pelo qual ela passou.

Em nenhuma das histórias dessas mães a pessoa morta na verdade continua viva. Acho que isso é um consolo.

Não tive mais notícias de Emily. E agora me convenci de que ela morreu. Algum engraçadinho cruel deve ter imitado sua voz e, sei lá como, conseguiu fazer isso bem — talvez uma pessoa do trabalho de Emily. Pode ter sido um trote. Por que alguém faria algo assim? Bem, as pessoas fazem coisas piores o tempo todo. E como a pessoa sabia quantos dedos eu estava mostrando?

Chute, acho.

Não pense nisso, Stephanie. Ainda amo minha amiga e sinto falta dela, mas, na verdade, é melhor Emily estar morta do que me observando na floresta — observando-me com o seu marido.

———

NA SEGUNDA VEZ em que Emily ligou, novamente esperou até eu estar sozinha. O identificador de chamadas dizia FORA DE ÁREA.

— Ainda estou aqui — disse ela.

— Emily, onde você está? — perguntei.

— A prova de que não estou no céu é que ainda posso ler o seu blog besta e ridículo. Escrever para mim no além é realmente idiotice, Stephanie. Até mesmo para os seus padrões.

— *Grrr* — fiz um som de gato raivoso. — Quanta insensibilidade. Não é do seu feitio.

— Como você sabe qual é o *meu feitio*? Você não entende nada, não é? Nunca entendeu.

— Entendo sim — retruquei. — Entendo. — Mas não tinha certeza. Alguém estava falando com a voz de Emily. Dessa vez, eu precisava saber se era mesmo ela. — Como posso saber que é mesmo você?

— Escuta isso — disse Emily. Silêncio. Ouvi o barulho de estática, depois um ruído metálico, como se algo estivesse batendo no telefone. Então, uma música animada...

Ouvi minha própria voz dizendo:

— Preciso lhe contar uma coisa que nunca disse a ninguém. — E ouvi minha voz confessando que Miles é filho de Chris.

O gravador desligou.

— Hoje em dia existem equipamentos maravilhosos de reconhecimento de voz — disse Emily — capazes de verificar a autenticidade dessa gravação, se necessário.

— E quem daria a mínima importância para isso? — blefei.

— Todo mundo — respondeu Emily. — Miles, por exemplo. Se não hoje, então um dia.

— Não acredito que você seja capaz de fazer isso — falei. — O que você quer?

— Quero o Nicky. Pode ficar com o resto. E quero que fique de boca fechada. Uma vez na vida.

— Vou ficar! — falei. — Prometo.

— A gente se fala em breve. — Emily desligou.

Depois disso, algum instinto do lar me bateu. Queria ficar em casa, mesmo que somente naquela tarde. Na minha própria casa. Não na de Sean e Emily. Na casa que Davis e eu construímos, onde morei com Davis e Miles, e depois outros três anos somente com Miles, após a morte do meu marido. Devia estar louca de imaginar que poderia tomar o lugar físico de uma mulher morta. Da minha suposta melhor amiga.

Tentei me convencer de que morarmos os quatro juntos seria melhor para as crianças, mas era pior para mim. No carro, a caminho da minha casa, me senti tonta. A estrada por onde viajara tantas vezes parecia estranhamente pouco familiar. Lembrei a mim mesma que precisava me concentrar.

Por fim, lá estava ela. Minha casa. Completamente real, porém mais parecia a casa de um sonho. Como a amava! Sempre amei. Nunca deveria ter saído daqui.

Eu me encontrava em casa. O gramado estava ligeiramente salpicado de neve. Como era bom subir os degraus da porta da entrada. Meus pés sabiam a altura de cada um, distâncias que Davis passara horas da sua curta vida calculando. Minha mão sabia como virar a chave nessa fechadura, meu ombro sabia como segurar a porta aberta para eu entrar caso estivesse carregando algum pacote — o que não era o caso agora. Viera com a roupa do corpo, como uma refugiada.

Entrei na cozinha. Como senti falta dela e de como queria estar aqui, cozinhando para Miles e mim. Conversaria com Sean. Pensaríamos em outro arranjo que nos permitisse passar mais tempo nas nossas casas.

Entrei na sala de estar. Levei um instante para me dar conta do que havia de diferente ali — do que havia de tão perturbador.

Era o cheiro do perfume de Emily. Eu jamais deveria ter dado as chaves da minha casa para ela.

30

BLOG DA STEPHANIE
SÁBIAS CRIANÇAS

Olá, mães!

Outra história sobre como nossos filhos são lindos, sobre como eles sabem muito mais do que pensamos, às vezes até mais do que nós mesmos sabemos.

Nunca fui boa com aniversários. Os únicos dos quais me lembro são os dos meus pais, do meu meio-irmão, do meu marido e o de Miles.

Portanto, fiquei surpresa quando, no início de março, Nicky perguntou:

— A gente vai comemorar o aniversário da minha mãe este ano?

— Sim, claro — respondi. Compramos um bolo com uma única vela.

Deixei Nicky escolher o bolo. Chocolate, com grandes flores de glacê.

Acendemos a vela e fizemos uma oração silenciosa. Não cantamos "Feliz Aniversário". Acho que Nicky ficou contente. Foi uma dessas coisas que as crianças fazem para nos ajudar a superar o sofrimento.

Se estiver lendo isso, minha querida amiga Emily, onde quer que você esteja, feliz aniversário!

Nós amamos você.

Stephanie

31

STEPHANIE

*A*lguém se lembrou do aniversário de Emily. Chegou um cartão para ela na casa de Sean.

Naquela tarde, na caixa de correio, junto com as contas, as propagandas e as revistas de moda que ninguém lia — agora que Emily não estava mais lá, havia um envelope endereçado a Emily Nelson. A mesma caligrafia, a mesma tinta marrom dos que estavam dentro do envelope de papel pardo na gaveta da penteadeira.

Era um dos cartões que Emily recebia todos os anos da sua mãe. Ver aquilo me causou calafrios.

Será que a mãe de Emily ainda acreditava que ela estava viva? Será que a cuidadora não conseguira lhe contar a má notícia? Decidido que a mãe de Emily não seria forte o suficiente para aguentar? Ou haveria algo mais? Uma intuição de mãe ainda persistente dizendo à velha senhora que sua filha *não* tinha morrido?

Naquela mesma noite, mostrei o cartão a Sean, que o olhou, obviamente irritado e incomodado, tentando aparentar não ter a mínima ideia do que se tratava. Mas ele sabia.

— A pobre velha está tão demente que se esqueceu de que Em faleceu. E Bernice não consegue ficar a relembrando o tempo todo. Acho que está deixando a Sra. Nelson acreditar que a filha continua viva... — disse Sean.

Por um instante, fiquei na dúvida se ele estaria mentindo. Sean nunca chamara Emily de "Em" antes. Além disso, Emily não estava morta. Será que ele sabia disso? Estariam os dois pregando uma peça cruel em mim? Seria eu o peão de algum plano maligno tramado por ambos?

O fato de não saber e não poder perguntar me deixou consciente do quão pouco existia de confiança entre mim e Sean, embora isso não parecesse interferir na quantidade de tesão entre nós. Não ocorria toda noite, mas os dois estavam a fim com certa frequência. Sean não era o cara mais carinhoso do planeta, e eu não esperava isso dele. Ele era inglês. Estava comigo quando transávamos, mas depois ele grunhia e virava de lado, como se quisesse que eu sumisse.

— Você precisa me dizer se não estiver dando certo para você. Se você tem dúvidas. Me diga. Quer que eu vá embora? — perguntei por fim.

— Do que você está falando, Stephanie?

Foi pior do que ouvir um sim.

O carimbo do correio no envelope estava ilegível, mas consegui identificar as letras *MI*. Michigan. Teria Emily enviado o cartão para si mesma? Será que isso fazia parte do plano para me enlouquecer? Estaria ela por aí, observando a gente comemorar seu aniversário com uma vela e um bolo? Sem ela? O que estaria querendo? O que estaria planejando?

— Posso abrir o cartão? — perguntei a Sean.

— Claro, vá em frente — respondeu ele.

Com aquela mesma caligrafia rebuscada em tinta marrom, lia-se, como sempre: *Para Emily, de Sua Mãe.*

A menos que Emily tivesse conseguido fazer um trabalho primoroso forjando a caligrafia da mãe, não havia sido ela quem enviara o cartão. E por que ela enviaria um cartão de aniversário para si mesma de Michigan, tentando fazer parecer que tinha sido mandado pela mãe?

A única explicação é que sua mãe não sabia que Emily estava morta. Que supostamente estava morta. Ou então ela sabia de algo que eu não sabia.

Não conseguia tirar o cartão de aniversário da cabeça. Tornou-se mais uma obsessão.

Podem chamar de sexto sentido ou sei lá o quê, mas estou convencida de que entenderia tudo se pudesse encontrar a mãe de Emily e lhe fazer algumas perguntas. Era mais do que a mera curiosidade de saber sobre seu passado. Eu estava certa de que a mãe de Emily poderia resolver o mistério de para onde Emily tinha ido e por quê, de como ela desaparecera e por que parecia haver retornado dos mortos. Ainda que sua mãe não soubesse nada do que acontecera, poderia dizer algo que ajudasse a esclarecer as coisas. Estaria ela tão doente quanto dizia Sean? Ela, ou alguém, havia se lembrado do aniversário de Emily.

Encontrei o número de telefone na internet. Perdi um pouco do ar quando o número apareceu: Sr. e Sra. Wendell Nelson em Bloomfield Hills.

Liguei. Duas vezes. Na primeira, chamou sem parar. Na segunda, uma senhora idosa de voz fraca e aguda atendeu.

— Alô? — disse ela. Não consegui falar. Ela disse: — São esses meninos do vizinho brincando de novo de passar trote? Já disse que não estou.

Desliguei.

Na terceira vez falei:

— Sra. Nelson, eu me chamo Stephanie. Sou amiga da sua filha. Amiga de Emily. — Em circunstâncias normais, eu teria lhe contado o quanto sentia por causa de Emily, mas as circunstâncias eram tudo, menos normais.

— Ela nunca me falou de nenhuma Stephanie — retrucou a mulher. — Nunca ouvi falar de nenhuma Stephanie. Quem você disse que era mesmo?

— Uma amiga de Emily. Seu neto Nicky é o melhor amigo do meu filho.

— Ah — disse ela, melancolicamente. — Isso. Nicky.

Então ela estava num dos seus dias bons.

— Quantos anos ele tem agora?

— Cinco.

— Oh — disse ela. — Meu Deus.

Meu coração se solidarizou com ela. Há quanto tempo ela não o via? Não sei o que me deu para perguntar:

— Acha que eu poderia visitar a senhora?

Todo o meu corpo ficou tenso enquanto esperava que ela desligasse o telefone ou dissesse que não.

— Quando? — quis saber ela.

— No fim de semana que vem — respondi.

— Que dia? — perguntou ela. — Que horas? Vou olhar na minha agenda.

Eu sabia que Sean não iria querer que eu fosse até lá. Inventei uma tal de tia Kate, que estava desesperadamente doente em Chicago. Perguntei a Sean se ele poderia ficar com os meninos, e ele disse que sim. Nenhum dos dois precisou comentar quanto tempo eu *ficava* sozinha com eles.

O fato de não contar a verdade para Sean me lembrou de que não existia ninguém em quem eu poderia confiar. Estava sozinha. Apesar disso, confiava nele no que mais importava — que ele cuidaria do meu filho naquela noite.

Eu ainda dormia com Sean, mas não podia dizer a ele que Emily me telefonava e me provocava com segredos que somente ela sabia. Ele diria que eu estava tornando as coisas piores e que era incapaz de enfrentar a verdade. Que talvez eu tivesse perdido o contato com a...

Estaria eu perdendo a cabeça? Imaginando coisas? Talvez ainda estivesse em estado de choque pelo desaparecimento e morte da minha amiga. Talvez Sean tivesse razão. Talvez eu me recusasse a reconhecer a realidade da morte de Emily e tornasse as coisas piores para todo mundo.

Principalmente para mim.

Peguei um voo para Detroit e aluguei um carro. Encontrei a casa da mãe de Emily, uma mansão com colunatas e um pórtico, que mais parecia uma casa de *E o Vento Levou* transplantada para o Meio Oeste. Havia uma trilha de carros circular e pequenos morros de arbustos crescidos que ocultavam um gramado coberto de ervas daninhas castanhas.

A velha senhora que atendera ao telefone era pequena e encurvada, e vestia um suéter de cashmere, calças pregueadas elegantes e sapatos caros com saltos mais altos do que eu teria esperado. Seu cabelo branco fora puxado para trás com esmero, e o batom vermelho, aplicado com cuidado. Ela se parecia um pouco com Emily, mas lembrava mais Grace Kelly, se Grace Kelly tivesse vivido até os 60 anos.

O ar recendia a pout-pourri de rosas quando ela me conduziu até uma sala de estar ampla, com jeito de avó, repleta de móveis bons e antigos e quadros escuros com imagens sombrias em molduras pesadas.

— Me lembre quem você é — pediu ela. — Receio que ando meio esquecida ultimamente.

— Stephanie — falei. — Amiga de Emily. Meu filho é o melhor amigo de Nicky.

— Entendo — disse a mãe de Emily. — Você precisa ir ao banheiro?

— Não, estou bem — respondi. — Estou bem, mesmo. Estou... — Eu estava tagarelando.

A Sra. Nelson se acomodou em uma poltrona forrada de veludo cor-de-rosa e eu me sentei na beira de um sofá desconfortável, mas, de certa maneira, impressionante. Antiquado, imitação de alguma antiguidade francesa, com estofado bordado de seda brilhante. E listras rosa-escuras e brancas. Completamente diferente de qualquer coisa que Emily deixaria entrar na *sua* casa.

— Meu marido morreu — disse a mãe dela.

Pelo menos ela sabia que o marido falecera. Esse devia ser um dos seus dias *ótimos*.

— Ele trabalhava no departamento de relações públicas de uma empresa automobilística. Quem imaginaria que Emily também entraria no ramo de RP depois de ver o que o recall de 88 fez com o pai dela?

Ela empurrou os óculos para a ponta do nariz, inclinou-se para a frente como um passarinho bicando grãos e, pela primeira vez, de fato olhou para mim.

— Você não tem a menor ideia do que foi o recall de 88, não é?

Era melhor ser honesta. Balancei a cabeça, dizendo que não.

— Você é mesmo burra, não é? — perguntou ela.

Eu já conseguia entender por que Emily mantinha distância da mãe. Senti pena dela por ter uma mãe capaz de dizer coisas desse tipo! Então eu me lembrei de que Emily me chamara de burra na última vez que me ligou. Ela estava passando adiante o estrago que aguentara daquela mãe tóxica. Quantas vezes eu não tinha escrito no blog sobre gente que tenta fazer mães se sentirem burras. Realmente estava cansada de ser chamada de burra. Ou de me fazerem sentir burra. Mas não podia me dar ao luxo de reagir.

Se a mãe de Emily me achasse burra, se duvidasse que eu de fato era amiga de Emily, nunca me diria o que eu precisava saber. Eu não tinha a menor ideia do que isso era, mas saberia quando ouvisse.

— Quer ver fotos de Nicky? — perguntei.

— Nicky?

— Seu neto.

— Claro — disse ela, com educação. — Onde?

Levei meu celular para perto dela e fiquei ao lado da sua poltrona, passando as fotos de Miles e Nicky para ela ver. A Sra. Nelson pareceu prestar atenção. Não consegui perceber se desejava que eu parasse.

— Qual dos dois é...? — quis saber ela.

— Nicky — relembrei.

— Claro. Nicky.

Apontei para o neto dela.

— Uma graça — disse a senhora, hesitante.

Fiquei aliviada quando ela disse:

— Basta. Ele é muito bonitinho.

A Sra. Nelson olhou para mim, recostou-se na poltrona e falou:

— Já vi isso num filme. Você e eu estávamos num filme que assisti na televisão. Você queria olhar fotos de Emily quando criança. É por isso que veio, não foi?

— Sim. Seria legal.

Quando falei isso, percebi que era verdade. Que esse era *exatamente* o motivo de minha visita.

— Gostaria de um chá? — perguntou ela.

— Não, obrigada — respondi.

— Ótimo. Acho que acabou. Volto em um instante.

Ela se levantou e saiu lentamente arrastando os pés. Ouvi murmúrios. A Sra. Nelson conversando com outra mulher. Sua cuidadora, supus.

Eu tinha alguns minutos para olhar ao redor. Um piano de cauda coberto com um xale espanhol bordado. Iluminação suave. Um bufê com espelho e um retrato formal da mãe de Emily num vestido de noite, décadas atrás. Provavelmente antes de Emily nascer. Não fazia o menor sentido aquela ser a casa onde Emily passara a infância, embora eu me desse conta de que não fazia a menor ideia de como esperava que fosse. Ela nunca falava sobre a casa da sua infância.

Havia uma irritação engraçada no modo como a Sra. Nelson moveu a cabeça e atirou o álbum para mim — ou talvez estivesse apenas com pressa de voltar a se sentar na poltrona.

O álbum se parecia com esses em que as pessoas guardam CDs. Cada foto tinha uma proteção transparente que soltava um leve cheiro de plástico.

Virei várias páginas antes de entender o que estava vendo.

Em cada foto, havia duas Emilys. Duas menininhas idênticas.

Duas Emilys idênticas num jardim, numa praia, na floresta na frente de uma placa que dizia Parque Nacional Yosemite. Duas meninas de cabelo loiro e olhos escuros, duas Emilys que se tornavam mais velhas à medida que eu virava as páginas.

— Qual o problema? — perguntou a mãe dela. — Você parece péssima, querida. Está tudo bem?

Pensei na foto de Diane Arbus sobre a prateleira da lareira de Emily e lembrei-me dela me dizendo que era o item que mais amava naquela casa.

A Sra. Nelson disse:

— Por favor, me lembre qual das duas é Emily. É aquela com a marca de nascença horrorosa embaixo do olho? Meu Deus, eu implorei a ela que mandasse tirar aquilo. Embora às vezes fosse a única maneira de conseguir distinguir uma da outra. Claro, mais tarde, quando Evelyn estava sempre bêbada ou drogada, ficou mais fácil.

— Eu não sabia que Emily tinha uma irmã gêmea — falei.

Ela franziu a testa.

— Como é possível? Tem certeza de que é amiga da minha filha? O que realmente veio fazer aqui? Estou avisando, há câmeras de segurança em toda parte.

Olhei ao redor. Não havia câmera de segurança alguma.

— É estranho, só isso — comentei. — Ela nunca mencionou a...

— Evelyn. A irmã dela.

— Evelyn? Onde *ela* mora? — perguntei.

— Boa pergunta — disse a mãe. — Nunca sei. Evelyn tem problemas. Já passou temporadas em algumas clinicas de reabilitação caríssimas, à custa adivinhe de quem. Perdi o contato dela, e no fim descobri que estava morando na rua. Emily tentou salvar a irmã. Tentou muitas vezes. Acho que acabou desistindo.

Como Emily podia nunca ter mencionado que tinha uma irmã gêmea? Por que manteve isso em segredo? Por um instante, não consegui me lembrar do seu rosto. Qual das duas gêmeas seria ela?

Através das minhas pálpebras cerradas, ouvi a Sra. Nelson perguntar se eu queria um copo d'água.

— Não, estou bem. É muita coisa para absorver.

— Emily me culpava pelos problemas de Evelyn. Mas vou lhe contar uma coisa... você tem filhos, por algum acaso? — questionou ela.

— Meu filho é amigo de Nicky — lembrei.

— Então você entende. Não foi culpa minha. É o jeito que eles nascem, não tem muito o que se possa fazer para mudar isso. Todo pai e toda mãe sabem disso. Eu amava minhas filhas da mesma maneira. Minha família tem um histórico de doenças mentais, mas ninguém podia dizer isso. Não podíamos reconhecer que metade de nossos tios e tias estava internada no hospício. Sim, as duas eram idênticas. Têm o mesmo DNA! As mesmas impressões digitais! Mas nunca confundi as meninas. Emily tinha a verruga embaixo do olho, e havia qualquer coisa esquisita no topo da orelha de Evelyn.

Eu escutava com atenção e ao mesmo tempo minha cabeça vagava. A Sra. Nelson era mãe. Eu não tinha certeza se ela sabia que uma das suas filhas estava morta.

Uma das suas filhas. Aquilo me atingiu mais uma vez. *Elas têm o mesmo DNA.* As mesmas impressões digitais. O legista talvez não tenha conseguido distinguir a diferença. A verruga embaixo do olho e a orelha esquisita não fariam a menor diferença quando encontraram o corpo no lago.

Meu cérebro funcionava a toda velocidade, analisando teorias. Teria Emily matado a irmã e despejado o corpo no lago? Teria ela planejado tudo aquilo? Que maneira perfeita de falsear a própria morte...

— Por favor, tome um copo d'água — pediu a mãe de Emily. — Você não está parecendo nada bem.

— Não se preocupe — tranquilizei-a. — Estou bem.

Ela se inclinou para a frente e tocou meu joelho, e, num tom repentinamente conspiratório, disse:

— Quer ouvir uma coisa ridícula? Quando meu marido estava vivo e as meninas eram mais novas, eu achava que tinha que esconder que bebia. Como se a criança fosse *eu*. Mas agora posso relaxar no início da noite com um copo de gim, porque não há ninguém ao meu lado para me dizer que não posso fazer essa coisa absolutamente normal que todo adulto deveria ter o direito de fazer. Ninguém para me dizer que não posso fazer isso! Gostaria de me acompanhar?

Eram duas da tarde.

— Não, obrigada — agradeci. — Muito gentil da sua parte oferecer.

Só então notei uma bandeja com um decânter e dois copos na mesinha ao lado de sua poltrona. A senhora se serviu de um copo cheio de um líquido transparente e o bebeu em goles constantes e agradecidos.

— Pronto. Bem melhor. Onde estava mesmo? Ah, sim, as gêmeas. Emily e Evelyn eram absolutamente tão bizarras quanto as pessoas dizem que gêmeos podem ser. Primeiro, comunicavam-se telepaticamente. Mesmo quando eram pequenas, bastava uma olhar para a outra que se entendiam. Pode imaginar como era criar filhos assim?

Emily era a dominante. Nasceu primeiro. Pesava 170g a mais. Ganhava peso mais depressa e andou primeiro. Evelyn sempre foi... menor e mais triste. Menos confiante.

Elas passaram pela fase rebelde da adolescência exatamente no mesmo momento. Foi um piquenique em dobro para a mãe, acredite em mim! A rebeldia adolescente continuou até os 20 e poucos anos. Acho que pregavam peças maliciosas nos homens, nos seus namorados. Eram bonitas e populares. Decorativas. O que significa que havia bebida e drogas no meio. Tem certeza de que não quer um golinho? — Ela me ofereceu um copo de gim.

— Não, obrigada. Adoraria, mas tenho de dirigir até o aeroporto depois.

— Certo, então. Uma coisa eu lembro. As meninas tiveram uma briga terrível na frente de mim e do pai delas. Era algum feriado. Natal? Ação de Graças? Não recordo. Tínhamos dado um jeito de reunir todos os quatro da família na mesma sala. Foi um pouco antes de Evelyn começar a afundar e Emily a subir.

Foi uma briga horrorosa. Acho que por causa de algum rapaz. Não me lembro. Não tenho certeza se soube o motivo na época. Elas se estapearam. Isso acabou com a briga. Parou na mesma hora. As duas foram para os seus quartos.

No dia seguinte, foram para Detroit e fizeram aquelas tatuagens horrendas. Aqueles braceletes vulgares de arame farpado. Para lembrá-las de que aquela tinha sido a mão que estapeara sua irmã. Ou alguma idiotice do tipo. Era uma promessa de que nunca mais brigariam de novo daquele jeito. E acho que não brigaram mais mesmo. Até agora.

Até agora. Ela pensava que as duas continuavam vivas.

A menos que Emily tenha contado à irmã o que lhe contei na feira, foi Emily que me ligou. E foi o corpo de Evelyn que apareceu nas margens do lago.

— Onde mesmo a senhora disse que a irmã de Emily mora?

— Da última vez que tive notícias, era em Seattle.

— Algo mais exato do que isso? — perguntei. — A senhora teria um endereço?

— Bem que gostaria. Bernice me ajuda com os cartões de aniversário. Acabei de enviar um para Emily, em Connecticut. Mas o último endereço de Evelyn que temos é de um motel horroroso em Seattle. Bernice pesquisou no Google e vimos como era.

— Ela se inclinou para a frente. — Em que isso é da sua conta? Por favor, refresque minha memória, querida.

Ela pronunciou a palavra *querida* como uma bruxa de conto de fadas. De um jeito ameaçador e insultuoso.

— Não sei — falei. — Sinto muito...

Durante toda a visita, tive a impressão de que ela era capaz de acender e apagar as luzes atrás dos seus olhos. Agora eles estavam nublados novamente. Noite, noite. Ninguém ali.

— Estou cansada — disse ela.

— Sinto muito. Não foi minha intenção... muito obrigada. — Levantei-me do sofá cor-de-rosa e branco e olhei para trás a fim de ver se eu o sujara ou bagunçara. — Muito gentil da sua parte deixar que eu a visitasse.

— Por que mesmo você quis me visitar?

— Curiosidade — respondi.

— Matou o gato, hein — falou ela. Ouvi uma nota em sua voz... parecida com a de Emily. Senti outro calafrio. A velha senhora percebeu. E gostou. Inclinou o queixo e riu de um jeito quase infantil. Estava presente novamente, por enquanto.

— Vou indo — falei. — A senhora gostaria que eu... chamasse alguém?

— Ela está de saída! — disse a Sra. Nelson.

Ouvi passos. Uma mulher alta e ainda bonita de 50 e poucos anos, trajando uma roupa azul-escura de enfermeira e com um emaranhado de cabelos grisalhos amarrados na altura da nuca surgiu à porta.

— Esta é Bernice — disse a Sra. Nelson. — E esta é...?

— Stephanie — falei. — Prazer em conhecê-la, Bernice.

Bernice me deu um olhar neutro e indulgente. Senti que ela estivera monitorando a conversa da sua patroa e a aprovou ou pelo menos não se incomodou. Primeiro a Sra. Nelson e depois a Bernice me ofereceram as mãos para um cumprimento. Apertei-as e agradeci a atenção.

Bernice me acompanhou até a porta e a fechou muito de leve: ficamos sozinhas na varanda.

— Sei que a polícia veio conversar com você. Meus pêsames por Emily — falei.

— Se é que foi *mesmo* Emily — comentou Bernice. — Nunca conseguiram distinguir aquelas duas, talvez nem mesmo na morte consigam.

Todas aquelas informações novas, aquelas novas teorias e novas suspeitas eram demais para processar de uma só vez. Pensei em Miles, que sempre me acalma.

— Você mencionou essa desconfiança para a polícia? Contou sobre Evelyn? — perguntei-lhe.

— Deixei que pensassem o que queriam pensar. Isso aqui é Detroit, meu amor. A parte rica e branca de Detroit, mas, mesmo assim... É melhor não contradizer nem aparecer com nenhuma novidade. Quanto menos você se envolver com a polícia, melhor. Tentei ligar para Emily e descobrir o que estava acontecendo, mas ela não atendeu o celular. É melhor a mãe dela não saber de nada. Não quero que a pobre coitada sofra ainda mais. Às vezes, ela acha que tem duas filhas, às vezes só uma... Nunca dá para prever o que ela lembrará e o que lhe vai escapar. Muitas vezes ela me surpreende com o que se lembra... Ela comentou sobre o carro?

— Que carro?

— *Disso* ela se lembra. Evelyn roubou o carro dela faz algum tempo. As duas filhas tinham as chaves, e uma delas invadiu a garagem e levou o automóvel embora no meio da noite. Aposto que foi Evelyn; afinal, Emily pode alugar o carro que ela quiser, certo?

Assenti. Parecia certo, mas, ao mesmo tempo, tornava tudo ainda mais confuso. Queria continuar ali e fazer perguntas para Bernice o dia inteiro. Por outro lado, também queria voltar correndo para meu motel e pensar no que acabara de ouvir.

— A Sra. Nelson ficou histérica. Não parava de me perguntar como ela iria se deslocar agora. Não consegui dizer que ela não dirigia aquele carro há anos. Falei que pegaríamos táxis, como sempre fizemos. Falei para ela não se preocupar. E a ajudei a enviar o cartão de aniversário de Emily, como faço há anos.

— Ela tem sorte de ter você, Bernice — declarei.

Bernice fez uma careta. Tive medo de tê-la ofendido, mas ela não estava pensando em mim.

— A Sra. Nelson merece um pouco de sorte — falou. — Teve tanto azar com aquelas duas meninas. Nas ilhas, a gente toma muito cuidado com gêmeos. Tome cuidado. — Ela prestou atenção para ver se não escutava algum barulho dentro da casa. — Preciso entrar... Não tem como saber o que ela vai... Faça uma boa viagem de volta.

Não tive tempo de perguntar o que ela quis dizer quando me pediu que tomasse cuidado.

Depois que saí do subúrbio, o terreno se tornou acidentado. Tendo em vista que Detroit é a cidade do automóvel, fiquei surpresa com o estado péssimo das ruas. Desviar dos buracos no asfalto me deu a chance de me concentrar e impedir que surtasse com o que acabara de ouvir.

Emily tinha uma irmã gêmea.

Eu me sentia tão assustada que, quando parei o carro na locadora e os caras de uniforme o rodearam, um deles me perguntou se eu estava bem.

— Estou ótima! — exclamei. — Por que todo mundo está me perguntando isso?

Deixei o carro e peguei o trem expresso até o hotel que se localizava no aeroporto. Fiquei feliz por não ter escolhido a opção mais barata de hospedagem, feliz por ali ter um frigobar, feliz por tomar duas garrafinhas de conhaque, uma depois da outra. Feliz pelo fato da cama estar limpa e eu poder me enfiar embaixo das cobertas ainda vestida. Feliz por estar composta o bastante a fim de ligar para a recepção e pedir ao atendente que telefonasse para o meu quarto com uma boa margem de tempo, pois eu apanharia um voo de manhã cedinho.

Puxei o cobertor por cima da cabeça e fechei os olhos. A foto das gêmeas, de Diane Arbus, flutuava na escuridão. Eu a vi com mais clareza agora, lembrava-me mais dela do que das fotos que a mãe de Emily me mostrou. Conseguia ver os dois vestidinhos de festa, mas não me lembrava do que Emily e a irmã estavam usando nas fotos de família. Elas não se vestiam de modo idêntico. Será que isso — o fato de a Sra. Nelson nunca as vestir com as mesmas roupas — foi alguma coisa que a mãe delas me contou? Ou foi algo que descobri? E que diferença fazia?

A última foto parecia ter sido tirada na formatura do ensino médio. As duas usavam becas e chapéus. Pareciam jovens e esperançosas.

O que aconteceu depois disso? A Sra. Nelson achava que Evelyn estava morando em Seattle, mas não tinha o endereço. Quanto tempo demoraria até a velha se esquecer das duas? Será que Emily sabia e contava com isso para ajudá-la a fazer o que estava fazendo?

Seja lá o que fosse.

Eu poderia ter reagido de várias maneiras. Fiquei com raiva. Como se tivesse sido enganada. Sei que algumas pessoas poderiam me culpar por estar dormindo com o marido de Emily, mas minha sensação era a de que eu tinha sido prejudicada primeiro, enganada, usada... quando ela não me contou sobre sua irmã gêmea, quando deixou eu e Sean (ou talvez somente eu) acreditarmos que ela estava morta.

E depois quando decidiu me comunicar que estava viva.

A gêmea dominante. Ela é que tinha todo o poder.

Será que Sean sabia que Emily tinha uma irmã gêmea? Ele nunca tocara nesse assunto. Teria conseguido manter isso em segredo até mesmo do próprio marido?

Permaneci ali deitada pensando em como deixaria Emily saber que eu sabia.

Depois de algum tempo, percebi: ela dera um passo em falso. Não devia ter me dito que estava lendo meu blog. Era dessa maneira que eu entraria em contato com ela. Aquilo me deu um pouco de controle, uma maneira de me comunicar. E eu nem precisava me preocupar com Sean, porque ele nunca lia o que eu escrevia.

Fiquei acordada arquitetando o próximo post. Como daria a entender para Emily que eu tinha ido visitar sua mãe e que conhecia seu segredo... sem revelar qual era?

32

BLOG DA STEPHANIE
DESFECHO

Olá, mães!

Eu poderia escrever um blog inteiro sobre desfechos. Ou contar a história do desfecho da trágica morte acidental da minha melhor amiga.

É uma história complicada, mas aqui vai um resumo.

Visitei a mãe de Emily na casa na qual minha amiga viveu a infância, no subúrbio de Detroit. Conheci a cuidadora, muito atenciosa e simpática, da sua mãe, Bernice. Sentei-me no sofá antiquado de listas cor-de-rosa e brancas da sala, e a mãe de Emily me mostrou um álbum cheio de fotos de quando Emily era pequena.

É difícil explicar, mas, enquanto olhávamos juntas aquelas fotos, senti que tive um instante de compreensão, senti que se abria uma janela para a infância da minha amiga. Enquanto eu e a mãe dela relembrávamos e celebrávamos a vida de Emily, tive a impressão de que entendia tudo. E percebi que a história de Emily era *duas vezes* mais interessante do que eu jamais poderia imaginar.

E então, finalmente, consegui aceitar a perda da minha adorada amiga Emily.

Mães, por favor, fiquem à vontade para postar aqui seus momentos mais comoventes e gratificantes de encerramento e desfecho.

Com amor,
Stephanie

33

EMILY

Sempre soube que algo ruim aconteceria naquele chalé. Talvez por isso sentisse tanto medo de ficar ali sozinha. Sempre sonhava que alguma *presença*... maligna estava à minha espera no alpendre sonolento e telado onde eu e minha irmã passamos tantas noites da infância sussurrando no escuro, contando histórias, inventando o reino da fantasia (população: dois habitantes) onde poderíamos viver juntas para sempre sem adulto algum para atrapalhar a diversão ou nos dizer o que fazer.

Nossa canção favorita era "Octopus Garden". A gente cantava e cantava, cada vez mais rápido, até a garganta doer e termos um ataque de riso. Agora ela me faz chorar. E se uma de nós tiver encontrado o polvo primeiro?

Na noite antes de desaparecer, o telefone tocou. Sean e eu estávamos dormindo.

— Quem é? — murmurou Sean.

— Dennis — respondi. Não era incomum Dennis Nylon me ligar em horas estranhas. Significava que ele havia se entupido de novo de drogas, que estava espiralando rumo a mais uma temporada numa clínica de reabilitação. Ele telefonava para todas as pessoas da sua lista de contatos até alguém atender. Eu sempre atendia, porque sabia que, se ninguém atendesse, ele passaria para a lista seguinte: as pessoas da imprensa e da mídia. E eu que teria que lidar com a merda no ventilador depois. Era mais fácil conversar com Dennis até ele se acalmar, deixá-lo matraqueando até eu ouvir o barulho dos seus roncos do outro lado da linha. Então eu poderia voltar a dormir.

— Vou atender no corredor — avisei Sean.

Praticamente corri até as escadas. Sabia que não era Dennis.

— Aceita uma chamada a cobrar de Eve?

Eu sempre aceitava.

Eve e Em eram os apelidos não tão secretos assim que eu e minha irmã usávamos para chamar uma à outra. Ninguém mais — *ninguém* — tinha permissão para usar esses nomes. Certa vez, logo no começo do namoro, Sean me chamou de Em e eu lhe disse que o mataria se me chamasse assim novamente. Acho que acreditou na ameaça. Aliás, talvez eu estivesse mesmo falando sério.

Eu precisava sair do quarto para aceitar uma ligação da minha irmã. Sean não sabia dela. Ninguém sabia. Ninguém, a não ser mamãe, se é que ela ainda se lembrava, e Bernice, além das pessoas que nos conheceram na época da escola. Mas quem ligava para elas? Tive que me livrar de um monte de fotos antigas. Naqueles tempos, eu ainda falava com a minha mãe; portanto, as enviei de volta para ela com a desculpa de que estava mudando muito de endereço e não queria perdê-las.

— Oi, Eve — cumprimentei.

— Oi, Em — disse ela. E começamos a chorar.

Não me lembro exatamente de quando parei de contar que tinha uma irmã. Foi mais ou menos na época em que me mudei para Nova York. Estava de saco cheio de dizer que tinha uma irmã gêmea e as pessoas ficarem bisbilhotando ou pensando que sabiam algo a meu respeito. Será que não percebiam o quanto me entediavam aquelas mesmas perguntas?

Fraternas ou idênticas? Vocês se vestiam com as mesmas roupas? São próximas? Tinham uma linguagem secreta? Era estranho ser gêmea?

Era estranho, sim, e ainda é. Mas não de uma maneira que eu pudesse — ou quisesse — explicar. Às vezes, depois que parei de fingir que não tinha irmã, quase conseguia me esquecer dela. Longe dos olhos, longe do coração. Era mais fácil. Menos dor, menos culpa, menos sofrimento e menos preocupação.

Ninguém no trabalho sabia que eu tinha uma irmã gêmea. Na primeira vez em que eu e Sean brincamos de "Quem teve a infância pior?", ele me disse que era filho único e eu exclamei: "Ah, coitadinho! Eu também!" Depois disso, tornou-se complicado demais explicar que havia esquecido que tinha uma irmã. Era mais fácil, em todos os sentidos, manter em segredo a existência de Evelyn. Se ela aparecesse na porta da minha casa, eu teria um trabalhão para explicar, mas isso nunca aconteceu. E, depois, meu trabalho me transformara numa especialista em explicar o inexplicável — controlar informações.

De vez em quando, eu testava a mim mesma, a minha sorte e as pessoas ao meu redor, desafiando-as a adivinhar a verdade. Será que Sean ficou curioso em saber por que gastei uma fortuna naquela foto das gêmeas de Diane Arbus? Por que a adorava tanto? Claro que não. Era uma obra de arte. Um bom investimento, ele deve ter pensado. A verdade o levaria a questionar com que espécie de pessoa ele se casara. Quer dizer, levaria Sean a questionar mais do que já questionava.

Na primeira vez em que Stephanie veio em casa, fiz questão de lhe mostrar a foto e dizer que gostava mais dela do que de qualquer outra coisa dali. Porém, ela apenas achou que isso provava meu ótimo — e caro — gosto. Milhões de pessoas admiram essa foto, pessoas normais que não olham para ela e imaginam qual das duas gêmeas elas são.

Eu era a gêmea dominante. Cheguei ao mundo primeiro. Andei e falei primeiro. Pegava os brinquedos de Evelyn. Fazia ela chorar. Eu a protegia. Colocava-a em risco. Eu que lhe mostrei onde ficavam as garrafas de gim da mamãe para substituirmos o gim por água. Eu acendi seu primeiro baseado e a convidei para fumar maconha comigo e com os meus amigos. Eu que parti nosso primeiro ácido, que dei a Evelyn seu primeiro comprimido de ecstasy, que a levei à sua primeira rave em Detroit.

Como poderia saber que ela gostaria de ficar doidona ainda mais do que eu? Ou que acharia mais difícil ficar sóbria? Ou que o terror do tédio que eu sentia também a atormentaria, só que de uma maneira diferente e danosa? Ela era a gêmea mais fraca.

Levei o telefone para a cozinha e acendi a luz. Fazia frio, mas eu tinha medo de deixar o telefone de lado para apanhar um suéter. Tinha medo de que, nesse meio-tempo, ela desligasse e sumisse. Mais uma vez.

— Onde você está? — perguntei.

— Não sei. Em algum lugar de Michigan. Adivinha só? Roubei o carro da mamãe.

— Massa — falei. — Agora todos podemos ficar descansados porque o mundo se tornou um lugar mais seguro.

Ela riu.

— Acho que mamãe não estava dirigindo tanto assim.

— Graças a Deus — falei. — Lembra aquela vez em que ela deu ré na trilha da nossa casa e caiu numa valeta, e tivemos de chamar um guincho com correntes para tirar ela de lá?

— Não me lembro de muita coisa — respondeu Evelyn —, mas disso eu me lembro. — Eu estava pensando, e minha irmã também, que éramos as únicas pessoas que se lembravam daquilo. Olhei para a minha mão segurando o telefone e me concentrei na tatuagem que quase nunca vejo. Então consegui ver Evelyn, seu pulso, sua tatuagem.

Fizemos as tatuagens depois de nossa pior briga. Eu tinha encontrado o kit dela na gaveta da cômoda — uma seringa hipodérmica, algodão, uma colher, um tubo de borracha. Ah, e um pacotinho de pó branco.

Tínhamos 17 anos.

Eu já andava desconfiada. Ela passara a usar mangas compridas, e sempre teve braços lindos, mais do que os meus, que ficam com sardas se tomo sol. Eu já sabia o que encontraria antes mesmo de topar com ele, mas fiquei chocada. Aquilo era real. Minha irmã não estava para brincadeira.

Comecei a berrar com ela, gritando que ela não podia fazer isso consigo mesma. Nem comigo. Eve disse que não era da minha conta. Que não éramos iguais.

A essa altura, eu berrava tão alto que tive medo de que minha mãe ouvisse. Mamãe, porém, estava flutuando numa outra nuvem quente e algodoada, só dela.

Dei um tapa na minha irmã. Ela me devolveu o tapa. Afastamo-nos uma da outra, horrorizadas. Não nos batíamos desde pequenas.

No dia seguinte, fizemos as tatuagens. Roubamos um punhado de analgésicos da mamãe para que doesse menos. Nenhuma de nós prometeu que pararia de usar drogas. Seria pedir demais — e uma mentira. Prometemos que nunca mais brigaríamos daquele jeito. E não brigamos mesmo. Nunca mais.

Mamãe sempre pensou que a discussão fora por causa de algum cara. Mas nenhum homem valeria aquilo.

O que estava acontecendo com a minha irmã começou a parecer culpa minha, erro meu. Quando saímos de casa — Evelyn para a Costa Oeste, eu para a Costa Leste —, consegui largar as drogas, mas ela não, e a distância tornou mais fácil pensar que os problemas dela não eram culpa minha. Eu sentia saudades — mas me obriguei a parar de sentir.

Podemos controlar o que pensamos e sentimos.

Eu era boa em não sentir saudade. De mamãe, por exemplo. A última vez em que a vi foi no funeral do meu pai. Evelyn não chegou a tempo. Mamãe ficou extremamente bêbada (até mesmo para os padrões dela) e descontou em mim, dizendo que o problema da minha irmã era resultado da minha dominância egoísta e insensível. Falei que não era justo me culpar por algo que começou antes mesmo de eu nascer.

Aquela era uma briga que eu jamais poderia vencer. Parei de falar com mamãe. Não precisava dela me dizendo aquilo que eu temia ser verdade.

Não é que não tentei ajudar Evelyn... salvá-la. Por acaso, sei bastante sobre os prós e contras de várias clínicas de reabilitação. Trabalhar na Dennis Nylon foi uma escola. Já perdi a conta de quantas vezes tive que pegar um avião para a Costa Oeste, fingindo para Sean que se tratava de alguma viagem de trabalho e fingindo no trabalho alguma emergência familiar. E era mesmo uma emergência familiar.

Eu sempre ia até Evelyn, onde quer que estivesse. Por sorte, ela sempre desejou ser encontrada — era por isso que me telefonava, no meio da noite, sempre assustada. Aquelas viagens de avião duravam uma eternidade. Eu a localizava em algum motel de merda, em geral entocada com algum cara mais ou menos gostoso que ela mal conhecia. Eu a internava em alguma clínica. À custa da mamãe — era o mínimo que ela podia fazer. Depois que Emily recebia alta, ligava-me frequentemente. Dizia o quanto era maravilhoso estar sóbria, como o gosto da comida era melhor, como ela conseguia desfrutar um dia de sol sem que os olhos doessem.

Depois, os telefonemas paravam.

Qualquer um que já amou um viciado ou teve um familiar nessa situação sabe como é; as esperanças e os desapontamentos, a história sempre se repetindo e se tornando a mesma. As pessoas se cansam.

A última vez em que recebi notícias de Evelyn foi por um cartão-postal de Seattle, o qual não tinha nada escrito além do meu endereço de Connecticut e, na frente, estampava uma turística foto colorida de um peixe lindamente posicionado sobre o gelo no mercado Pike Place. Peixe morto, gíria para quem fica imóvel durante uma trepada: típico do senso de humor de Evelyn.

— Você ainda está aí? — perguntei, desnecessariamente. Podia ouvir minha irmã fungando do outro lado da linha.

— Mais ou menos — respondeu ela.

— Não desligue — falei. — Por favor.

— Não vou desligar — disse ela.

— Você tá chapada?

— Por acaso eu pareço estar chapada?

Parecia.

— Para onde você vai? — perguntei. — No carro da mamãe.

— Pensei em ir pro chalé. Lá no lago.

Fiquei um pouco mais animada. Talvez Evelyn estivesse tentando ficar limpa. Deixar para trás a antiga vida, começar de novo. A casa do lago era nosso retiro, nosso lugar seguro. Nosso hospício particular.

— Você tá indo lá para espairecer? — perguntei.

— Pode-se dizer que sim. — Ela deu uma risada amarga. — Estou indo até lá para me matar.

— Está brincando, né?

— Não — respondeu ela. — Estou falando muito sério. — E percebi que era verdade.

— Por favor, não — pedi. — Espere por mim. Não faça nenhuma loucura. Vou encontrar você lá. Vou chegar o mais rápido possível. Prometa para mim. Não, *jure*.

— Prometo — concordou ela. — Prometo que não vou fazer nada até você chegar aqui. Mas depois vou fazer. Já me decidi.

— Espere por mim — repeti.

— Certo — disse ela. — Mas não demore.

Passei a noite inteira acordada. De manhã, eu sabia o que faria e o que iria acontecer. Eu sabia, e ao mesmo tempo não sabia.

Minha irmã detinha a chave que destrancaria as portas da prisão, o feitiço que mataria nossos dragões. Ela era o jogador secreto com o poder de ajudar eu e Sean a vencermos nosso joguinho. Não queria que minha irmã morresse, não iria ajudá-la nem incentivá-la a se matar. Eu a amava. Entretanto, faria o que ela precisasse, ainda que isso significasse perdê-la. Ainda que significasse admitir que eu já a perdera.

Não havia tempo a perder. Na manhã seguinte, acordei cedo e fiz as malas. Reservei um lugar num voo para San Francisco, no qual eu não tinha a menor intenção de embarcar, mas o qual esperava que, por algum tempo, pudesse despistar quem começasse a me procurar.

Liguei para Stephanie e pedi a ela que me fizesse um favor. Um pequeno favor. Será que Nicky poderia passar aquela noite na sua casa? Eu o apanharia quando voltasse do trabalho. Claro que eu poderia ter lhe dito que passaria alguns dias viajando, mas queria que ela entrasse em pânico completo o mais rápido possível. Isso tornaria meu desaparecimento ainda mais crível, mais alarmante, mais urgente. E, quando a seguradora investigasse o caso, já haveria em curso uma investigação policial.

E talvez também um cadáver. Uma mulher que se parecia exatamente comigo e que tinha o mesmo DNA.

Naquela manhã, deixei Nicky na escola cinco minutos mais tarde que o normal para não topar com a Stephanie, que sempre chegava mais cedo. Não queria que a enxerida ficasse intrigada por me ver chorando ao me despedir de Nicky.

Eu sabia que demoraria um bom tempo até vê-lo de novo, e estava arrasada. Eu o abracei com tanta força que ele reclamou:

— Cuidado, mamãe, tá me machucando!

— Desculpe — falei. — Eu te amo.

— Eu também te amo — disse ele, sem nem olhar para trás enquanto entrava correndo na escola.

— Até mais tarde — falei, para que a última coisa que eu dissesse a ele (durante algum tempo) não fosse uma mentira.

Repetia a mim mesma que Nicky nos agradeceria mais tarde. Quem não desejaria passar a infância nos mais lindos lugares da Europa? Ele teria uma infância melhor do que a dos seus pais, criados nos subúrbios tediosos de Detroit e do norte enfadonho da Inglaterra. Connecticut já devia ter sido uma boa mudança; não sei por que não foi. Acho que nunca é o bastante.

Eu queria fazer algo excitante. Queria me sentir viva.

Voltei para casa e apanhei Sean. Fomos até a estação Metro-North e pegamos o trem para a cidade. Então, de táxi, fomos da Grand Central até o aeroporto. Eu precisava que ele embarcasse no avião para Londres antes de eu desaparecer. Fiz uma grande cena na calçada na frente da área de embarque internacional ao me despedir dele, para o caso dos policiais localizarem o taxista que nos levou até o JFK. Eles, porém, nem tentaram isso — mais uma prova de que não estavam me procurando com tanto afinco assim. Pedi ao taxista que aguardasse um pouco enquanto eu e Sean nos despedíamos. A cena seria gravada pelas câmeras de segurança: um casal apaixonado que se sentia triste por ter que se afastar, mesmo que por apenas alguns dias.

— É agora — falei a Sean. — Você já sabe o que fazer. — Em Londres, ele marcaria algumas reuniões com clientes com quem não conseguira fazer negócio antes, clientes que gostavam dele e que se sentiam verdadeiramente chateados por não terem podido investir milhões de dólares das suas empresas nos projetos imobiliários da firma de Sean. Eles concordariam em sair para tomar um drinque com ele — e esse seria seu álibi.

— Para onde você vai? — perguntou. — E se eu precisar entrar em contato com você? E se acontecer alguma emergência? — Sean parecia assustado, como um menino. Foi constrangedor.

— Não se preocupe — tranquilizei-o. — A emergência é *esta*. E, não importa o que lhe digam... eu não morri. Vou voltar. Confie em mim. *Não vou morrer.* — Eu precisava que ele acreditasse nisso.

— Certo — disse ele, duvidando.

— Até mais — falei, bem alto, para o caso de alguém estar ouvindo. Ninguém estava.

— Até mais, querida — despediu-se ele.

Voltei para o táxi e fui até a locadora de veículos.

Eu me encontrava no caminho certo. Tinha aquela sensação ousada de cabelos ao vento, de infração, em relação a um plano que talvez desse certo, um plano que parecia mais divertido do que minha vida atual, mais divertido do que um emprego que muita gente já encararia como bastante divertido. Eu queria outra coisa.

Não seria nada mal dar um tempo com Sean. Eu poderia passar esse período lá no lago. A questão não era nos afastar das nossas vidas cheias de compromissos, nos desconectar um pouco e descobrir o que, de fato, era importante? Muita gente tem essa mesma ideia, mas nem todo mundo faz algo a respeito. Caso fizesse, a civilização entraria em colapso.

Eu tinha razão para estar inquieta, para me separar de Nicky e duvidar do grau de comprometimento de Sean com o nosso plano (suspeita que de fato se demonstrou). Com toda certeza não esperava que ele fosse trepar com o peixe. Não esperava que Stephanie fosse me perseguir até a casa da minha mãe.

A vida é cheia de surpresas.

Eu levara livros. As obras completas de Charles Dickens, *Serenade* de James M. Cain. Um romance de Highsmith que eu não me lembrava de ter lido ou que talvez tivesse esquecido. Comprei comida suficiente para passar algum tempo ali — e um novo CD-player. Poderia ouvir o que quisesse sem ser obrigada a escutar as horrorosas bandas britânicas histéricas da juventude de Sean.

O chalé não tinha internet. Que bom.

Fiz um esforço para encobrir meus rastros, parando em lojas de conveniência onde imaginava que não houvesse as últimas gerações de câmeras de segurança. Apesar disso, quando começaram as buscas por mim, deveria ter sido mais fácil me encontrar. Imagino que não tenham se esforçado muito, apesar do que talvez tenham dito a Sean.

Só mais tarde descobri que a casa do lago não tinha nem internet, tampouco televisão.

———

NUNCA IMAGINEI QUE nosso plano envolveria minha irmã gêmea. Agora, em retrospecto, percebo que eu precisava dela para meu objetivo. Precisava dela, como sempre precisei, mesmo quando eu tentei fugir, ignorar ou negar isso. No fundo, devia saber o tempo todo que Evelyn faria parte do plano, mas não queria que as coisas acontecessem como aconteceram.

Eu já devia saber. Minha irmã e eu sempre soubemos coisas uma sobre a outra sem saber como explicar ou entender.

A caminho de Michigan, eu tinha bastante tempo para pensar. Às vezes, pensava como o ser humano decente que eu desejava ser. Outra, pensava como a maluca que realmente sou. Passei aquela noite em um motel em Sandursky. Um Motel 6, onde era possível pagar em espécie.

Cheguei à casa do lago no dia seguinte. O Buick 1988 da mamãe estava estacionado em frente. Eu queria que fosse apenas um carro, como qualquer outro, mas era onde mamãe quase nos matara diversas vezes ao longo da nossa infância. Depois que suspenderam sua carteira por dirigir embriagada, o carro passou a ficar na garagem. Bernice o dirigia de vez em quando, a fim de que continuasse funcionando, mas a aposentadoria forçada dele fez com que todos os amassados e batidas da mamãe ficassem preservados. Disse a mim mesma que aquele carro agora era de Evelyn, mas isso só me fez sentir ainda pior, pois percebi que em breve — muito em breve — talvez aquele carro passasse a ser meu. O que, porém, eu faria com ele? Minha irmã estaria morta e eu, em outro país, uma supermilionária para quem o Buick amassado da mamãe não teria utilidade alguma.

A porta do chalé estava trancada. Bati. Nenhuma resposta. Como ninguém havia consertado a tela rasgada do alpendre, entrei por ali. Pelo cheiro da casa, parecia que havia alguma coisa morta entre as paredes. Quando isso acontecia na época em que eu e Evelyn éramos pequenas, a gente assustava uma à outra dizendo que alguém escondera um cadáver. Edgar Allan Poe era nosso autor preferido.

Em geral, era um morcego morto. Ultimamente todos os morcegos estavam morrendo. A Dennis Nylon fez uma doação a uma fundação de pesquisa em doenças de morcegos para lançar nosso visual Batgirl. A ideia foi minha. E, me ocorre agora, foi para isto que trabalhei: para ajudar a salvar as vidas de morcegos mortos.

Meu Deus, como eu odiava ficar sozinha naquele chalé. Será que Evelyn mudara de ideia? Era *melhor* ela estar ali. Não permita que esteja morta.

Sobre a bancada da cozinha, vi as garrafas de energético cor de laranja e pacotes de biscoitos, de marshmallows e batatas chips que Evelyn comia quando estava chapada — quando chegava a comer algo.

— Evelyn?

— Aqui dentro.

Corri até o quarto onde ela dormia quando o tempo esfriava demais para dormir no alpendre. Durante anos, dividimos o mesmo quarto porque era muito divertido ficar conversando, contando histórias e assustando uma à outra. Depois, passamos a brigar para decidir qual seria o nosso quarto. E, por fim, decidimos quem iria dormir onde — foi a primeira das nossas separações.

Abri a porta.

É sempre um choque se ver em outra pessoa. É como se olhar no espelho, só que muito, *muito* mais bizarro. O mais estranho agora é que parecíamos, ao mesmo tempo, tão similares e tão diferentes. O cabelo de Evelyn estava desgrenhado e emaranhado como se um animalzinho tivesse feito um ninho ali dentro. Seu rosto estava inchado em alguns pontos, e a pele era de um tom leitoso azulado. Quando ela sorriu para mim, vi que perdera um dente da frente. Usava vários suéteres, um em cima do outro, e, apesar de ter se enfiado embaixo dos cobertores, continuava tremendo.

Ela estava horrível. Eu a amava. Sempre amei e sempre amaria.

A força daquele amor apagava tudo. Os anos de brigas e preocupação. Os telefonemas malucos no meio da madrugada, o não saber onde ela estava, o arrastá-la para as clínicas de reabilitação, os desapontamentos e medos. Todos os ressentimentos, as frustrações e os pavores se evaporaram ante a felicidade de estar no mesmo quarto que minha irmã. De ela estar viva. Como pude esquecer a pessoa mais importante da minha vida? Nunca amei alguém tanto quanto amei minha irmã gêmea. Ninguém a não ser Nicky. Era quase insuportavelmente doloroso minha irmã não o conhecê-lo. Ele não a conhecer, e talvez nunca vir a conhecer.

Corri para abraçar Evelyn.

— Você precisa de um banho.

— Ah, mas que mandona — disse ela.

Evelyn se sentou com dificuldade na cama.

— O que eu preciso mesmo é de uma dose de conhaque, uma cerveja e dois Vicodins.

Sentei-me na cama.

— Você tá chapada.

— Você me conhece tão bem — falou Evelyn, sem entonação. Depois, disse: — Quero morrer.

— Não quer, não — retruquei. — Você não pode morrer. — Eu estava louca em pensar que o fato dela morrer seria bom para mim e Sean. Tinha esquecido o quanto a amava, o quanto queria que vivesse. Pensaria em outra solução. Eu a levaria para minha casa, contaria a Sean e a Nicky a verdade...

— Isso aqui não vai ser que nem aquela peça em que a garota passa o tempo todo dizendo para a mãe que vai se matar. E depois se mata mesmo. Ou não. Não lembro mais. Isso aqui não vai ser assim.

— Diga que não está falando sério — falei.

— Estou falando *seríssimo* — Ela apontou para a cômoda atrás da minha cabeça onde uma dúzia de frascos de comprimidos estava alinhada como bombas cilíndricas transparentes no aguardo da detonação. — Não vou agir como principiante. Não farei disso uma bagunça, eu prometo.

— Eu preciso de você por perto — falei.

— Nós nos afastamos, se é que você não percebeu — declarou ela.

— Isso pode mudar. A partir de agora.

— Tudo pode mudar. Por exemplo, agora estou bastante organizada. Planejo arrumar a cozinha. Fazer a cama. Não vou me matar aqui dentro, onde você teria que dar um jeito no meu corpo. Minha ideia é me matar lá fora e deixar a carga pesada para a Mãe Natureza.

— Ainda acha que a questão é de quem é a vez de limpar o chalé?

— Espera aí — disse Evelyn. — Tive uma ideia: vem comigo. Um último mergulho no lago. Duas gêmeas mortas que voltam ao elemento de onde vieram. Não precisaremos mais nos preocupar uma com a outra. Nem pensar uma na outra. Nem sentir pavor de envelhecer e morrer. Chega de terrores noturnos. Você faz ideia de como isso seria bom? Não ter mais preocupações, raiva, tédio, desejo, tristeza...

— Parece tentador — falei. E, por um instante, parecia mesmo. Morrer com Evelyn seria a grande aventura final, o "foda-se" definitivo ao tédio e à chatice. Toma essa, Sean, Stephanie e Dennis! O problema é que Nicky também teria que lidar com isso.

— Obrigada, mas não posso. Tenho Nicky.

E me arrependi assim que disse aquilo.

— E eu não — retrucou ela. — Não tenho nenhum pequenino fofinho que precisa de mim. O sobrinho que você nunca me deixou conhecer.

— Eu não podia... você estava tão... eu não sabia que...

— Sem crise, Em. Agora é meio tarde demais. Então, já que não tenho o pequenino fofinho, a única coisa que me resta é um enorme e horroroso desejo de morrer.

Ela colocou o pulso ao lado do meu. As duas tatuagens de arame farpado formaram um oito espremido. Minha irmã sempre gostou de gestos teatrais.

— Chega de brigas — disse ela.

— Chega de brigas — repeti. — Escuta, preciso te contar uma coisa.

— Você não ama mais o Sean — disse ela. — Que surpresa.

— Não, não tem nada a ver com ele. Ou talvez tenha. Escuta. Eu sumi. Vou fingir que morri para receber uma grana do seguro.

— Hmm, muito Lana Turner e Fred MacMurray — comentou Evelyn. — Curti.

Ninguém mais no mundo diria isso. Não Sean, muito menos Stephanie. Quem sabe Nicky viesse a dizer, um dia — porém só daqui a muitos anos.

Ela continuou:

— Você é totalmente louca. Mas espera, espera um pouco. Acho que entendo a situação. A ficha está caindo... se eu morrer, isso vai te ajudar. Você pode fingir que foi você que morreu. Todos saem lucrando. Nós duas saímos no lucro. Certo?

— Como pode pensar uma coisa dessas? — Ela era a única pessoa que me conhecia.

— Sei o que está pensando. — Ela soltou uma risada. — Adoro a ideia de que vou morrer por você.

— Isso não é verdade — retruquei.

— Brincadeira — disse Evelyn. — Por que sempre a que tinha senso de humor era você? Isso é engraçadíssimo. Perfeito. Agora nós duas vamos conseguir o que queremos. Pela primeira vez na vida, talvez.

— Você sabia que 50 por cento dos gêmeos morrem poucos anos depois da morte do seu irmão? — perguntei.

— Sei, sim — respondeu ela. — Lemos isso juntas na internet no quarto do seu dormitório na faculdade. E sinto muito. Você vai sobreviver. Uma de nós é o suficiente.

— Eu sempre te encontrei — falei. — Sempre tentei ajudar. Você conseguiria encontrar o grupo certo, ficar sóbria e...

Ela interrompeu:

— Vá se ferrar. *Você* só fica tentando consertar suas mancadas de me pressionar. Desde antes de a gente nascer.

— Meu Deus, você está parecendo a mamãe. Me culpando pelo que aconteceu antes de a gente nascer.

— Não se faça de boba — disse Evelyn.

Fez-se silêncio. Evelyn queria dizer mais alguma coisa. Flexionou os pulsos e estendeu as palmas das mãos, como se pressionasse algo, depois balançou o corpo para trás ligeiramente. Era um sinal nosso, da época em que éramos crianças. Podíamos mandar um SOS do outro lado da sala: me salve do meu pai, da minha mãe, desse convidado, desse cara.

— Se eu estivesse com um câncer terrível, ou esclerose lateral amiotrófica, e pedisse sua ajuda para morrer, eu sei, *eu sei* que você me ajudaria. Bom, minha dor é horrível assim. A única diferença é não ser visível em uma ressonância magnética — disse ela.

— Certo. Já chega. Estou cansada. Promete que não vai fazer nenhuma loucura esta noite?

— Loucura? — perguntou ela. — Não vou me afogar, se é isso que está me pedindo.

— Eu te amo — falei. — Mas preciso dormir. — Afastei Evelyn para o lado e me deitei na cama junto com ela. O cheiro da minha irmã era meio parecido com o de um estábulo e meio parecido com o dela quando criança.

Não dormi. Ou talvez tenha dormido um pouco. Não parava de despertar e pousar a mão no peito de Evelyn, da mesma maneira que fazia quando Nicky era recém-nascido, para ter certeza de que estava respirando.

Sentia falta do meu filho. Se Evelyn tivesse um filho, não falaria desse jeito. Porém, muitas mães se matam.

Evelyn roncava de leve, um ronco semitranquilo causado pelo álcool. Sua respiração era regular e superficial, interrompida de vez em quando por algum soluço.

Durante anos, meus sentimentos em relação à minha irmã se converteram ao pavor. Era como se eu estivesse me preparando com inúmeros ensaios. Não conseguia parar de pensar na nossa infância, e nela dizendo que, se sofresse de uma doença incurável, eu a ajudaria. Tentei não pensar no fato de que a morte dela era exatamente o que eu e Sean precisávamos para nosso plano maluco.

Acordei pela manhã. Levei algum tempo para me lembrar de onde estava. Estendi o braço para o lado, procurando Evelyn. Bati na cama. Ela não se encontrava ali.

Corri para a cozinha. Eve estava acordada, sentada na sala, mordiscando um biscoito.

— Você faz *ideia* de como ronca alto? Você sempre foi a mais histérica. Certo, tenho uma boa e uma má notícia. O mais estranho é que as duas são uma só. A boa é que mudei de ideia. Resolvi continuar vivendo. A ruim é que mudei de ideia e resolvi continuar vivendo — disse ela.

Minha primeira reação foi de pura alegria. Minha irmã não iria morrer! Eu poderia interná-la em uma clínica, dessa vez a clínica certa. Poderia dar um jeito de ela continuar bem depois de sair. Eu a apresentaria a Sean e Nicky. Esta é sua cunhada. Esta é sua tia.

— Estou tão feliz — falei, e a abracei.

Ela me segurou por mais tempo do que eu.

Foi então que tive uma sensação que ainda não consigo explicar. Era como se, *quase* como se eu estivesse desapontada... como se tivesse sido enganada. O que mais tira Nicky do sério, aquilo que o faz chegar mais perto de dar um chilique, é quando ele está esperando algo acontecer, tem tudo planejado em sua cabeça, imaginou todo o esquema, praticamente viveu aquela situação... e então nada acontece.

Foi assim que me senti em relação à morte da minha irmã. Já tinha imaginado tudo, o que iria fazer e dizer, até mesmo as emoções que iria sentir. Já estava tudo programado na minha cabeça.

E agora nada disso aconteceria.

Eu não devia ter contado a ela sobre o golpe no seguro. Éramos irmãs, afinal. Ela podia ter decidido aquilo só para me ferrar, porque estava nas mãos dela fazer isso. Evelyn sabia como. Era minha irmã.

— Tenho uma sugestão — falei.

— Você sempre tem — retrucou ela.

Era como se eu ouvisse outra pessoa dizer aquilo. Alguém que queria o mesmo que eu, mas que não tinha medo de verbalizar. Essa pessoa disse:

— Vamos fazer uma última esbórnia antes de ficarmos de cara limpa para sempre. Eu e você. Irmãs. Como nos velhos tempos.

Evelyn me deu um sorriso enigmático. Eu continuava a amando da mesma maneira, mas o dente que faltava deixava minha irmã feia e, se ela não morresse mesmo, eu teria que dar um jeito de consertar aquilo.

— Só uma última vez — falei. — Vamos ficar bem loucas. Vamos tirar esse demônio do nosso corpo de uma vez por todas.

— Ah, *isso sim* é que é sugestão — disse minha irmã.

Quando achei que Evelyn me telefonara para eu ir consolá-la nas suas últimas horas de vida em vez de para descobrir, em parte graças a mim, uma razão para viver, comprei três garrafas de mescal de primeira.

Encontrei dois copinhos de cachaça, rendados com teias de aranha brancas e salpicados de cocô de rato. Não havia pensado nisso na noite passada, mas fiquei espantada — tal como no verão passado, quando vim para cá com Sean — com o fato de que nem a água nem a luz tinham sido cortadas. Será que mamãe — isto é, Bernice — pagava as contas e contratava alguém para não deixar os canos congelarem? Lavei os copinhos.

— Vamos sentar na mesa da cozinha — falei.

A cozinha era cheia de fantasmas. Eu tinha razão quando dizia que o chalé era mal-assombrado. Vovô e vovó, papai e mamãe, estavam todos ali na cozinha, olhando eu e Evelyn enchermos os copos e começarmos a beber às 8 da manhã. Se isso não era se comportar mal, não sei o que seria. Evelyn estava tão feliz por conseguir pôr as mãos num copo de alguma coisa — de qualquer coisa — que nem percebeu que eu me servia de muitíssimo menos do que ela. Ou talvez tenha pensado como uma irmã gêmea: tudo bem, sobra mais para mim!

Depois de quatro, talvez cinco drinques, Evelyn perguntou:

— Tem alguma lembrança de antes da gente nascer?

Foi quando soube que ela estava quase bêbada. Eve costumava me fazer essa pergunta quando bebia; esquecia que já tinha me perguntado aquilo.

Respondi que não. Ela disse que se lembrava de ser chutada.

— Ooops. — Ela fez um som de pneu queimando no asfalto. — Vamos falar de alguma coisa mais agradável.

— Que tipo de comprimido você trouxe? — quis saber eu.

— Dos tipos amarelos, laranjas e brancos — respondeu ela.

— Vamos tomar um — propus. — Um pra cada uma. Só unzinho, e pronto.

— Você tá me torcendo o braço — disse ela. — Doutor, a culpa não é minha! Minha irmã gêmea é que fica me instigando.

Eu a segui até o quarto. Evelyn já andava de modo meio bambo e hesitante. Parou, pensativa, diante dos frascos de remédio sobre a cômoda como uma farmacêutica ou como um bartender com ambições mixológicas. Por fim, decidiu-se e pegou dois comprimidos amarelo-claros. Um ela me deu, o outro guardou para si.

— Vou guardar o meu para daqui a pouco — falei.

— Vou tomar o meu agora — disse ela. — Se você não se incomodar.

— Vai lá — incentivei.

— Pensando melhor, vou levar esse ajudantezinho da mamãe, que nem na música dos Rolling Stones, pra cozinha. Aí não preciso ficar indo e voltando. Me poupo o cansaço.

Evelyn pegou os frascos. Eu poderia ter impedido, mas não fiz isso. Finalmente, chegamos ao que importa: eu não a matei, mas não fiz nada para impedir.

Ela enfileirou os frascos sobre a mesa da cozinha e disse:

— Eu não devia fazer isso. — Depois, ficou em silêncio durante algum tempo, como se esperasse que aquele pensamento a atravessasse e fosse embora. — Minha prescrição médica. — Ela abriu o primeiro frasco e tomou um comprimido azul-claro em formato de coraçãozinho.

Minha irmã foi se tornando cada vez mais melosa, sentimental. Depois de algum tempo, tive a impressão de que não estava mais falando comigo — estava dando um tempo, esperando. Já estava partindo.

— Qual sua primeira lembrança? — perguntou Evelyn. — Uma fronha com cavalinhos — respondeu ela.

— De um papel de parede — falei. — Um papel de parede com abacaxis perto do nosso cercadinho.

246

— E eu? — perguntou minha irmã. — Você se lembra de mim?

— Eu lembro que a primeira palavra que você disse foi meu nome.

— Típico — comentou ela. Tornou a encher o copo e tomou outro comprimido. Depois falou: — A minha tolerância é bem alta.

— A minha também era. Como você bem sabe.

— Sorte sua — disse minha irmã, fazendo um pequeno gesto de brindar seguido um meneio de cabeça irritado que herdou da mamãe. — Um brinde à minha irmã, a mulher barata.

— Eu te amo — falei. Precisava que ela absorvesse aquela informação; quanto antes, melhor.

Ela não disse que me amava. Fechou os olhos. Permaneceu ali sentada à mesa da cozinha de olhos fechados por muito, muito tempo.

Depois disse:

— Posso mudar de ideia de novo? Na verdade, *quero* morrer.

Eu poderia ter dito:

— É por causa do efeito do álcool e dos remédios. Espere até isso passar. — Teria minha irmã acreditado em mim? O que eu disse, porém, foi: — Às vezes, a gente precisa seguir o coração. Você sabe o que é melhor pra você. Faça o que tiver que fazer. Não se preocupe comigo. Vou sentir saudades suas, mas vou sobreviver.

O rostinho pálido da minha irmã ficou lívido de espanto. Ela me encarou com o olhar fixo. Estaria eu lhe dando permissão? Será que eu *desejava* que ela morresse? Não estava mais lhe dizendo que não se matasse. Não estava mais me oferecendo para protegê-la.

Evelyn enterrou o rosto nas mãos, depois o virou para não me olhar. Olhou para o alpendre e disse:

— Sabe de uma coisa? Acho que vou dar um mergulhinho... A água fria vai me fazer acordar... Volto daqui a pouco.

— Não vá — pedi.

— Não se preocupe — disse minha irmã.

Será que eu deveria tê-la impedido à força e a trancado no quarto?

Queria acreditar que o choque da água fria do lago a deixaria sóbria e ela se daria conta de que não queria morrer. Então, voltaria para dentro de casa e me pediria ajuda. Eu a enrolaria nas toalhas, abraçaria, e começaríamos tudo do zero. Ainda havia tempo para levá-la a algum lugar para receber uma lavagem estomacal. A única coisa que eu precisava fazer era vesti-la com roupas secas e enfiá-la dentro do carro.

E esquecer a grana do seguro. Levaria uma vida melhor assim. Traria minha irmã para morar conosco. Ela e Nicky se dariam muito bem. Sean se acostumaria. Eu arrumaria um emprego para ela na Dennis Nylon e iríamos juntas para o trabalho. Dennis poderia bancar sua recuperação. Ele adoraria a maluquice dessa situação toda.

Evelyn tomou mais um comprimido e virou outro copo.

Levantou-se e cambaleou uma vez antes de alcançar a porta.

— Espera — falei. — Tem algo que eu quero te dar.

Tirei o anel de diamante e safira da mãe de Sean e o coloquei no seu dedo. A mão dela estava inchada pelo álcool; por isso, não foi muito fácil.

— Ai — reclamou Evelyn. — O que é isso?

— Quero que fique com você.

O que eu realmente dizia é que queria que alguém o encontrasse. Depois. Evelyn também entendeu isso. Leu minha mente até o último momento. Até o último dos últimos momentos.

— Ideia brilhante — disse ela. — Obrigada.

— Se cuida — falei, enquanto minha irmã saía para morrer e eu não fazia nada para impedir.

Realmente acreditei que ela voltaria. Bem, talvez mais ou menos. Naquele meio-tempo senti sono. Tinha bebido mais do que me dera conta para acompanhá-la. E mal dormira à noite. Não havia comido nada. E tinha perdido a prática, me esquecido de como se mantinham os velhos maus hábitos.

Deitei no sofá e desmaiei por meia hora.

Quando acordei, saí e procurei por Evelyn. Corri na beira do lago. Gritei seu nome. Não havia ninguém por perto. Não havia nada que eu pudesse fazer.

Voltei para o chalé. Tomei dois comprimidos da minha irmã com mescal e dormi por 36 horas seguidas.

Acordei sóbria, sabendo que havia matado minha irmã, mas ainda tentando me convencer do contrário. Que ela queria morrer. Que obrigar Evelyn a viver teria sido egoísmo da minha parte. Acho que pela primeira vez eu a ajudara — realmente a ajudara — a conseguir o que queria.

Havia perdido meu medo de ficar sozinha no chalé, talvez porque o pior já tivesse acontecido. Foi bom permanecer ali sozinha por um tempo, um tempo para me acostumar com a morte de Evelyn. Um tempo para lembrar nossas vidas. Um tempo para pensar em quem eu era e em quem ela tinha sido e em quem eu era sem ela. Deveria ter telefonado para a polícia imediatamente, mas disse a mim mesma que não seria essa a vontade da minha irmã. Eve iria querer que eu ficasse no chalé, clareasse as ideias e desse um tempo.

Vivi à base de sanduíche de mortadela com pão branco e maionese. A dieta de uma criança de 10 anos. Jamais deixaria Nicky viver daquele jeito, mas era isso o que eu queria. Enquanto comia, fingia que eu e Evelyn tínhamos 10 anos de idade e estávamos passando o verão na casa do lago.

Andava de um lado para o outro no chalé. Tinha medo de ir até o lago, medo do que poderia ver. No início da noite, caía exausta na cama e dormia até de manhã. Quando eu morava com Sean, cuidava de Nicky e trabalhava para Dennis, sofria de insônia, porém agora eu adormecia imediatamente.

Uma semana se passou, depois outra. Perdi a noção do tempo.

Arrumei o chalé, limpei a bagunça de Evelyn uma última vez. Ou parte dela. Deixei lá as garrafas e os frascos de comprimidos. Larguei o carro alugado na floresta, voltei a pé para o chalé e peguei o carro da mamãe.

Dirigi até as Adirondacks e fiquei lá por um tempo.

Talvez não tenha sido o melhor lugar para ficar. Não havia muito o que fazer. Queria dormir na minha própria cama. Não conseguia parar de pensar em Nicky. Ansiava por ouvir sua voz, sua conversa boba e linda. Queria sentir o cheiro de leite do seu cabelo, caminhar pela rua segurando sua mão. Queria ver seu rosto quando ele me avistava na saída da escola, esperando por ele. Em pouco tempo, eu estava com tanta saudade que me sentia desesperada. E assolada pela dor, como se quem tivesse morrido fosse Nicky, e não minha irmã.

Deixei as montanhas e fui para Danbury, que parecia segura, uma cidade em que ninguém conhecia ninguém. Fiz check-in em um motel. Foi quando me reconectei com o mundo. Quando entrei na internet e descobri que Stephanie havia pulado em cima do meu marido.

Honrei o desejo da minha irmã de morrer, mas agora me perguntava se não teria feito um esforço maior para impedi-la se soubesse que Sean era um molenga traidor e que nosso plano não passava de uma piada. Ele estava morando com Stephanie. E eu estava sozinha.

Agora Stephanie tinha ido importunar minha mãe, envolvendo todo mundo que eu conhecia no seu plano doentio de se transformar em mim. Ela deixou de fora do blog *o que* viu quando se sentou naquele sofá de listras cor-de-rosa e brancas e olhou para minhas fotos de criança, na casa da minha mãe.

Viu duas Emilys. Emily duplicada.

Surpresa: eu tinha uma irmã gêmea!

Posso imaginar como Stephanie ficou arrasada com aquela violação hedionda do preceito da relação entre melhores amigas — que deveriam dizer tudo uma para a outra. Como pude esquecer-me de mencionar esse detalhe sobre mim mesma?

Sean achava que eu estava morta. Isso, porém, significava que não acreditou em mim quando me despedi dele no aeroporto. Precisava falar com Sean, vê-lo, descobrir o que passava na cabeça dele. Como se a cabeça de Sean fosse a parte do seu corpo que havia decidido ir para a cama com Stephanie.

Telefonei mais uma vez para ela. Como sempre, esperei até estar sozinha em casa.

— Se contar a Sean o que descobriu na casa da minha mãe, eu te mato. Mato você e Miles. Ou talvez mate só o Miles e deixe você viver — ameacei.

— Juro que não vou dizer nada. — Ela parecia aterrorizada. — Juro.

Esse era o grau de burrice de Stephanie. Mesmo sabendo o quanto eu havia mentido, ela continuava acreditando em mim.

Sean e eu definimos um código para usar em caso de emergência. Enviei-lhe o código por mensagem de texto e ele me respondeu.

O código eram as palavras A Tortura do Medo.

Falei para nos encontrarmos a fim de jantar em um restaurante que costumávamos frequentar no começo do namoro, um restaurante italiano no Greenwich Village onde era possível pagar para ficar longe da mesa ao lado. Ninguém frequentava o lugar pela comida, mas pela tranquilidade. As pessoas iam para lá fechar negócios, ficar noivas... e terminar relacionamentos.

Sean já estava lá quando cheguei. Eu, que não sabia como me sentiria ao vê-lo novamente, agora soube. A expressão dele era aberta e idiota. Senti irritação, depois ódio. O amor que sentia por ele morrera — estava mais frio do que minha irmã.

Quando Sean me viu entrando no restaurante, foi como se visse uma mulher morta entrando pela porta. Quem ele pensou que lhe mandara a mensagem no celular? Meu fantasma?

Ele se levantou, como se fosse me abraçar.

— Não precisa se levantar — falei.

Sentei-me. Fiquei feliz porque o arranjo vulcânico de flores meio que escondia a visão do meu marido. Eu não conseguia olhar para ele. Sentia vontade de apunhalá-lo com uma faca de carne. Havia matado a pessoa errada. Disse a mim mesma: tenha paciência. Ouça o que ele vai dizer. Você não sabe o que está passando pela cabeça dele.

— Pensei que você tivesse morrido — disse ele. — Pensei mesmo.

— Pelo visto, você errou — retruquei com frieza. — Qual parte você não entendeu quando lhe disse para não acreditar na minha morte?

— Mas o cadáver... — justificou Sean. — O anel.

— Você não precisa saber os detalhes — falei. — Melhor não saber. Você provavelmente correria para contar tudo a Stephanie, mesmo.

Ouvi o tom de fúria na minha voz. Foi um erro. Precisava ficar calma — *parecer* calma.

— Andei lendo o blog dela — continuei. — Ela anda escrevendo sobre o lar, doce lar de vocês. Seu idiota.

— Stephanie não significa nada para mim. — *Será que ele escutava o que estava dizendo?* Será que sabia que aquilo parecia a frase brega de uma novela ridícula?

— Então prove — falei.

— Como? — perguntou ele, parecendo ainda mais assustado do que quando me viu entrar.

— Quebre o coração dela. Torture-a. Mate-a. — Não estava sugerindo de verdade que ele matasse Stephanie. Sim, eu a odiava, mas assassiná-la não nos ajudaria em nada. Só queria ver como ele iria reagir.

— Ora, por favor, Emily — disse ele. — Seja razoável. Stephanie está sendo boa para o Nicky. Tem ajudado. Nicky gosta de morar com ela. E você tinha razão, ela é a babá perfeita. A gente se livra dela assim que a grana entrar.

Ele disse mesmo para *eu* ser razoável?

Vê-lo havia sido um enorme erro. Precisava ir embora; no entanto, disse:

— Vamos comer. — Estava com fome. Depois, voltaria a Danbury.

Sean pediu costela de vitela bem-passada. Não consegui me controlar e olhei feio para aquela costela carbonizada com cheiro de crematório. Stephanie cozinhava do jeito que ele gostava. Senti-me nauseada por causa do ódio e do nojo.

Pedi massa, algo macio. Não podia confiar em mim mesma com uma faca na mão.

— Por favor, Em — disse Sean. Ele nunca me chamava de Em. Eu já lhe dissera que não me chamasse assim. Era o apelido que Evelyn me deu, e agora minha irmã estava morta, e esse idiota, meu marido, nem sequer sabia que eu tinha uma irmã. Stephanie sabia, mas sabia que a assustara o suficiente para manter Evelyn em segredo. — Nosso plano está dando certo... pode continuar dando... vamos pôr a mão na grana logo, logo.

Antes mesmo de ele dizer aquilo, eu soube que não iria querer aquele dinheiro, se o preço fosse passar o resto da vida com Sean. Não valia o sacrifício.

— A porra da Stephanie nunca fez parte do nosso plano — declarei.

— Vou falar para ela ir embora. Vou dizer que não está dando certo. Eu e você voltaremos a ficar juntos e tudo vai voltar a ser como era, eu, você e Nicky...

— Nunca mais vai voltar a ser como era — retruquei. — Por culpa sua.

— Mas éramos tão felizes — disse Sean.

— Éramos? — Minha irmã estava morta. E, embora eu soubesse, logicamente, que a morte de Evelyn não era culpa de Sean, não conseguia deixar de culpá-lo por isso. — Jamais vou perdoar você por isso. Vai se arrepender *muito*.

— Por acaso isso é uma ameaça? — perguntou Sean.

— Pode ser — respondi. — Falando nisso, nem ouse contar para a Stephanie que não morri que você me encontrou. A última coisa que quero é vocês dois conversando sobre mim e tentando adivinhar minhas intenções. Nem vocês dois juntos, você e Stephanie, teriam cérebro suficiente para isso.

Então me levantei e fui embora.

Eu o odiava ainda mais do que odiava Stephanie. Apesar de todo o orgulho que Stephanie sentia dos seus segredinhos sombrios e do seu blog ridículo, ela era uma criatura tão simplória que não dava para culpá-la pelo que acontecera. Ela me lembrava um cocker spaniel nadando contra a corrente ou uma criança pouco inteligente querendo fazer amizade e ser aceita pelos outros.

Já Sean era diferente. Além da minha irmã gêmea, ele foi a única pessoa que deixei chegar perto. A única pessoa em quem eu confiava. Exceto Nicky.

Sean havia me traído. Eu estava falando sério quando disse que ele se arrependeria.

PARTE TRÊS

34

SEAN

Eu tinha medo da minha mulher. Não era algo que um homem do meu ramo, um homem de qualquer ramo — ou qualquer homem, aliás — deveria admitir. Eu sabia que Emily era encrenca. Fazia parte do encanto. O que você faz quando, no terceiro encontro, uma mulher o convida para assistir ao filme *A Tortura do Medo?* O que você pensa quando, depois de cinco anos de casamento, ela ainda não deixou você conhecer a mãe dela? E você nunca viu uma única foto de sua mulher quando criança, e ela se recusa a lhe contar qualquer coisa da própria infância exceto que a mãe dela bebia e costumava chamá-la de burra?

Você se entrega; você desiste. Você se rende a alguma coisa. Perde seu poder, e não o recebe de volta. Sansão e Dalila, Davi e Bathsheba. A Bíblia está cheia dessas histórias. O que a Bíblia não conta é que o sexo era sensacional.

Apaixonei-me e me casei com Emily sem saber muita coisa a seu respeito. Tinha ilusões a respeito de quem era. Ela chorou na frente da multidão no jantar beneficente da Dennis Nylon. Foi difícil acreditar que a pessoa que chorou *pensando* em mulheres sem acesso a água potável foi a mesma que roubou o anel da minha mãe. Muito mais tarde, Emily confessou que seu choro não fora pelas mulheres pobres, mas porque foi obrigada a lidar com uma série de desastres no jantar beneficente de gala e estava enfrentando mais um dos inevitáveis surtos de merda de Dennis. A bela mulher que chorou por pena e compaixão... essa mulher jamais existiu.

Deveria tê-la deixado no instante em que o avião vindo da Inglaterra pousou. O casamento estava no começo; voltávamos da lua de mel. Poderíamos ter anulado o matrimônio. Eu devia ter agido com base no que vi quando disse a ela que devolvesse o anel à minha mãe e Emily ameaçou arruinar minha vida. Devia ter lhe dito que eu havia cometido um erro. Mas não; em vez disso transamos no banheiro do avião — e aquilo selou o acordo. Eu era dela. Eu a amava. Amava sua insanidade, sua determinação, sua rebeldia. Fazia parte do fascínio que sentia por Emily, daquilo que eu não queria abrir mão.

Ela não desistia até conseguir o que queria. E suponho que fiquei viciado na sensação incômoda que tinha toda vez que cedia e concordava com o que ela dizia.

Quando descobrimos que Emily estava grávida, fiquei nas nuvens. Mas não consegui afastar o medo supersticioso de que talvez houvesse algo de errado — se não física, psicologicamente — em um bebê concebido no banheiro da classe executiva do Virgin Atlantic.

Nicky nasceu perfeito, porém Emily quase morreu ao dar à luz. Não sei se ela sabe disso. Os médicos não revelaram muito, não diretamente, mas percebi pela expressão deles quando entraram na sala de parto, uma sala que fora decorada como uma sala de estar confortável, como assim fosse possível diminuir a dor de Emily.

Algo mudou na minha esposa depois disso. Ela adorava Nicky, mas se afastou de mim. Foi como se tivesse se apaixonado pelo filho e se desapaixonado (se é que um dia *esteve* apaixonada) pelo marido. Já ouvira os caras no trabalho reclamarem de coisas parecidas; a maioria se queixava da falta de sexo depois que os filhos nasceram, mas com Emily era diferente. Ainda transávamos, e o sexo era bom. O que faltava era outra coisa: carinho, afeto e respeito.

Eu sempre ficava ligeiramente surpreso quando chegava em casa do trabalho e a encontrava lá. Talvez ela só continuasse comigo porque eu era o pai de Nicky — não que aparentemente, do ponto de vista genético, eu tivesse contribuído muito. Ele era igual a ela; tinha a beleza de Emily. Porém, assemelhava-se a mim em uma coisa: era mais legal do que Emily, mais parecido comigo. Nós três formávamos uma família, uma pequena família. Eu faria qualquer coisa para nos proteger, para tornar nossa vida melhor. Qualquer coisa que Emily quisesse.

Dizia a mim mesmo que gostava do fato dela não ser uma dessas mulheres que não param de falar sobre os próprios sentimentos e querem saber tudo sobre os seus. Ela me deixava ter privacidade. Entretanto, algo em Emily era privado... demais, eu diria. Mesmo nos dias muito bons, quando eu não estava trabalhando e Emily, Nicky e eu saíamos para passear de carro por algum lugar legal, eu olhava para ela e via alguma coisa nos seus olhos, uma inquietação, ou algo pior que isso: o pânico de um passarinho preso numa casa. E esse não é exatamente o olhar que você mais deseja ver no rosto da sua mulher.

Quando conheci Emily, tinha acabado de deixar de ser o cara que sai com a galera descolada da faculdade para ser o cara que anda com a galera de Wall Street, que definitivamente não é descolada, apesar de achar o contrário. Eram autistas idiotas, que só sabiam fazer uma única coisa: dinheiro. Estar com Emily, entretanto, provava que eu ainda tinha um quê de descolado: casara com a garota mais descolada e mais bonita. Ela estava sempre me desafiando, correndo riscos, convidando-me para ser seu companheiro de crime.

Eu tinha medo de dizer não, de resistir às ideias malucas de Emily — todas giravam em torno daquele esquema absurdo de aplicar um golpe no seguro. Nunca achei que isso fosse dar certo. Sou uma pessoa pragmática. Tenho os pés na realidade e um emprego importante em Wall Street. Entretanto, deixei Emily me convencer porque ela me acharia um covarde caso eu apontasse as falhas óbvias daquele plano. Eu poderia pedir um aumento, mas ela não parava de dizer que a questão não era dinheiro. Era o perigo, o risco. Era se sentir viva. E Deus sabe o quanto eu queria que minha esposa se sentisse viva.

Deveria ser muito simples, um plano brilhante. Ela falsearia a própria morte por acidente. Não perguntei como seria essa parte, e ela gostou de eu não perguntar. Eu faria um seguro de vida para o cônjuge por meio da minha empresa e, depois de recebermos a bolada, Emily, Nicky e eu nos reuniríamos em um paraíso na Europa com dinheiro suficiente para durar uns bons anos. Depois a gente pensaria no que iria fazer.

Queria acreditar que nosso plano podia funcionar, mas não conseguia. A única coisa que *sabia* é que, caso eu recusasse, nosso casamento não duraria. Emily começou a me chantagear, mas chantagem nunca seria o nome que daríamos àquilo. Ela tinha um jeito enlouquecedor de fazer chantagem parecer consenso.

Não era para ela morrer. Fiquei cego, não conseguia entender como aquilo podia ter acontecido. Emily me disse que não acreditasse na sua morte, mas o laudo da autópsia — o resultado do teste de DNA — me convenceu. Nossos planos tão bem-feitos tinham acabado de modo desastroso.

A única coisa que ela me disse sobre si mesma é que enfrentou alguns problemas com drogas quando mais jovem. Emily me disse que fizera a tatuagem no pulso para não se esquecer de como as coisas eram horríveis quando ela estava usando. E parou de usar logo no começo do vício.

Não acreditei nem por um instante que Emily, de fato, desejasse se matar. Jamais deixaria Nicky sem mãe. Tinha certeza de que fora um acidente. Ela estava usando o anel da mamãe. Aquele item no laudo da autópsia, o qual falava sobre danos no fígado e abuso antigo de drogas, não fazia sentido algum. Os caras deviam ter entendido errado. Os médicos se enganam o tempo todo; operam o paciente errado, retiram o rim errado.

Fiquei de luto por Emily. Anestesiado de tanta dor. Ou, para ser mais preciso, eu me revezava entre a insensibilidade e a dor excruciante —

260

porém precisava ser forte por Nicky, mesmo odiando acordar de manhã. No começo, perdi a vontade de continuar vivendo. Culpei-me por concordar com aquela armação gananciosa, impossível, ilegal e idiota.

Acreditei — acreditei sinceramente — que minha esposa tivesse morrido. Talvez o laudo da autópsia contivesse alguns erros, mas eu precisava acreditar nas provas que havia ali: o DNA da minha esposa e o anel da minha mãe.

Foi apenas por isso que permiti minha aproximação de Stephanie. Jamais teria feito isso se soubesse que Emily estava viva.

Stephanie faz tudo o que quero e, para o bem ou para o mal, nunca me assusta. Nunca me desafia. Stephanie põe as músicas que curto, prepara meu jantar do jeito que gosto, sem a provocação brincalhona de Emily, que, eu sabia, não passava de desprezo mal disfarçado pelo fato do carnívoro britânico tedioso preferir comer sua carne bem passada.

Não amo Stephanie. Nunca amei e nunca amarei, mas não me importo de tê-la por perto. Ela não faz muitas perguntas e nunca parece distante. Sua vida é agradar a Miles, Nicky e eu. E é tão ansiosa para agradar na cama quanto para agradar em tudo o mais.

Morar com ela me trouxe a calma para descobrir os lados negativos do plano de Emily: um, a tristeza de Nicky; dois, os interrogatórios da polícia; três, as desconfianças de Stephanie.

E, claro, o mais negativo de todos: a morte de Emily.

Stephanie tem razão em desconfiar. Ela é aquilo que, segundo diz Emily, os jogadores de pôquer chamam de "peixe". Stephanie está sempre dando indiretas de que existe um lado negro no seu passado, dizendo que deseja ser uma pessoa excepcionalmente boa agora para compensar o que fez. Uma pessoa excepcionalmente boa? O que isso *quer dizer*, meu Deus? Eu me sinto traindo Emily por não revirar os olhos quando Stephanie fala coisas assim.

Ela não faz ideia de que sei que o pai de Miles é o seu irmão. E daí? Que importa? Stephanie imagina que esse segredo a coloca no centro negro do mundo, mas ela é a única pessoa que dá a mínima para isso.

Ela e minha esposa são duas loucas. Talvez as duas tivessem mesmo sido amigas se Emily não estivesse procurando um peixe e se fosse capaz de fazer amizades.

Nem por um instante imaginei que Stephanie e eu ficaríamos juntos, mas ela foi um consolo quando eu lutava para me recuperar da perda da minha esposa — que, aliás, como descobri depois, nunca de fato perdi.

Eu estava trabalhando na minha mesa quando recebi a mensagem: TORTURA DO MEDO.

Fechei e abri os olhos. As palavras continuavam na tela. Palavras que pareciam perigosas demais — explosivas demais — para ler em minha sala. Enfiei o celular no bolso e peguei o elevador. Os fumantes do meu andar se encontravam a, no mínimo, sete metros da porta, como pedia o aviso. Acenei para eles enquanto dobrava a esquina depressa. Precisava de privacidade, precisava de ar. Chequei mais uma vez a caixa de mensagens.

As três palavras continuavam ali, não era possível. Simplesmente não era possível. Ou minha esposa estava viva ou alguém havia encontrado seu celular. Seu verdadeiro telefone.

Mandei a mesma mensagem de volta: TORTURA DO MEDO.

Esperei.

Recebi outra mensagem: JANTAR?

Não parava de apertar sem querer as teclas erradas do celular quando respondi: ONDE?

DORSODURO.

Era o restaurante no qual pedi a mão de Emily em casamento.

Minha esposa estava viva.

Dorsoduro foi escolha de Emily.

Decidi ver aquilo como uma declaração. Um gesto romântico. Ela ainda me amava. Continuávamos juntos. Marido e mulher. As coisas ainda poderiam dar certo.

Assim que a vi caminhando em minha direção naquele restaurante, tive certeza de que nunca amaria mais outra pessoa enquanto eu vivesse. Ela era tão iluminada, tão magra, tão elegante. Tão sexy. Todo mundo se virou para vê-la. Emily tinha esse tipo de energia. Algo na atmosfera mudava quando ela entrava. Sozinha ou com qualquer homem sortudo o bastante para estar ao seu lado. Ao passo que, não pude deixar de comparar, quando Stephanie entrava em algum lugar, ficava a impressão de que viera esperar algum cara infeliz que estava atrasado ou que não havia encontrado lugar para estacionar. Ou então de que ela levaria um cano.

Não queria pensar em Stephanie. Era a última pessoa no mundo em quem eu gostaria de pensar.

Ver Emily de novo foi como um sonho, um sonho lindo e feliz, o sonho que todo mundo deseja ter, o sonho que tanto ansiamos que se torne realidade. O sonho em que o falecido ser amado na verdade não morreu.

Emily estava linda. Como ela conseguiu, durante todo aquele tempo, manter em perfeitas condições seu terninho preto da Dennis Nylon? Se existia alguma mudança era o fato de parecer ainda mais linda ao vivo do que nas minhas lembranças, do que quando nos despedimos no aeroporto.

Ela era o greyhound ao lado do cocker spaniel babão de Stephanie. A Mercedes ao lado do Hyundai. Stephanie prepara os steaks do jeito que gosto, mas Emily jamais me entediou.

Eu me levantei para abraçá-la, mas o olhar de Emily me congelou naquela posição esquisita, meio sentado, meio levantado. E, naquele instante, dei-me conta de que aquele não era o sonho feliz do ser amado revivido. Percebi que, na verdade, aquele seria um tipo muito especial de pesadelo.

— Não precisa se levantar — disse Emily.

O *maître d'* puxou uma cadeira para ela, e esperamos até não haver ninguém por perto que pudesse ouvir nossa conversa.

— Pensei que você tivesse morrido. — Foi a única coisa que consegui dizer.

— Obviamente você errou.

— Desculpe. Desculpe muito.

— Você não acreditou em mim — retrucou ela. — Não confiou em mim.

— Então *quem* foi que morreu? De quem era aquele corpo? Quem estava usando o anel da mamãe?

— Você não precisa saber — respondeu Emily. — Se eu te contar, você provavelmente correria para contar tudo a Stephanie, mesmo.

— Isso é golpe baixo, Emily. É injusto.

— Você não lê o blog songo-mongo dela? — perguntou minha mulher. — Só fala na família feliz, saudável e perfeita de vocês, em consolar o pobrezinho do Nicky da perda trágica de sua mãe.

— Nunca li o blog dela. Eu não... não iria...

— Bem, devia ter lido — cortou Emily. — É bastante informativo, isso eu lhe digo.

— Sinto tanto — falei. — Não consigo lhe dizer o quanto.

— Então não diga — declarou Emily. — Me faça esse favor.

Nesse momento, devíamos ter nos levantado e ido embora. Não havia remédio agora, a não ser afundar cada vez mais. Entretanto, ainda mantive as esperanças.

Emily disse que estava com fome. Fizemos nossos pedidos.

Disse-lhe que eu não estava nem aí para Stephanie. Que nunca estive. Que ela era como uma babá que não precisávamos pagar. E que ajudara muito. Talvez não devesse ter dito a palavra "ajuda".

Emily se encolheu de raiva, depois se empertigou na cadeira. Reconheci aquele meneio de cabeça dela. Seu *não* implacável e cruel. Tentei lhe dizer que ela era a única, que sempre tinha sido a única, que eu sentia muito. Ela bocejou.

Era tarde demais. Eu era um tolo. Exatamente como minha esposa sempre suspeitara secretamente ou não tão secretamente assim. Ela me disse que nunca iria me perdoar. E que eu me arrependeria muito.

Muito.

Emily estava me ameaçando, mas o que poderia fazer? Outra pergunta idiota. Ela podia fazer qualquer coisa. Acusava-me de subestimá-la, mas não poderia estar mais errada.

Então, levantou-se e foi embora.

O garçom se aproximou e ficou ao meu lado, observando Emily se afastar.

— No inferno, não existe tamanha ira quanto a de uma mulher desprezada — disse ele. — Nisso Shakespeare acertou.

— Vá se ferrar — falei. — Essa frase não é de Shakespeare.

O garçom encolheu os ombros. O que *ele* tinha feito de errado? Algum tempo depois, ele mandou outro garçom me trazer a conta. Terminei minha costela de vitela apenas por sentir muita fome, pois ela estava um pouco crua e horrorosa. Deixei uma gorjeta gorda ao garçom como pedido de desculpas. Por que não? Pedira desculpas a noite inteira.

Peguei o último trem na Grand Central.

Fui direto até o quarto de Nicky e o abracei, apesar dele estar dormindo. Não o acordei. Não sabia o que faria se Stephanie entrasse naquele quarto e tentasse me dizer como colocar meu filho para dormir de novo. Se me *ensinasse*, com aquela voz irritante de Mãe Capitã.

Fui para meu quarto e me deitei ao lado dela, mas para o lado contrário. Não conseguiria tocá-la e tampouco queria que me tocasse também.

— Dia difícil?

— Você não sabe nem da metade — falei.

Não me mexi até ouvir Stephanie ressonar e fazer aquele clique no fundo da garganta que começava a me tirar do sério.

Levantei-me e fui me deitar no sofá da sala. Fiquei acordado a noite inteira.

Parece que peguei os piores aspectos da personalidade de Stephanie. Sua ansiedade. Sua paranoia de vaca no matadouro. Quem imaginar que esse tipo de coisa fosse contagiosa?

Não conseguia afastar a sensação de que Emily estava escondida ali no escuro, observando nossa casa. Ela sabia que Stephanie estava ali.

Quanto tempo fazia que Stephanie me perguntara se eu tinha certeza de que Emily morrera? Claro que tinha certeza de que ela havia morrido. Stephanie afirmara ter medo de Emily estar viva — e eu não acreditei nela.

Não sabia mais em quem ou em que acreditar.

Depois disso, parei de dormir. Experimentei os inúteis remédios homeopáticos da Stephanie, ervas, chás com gosto horroroso, esse tipo de coisa. Nada funcionou. Ela disse que eu não tentara de verdade. Ignorei-a. A voz de Stephanie se tornava ainda mais irritante quando ela achava que estava sendo ignorada.

Meu médico me prescreveu um sonífero, mas advertiu que dois dos seus pacientes haviam experimentado alguns efeitos colaterais desagradáveis, um deles um episódio de surto psicótico. Respondi que quem se tornaria psicótico era *eu*, se não conseguisse dormir. Arriscaria a sorte com aquele remédio.

Quando Stephanie perguntou por que eu estava tão inquieto, joguei a culpa no remédio para dormir. Disse que o mau humor era um preço que valia a pena pagar, pois a insônia era pior. O nervosismo aparecia como um efeito colateral. Havia gente que ficava psicótica.

Não falei que me encontrara com Emily. Não perguntei se ela tinha entrado em contato com Stephanie. Contar que minha esposa não havia morrido pareceria outra traição. Quando Stephanie sugeriu que Emily poderia estar viva, pensei que estivesse fora da realidade, mas quem estava era eu.

Não tenho desculpa. Tento segurar as pontas. Estou morando com a mulher errada e estou sendo ameaçado pela minha esposa. Ando sob muita pressão. Não consigo pensar direito.

Minha desculpa é essa. Sempre foi. Mas não há desculpa.

Em um sábado à tarde, um carro parou na frente da nossa casa. Um homem afro-americano de meia-idade e pele clara saltou e, depois de conferir o endereço olhando em um maço de papéis, caminhou até nossa porta. Observei-o pela janela da frente. Ele me lembrava alguém...

O blazer azul, a camisa branca e a gravata-borboleta escura trouxeram a lembrança. Lembrava um homem que conheci quando criança, um tal de Sr. Reginald Butler. O Sr. Butler era pastor de uma igreja local, uma espécie de grupo religioso, talvez algum tipo de culto beneficente, o Manchester Brethren. Apenas imigrantes e pessoas de cor da região formavam a congregação. Ele foi até a casa da mamãe — à maneira como esse homem agora vinha até a nossa — para pedir doações e casacos quentes de inverno a fim de distribuir entre seu rebanho. Mamãe o convidou para entrar, e eles se deram bem, até mamãe exagerar no xerez e dizer algo — nunca soube o quê, mamãe nunca me disse — que o Sr. Butler considerou ofensivo. E nunca mais voltamos a vê-lo.

Aqui estava ele, em Connecticut. Abri a porta. Claro que não era o Sr. Butler.

— Sr. Sean Townsend? — perguntou o homem.

Confessei que era eu.

— Sou Isaac Prager, da Companhia Seguradora Alliance. Estou trabalhando no prêmio a pagar pela morte acidental de sua falecida esposa. Sinto muitíssimo.

Estaria ele dizendo que sentia muitíssimo pela morte de Emily? Ou por ter que trabalhar naquele caso? Seria coincidência o fato de eu ter *acabado* de descobrir que Emily não estava morta? Não tive o tempo nem a paz de espírito para pensar qual seria meu próximo passo. Será que eu deveria ter notificado a seguradora assim que voltei do jantar com minha supostamente falecida esposa? Era confuso demais explicar o que tinha e o que não tinha acontecido e o que pensei que tivesse acontecido. Ah, e principalmente o que havíamos *planejado* que acontecesse. Tudo em que eu pensava dizer nos fazia parecer culpados, o que, suponho, éramos mesmo. Havia sido mais fácil enfiar a cabeça na terra e fingir que nada acontecera — e torcer pelo melhor.

Aquele era o momento que eu tanto temia, apesar de não saber bem o motivo — até recentemente. Era o momento em que nosso jogo se transformava em realidade. Talvez tivesse pensado que Emily abandonaria nossa armaçãozinha antes das coisas chegarem àquele ponto. Não sei no que estava pensando.

— Pensei em entrar em contato com o senhor no trabalho, mas imaginei que talvez o senhor preferisse ter esse tipo de conversa em casa. Tentei telefonar aqui, mas... — começou Prager.

— Sinto muito — falei. — Quase nunca atendo ao telefone quando não reconheço o número.

— Sem problema. Entendo completamente — disse Prager. — Muita gente faz isso.

Ainda estávamos parados diante da porta.

— Desculpe — falei. — Por favor, entre e se sente.

— Obrigado — agradeceu Prager. — Tentarei não tomar muito do seu tempo. Isto é apenas uma mera formalidade.

Uma formalidade! Interpretei aquilo como um bom sinal. Com certeza, se ele tivesse vindo até aqui sugerir que eu e minha esposa havíamos armado um esquema para dar um golpe na sua empresa, a conversa seria não apenas mais demorada como mais do que apenas uma mera formalidade.

Torci para Stephanie não aparecer, para continuar fazendo seja lá que atividades de Mãe Capitã estivesse fazendo lá na cozinha. Cuidar da própria vida, entretanto, era algo que ia além das capacidades de Stephanie. Ela apareceu à porta vestindo jeans, um moletom velho e umas meias gordas que fizeram um barulho *shuish-shuish* nem um pouco atraente quando entrou na sala. Como queria poder dizer "Sr. Prager, esta é Stephanie, nossa babá". Deus sabe o que aconteceria se eu dissesse isso.

Não: optei pela segunda pior frase que poderia dizer.

— Sr. Prager, esta é Stephanie. Uma amiga da minha falecida esposa.

— Entendo. — Prager a olhou de alto a baixo. — Prazer em conhecê-la. — Os dois trocaram um aperto de mãos.

— O Sr. Prager é da seguradora.

— *Que* seguradora? — perguntou Stephanie. Foi brilhante, pensei. Talvez Stephanie tivesse um QI um pouquinho maior do que eu supunha.

— Emily e eu fizemos uma apólice — falei.

— É mesmo? — perguntou Stephanie. — Não tinha ideia.

— Uma apólice de dois milhões de dólares, para ser exato — informou o Sr. Prager.

— Ah, é, verdade — disse Stephanie. — Escrevi a respeito disso no meu blog. — Ela estava se precavendo para o caso do Sr. Prager ler seu blog. Como eu deveria ter feito, desde o início.

Stephanie caiu como um saco de batatas no sofá e me sentei ao seu lado, mas não muito perto. O sofá era gigantesco. Havia bastante espaço. Prager se sentou na beira de uma poltrona de couro.

Stephanie lhe ofereceu café, água, chá. O Sr. Prager educadamente recusou.

— Como tenho certeza de que os senhores sabem, todos são diferentes. As pessoas têm maneiras diferentes de fazer as coisas, motivos diferentes para fazê-las. Só muito raramente entendemos o que alguém faz ou por quê. Mas, apesar disso, pode-se dizer que este é o meu trabalho. Entender as pessoas. É isso — declarou ele.

— Sr. Prager... — falei.

— Ah, sim — disse ele. — Sua falecida esposa, Emily. Tentei imaginar uma forma de dizer isso da maneira menos desapontadora possível, mas na verdade não há remédio a não ser falar as coisas da maneira mais simples.

— Dizer o quê? — Eu não conseguia esconder minha impaciência.

— Certo — retomou o Sr. Prager. — Passamos a acreditar que sua esposa pode estar viva.

Pelo canto do olho, vi Stephanie me olhando como se falasse "eu disse". Stephanie era idiota. *Não fazia ideia* da catástrofe que aquilo era.

Prager balançou a cabeça. Era difícil saber se aquilo lhe causava pesar ou divertimento.

— Mas temos o laudo da autópsia — falei.

— Claro que sim... Bem, então... — disse ele. — Receio que existam trechos dessa história que o senhor talvez não goste de ouvir. Algumas pessoas preferem *não* ter certas imagens gravadas para sempre na memória. A escolha é sua. Como eu disse, as pessoas são diferentes.

— Não sei — disse Stephanie. — Talvez eu seja uma dessas pessoas que não querem que algumas imagens fiquem gravadas na memória.

— Então é melhor você sair da sala — falei.

Prager se encolheu, quase que involuntariamente, como algumas pessoas bem-comportadas fazem quando deparam com alguma cena de tensão doméstica.

— Vou dar uma olhada nos meninos, depois eu volto — avisou ela. Como uma advertência, pareceu-me.

Após ela sair, o Sr. Prager disse:

— Vou explicar o que quis dizer. Estou falando do laudo da autópsia.

— Eu o li — falei.

— Mais uma vez... cada pessoa lerá de uma maneira diferente um documento dessa natureza. Quando *eu* o li, por exemplo, impressionei-me com algumas coisas que talvez não chamassem a atenção de outra pessoa. De alguém que não trabalha no mesmo ramo que eu. Por exemplo, o fato da mulher morta não ter um dos dentes da frente há um bom tempo. Tempo suficiente para haver a presença de crescimento ósseo no lugar do buraco. Sr. Townsend, imagino que o senhor saberia se sua esposa tivesse perdido um dos dentes da frente.

— Creio que saberia de uma coisa dessas — concordei.

Nesse momento, senti medo, medo de verdade. Se a mulher morta não era Emily, quem era? Obviamente, deveria ter feito essa pergunta a Emily tão logo a vi no restaurante em Manhattan, mas dei um jeito de afastá-la da minha mente. Era como se tivesse me convencido de que a falecida — o corpo com o DNA da minha esposa — não tinha simplesmente morrido, mas nunca sequer existido.

— Concordo — disse Prager. — O senhor provavelmente saberia de uma coisa dessas. E, dado que sua esposa trabalhava no mundo da moda, imaginamos que, caso de fato lhe *faltasse* um dos dentes da frente, providenciar um implante dental faria parte do que poderíamos chamar de cultura dela.

— Imagino que sim. — Minha cabeça de repente parecia pesada.

— Bem, acontece que a mulher encontrada no lago não tinha implante algum. Apenas o buraco do dente.

— Então não era a minha esposa — falei. — Só que ao mesmo tempo era. O teste de DNA acusou isso.

— Acreditamos que pode ser a irmã dela — declarou o Sr. Prager.

— Irmã? Emily era filha única. Que irmã?

O Sr. Prager massageou sua cabeça que começava a ficar calva e me olhou com algo que obviamente só podia ser espanto.

— Sr. Townsend — disse ele —, o senhor de fato não sabia que sua esposa tinha uma irmã gêmea?

— O senhor está inventando essa história? Tem *certeza* de que estamos falando da mulher certa?

— Sr. Townsend, como isso é possível? O senhor se incomoda se eu perguntar como alguém pode dividir o mesmo teto com outra pessoa, *casar-se* com ela, e não saber da existência de uma irmã? Principalmente uma gêmea?

— Não sei. Não sei explicar. Ela sempre disse que era filha única. Não achei que ela... que *ninguém*... pudesse mentir sobre algo assim. — Prager percebeu que eu estava sendo sincero, pelo menos nesse quesito. Perceber quando uma pessoa estava mentindo fazia parte do trabalho dele.

— Permita-me dizer que sua esposa parece ser uma mulher bastante incomum — disse Prager.

— O que está acontecendo aqui? — perguntou Stephanie.

Eu não a ouvira entrar.

— Stephanie, *você* sabia que Emily tinha uma irmã gêmea? — perguntei.

— Está brincando? Só pode estar brincando. — Stephanie não tinha o menor talento para mentir. Ela sabia. Como não me contou? Como esse assunto não veio até meu conhecimento? Suponho que existam muitas coisas que eu e Stephanie não contamos um para o outro.

Não tive motivo para revelar que sabia que Miles era filho do irmão dela. Talvez Stephanie e eu nos déssemos melhor assim. Talvez a única maneira de se dar bem com uma pessoa seja contando gigantescas mentiras por omissão. Emily com certeza me contou algumas dessas. Quando Stephanie descobriu que Emily tinha uma irmã gêmea? Será que sempre soube, o tempo inteiro? Será que essa informação também estava no blog dela?

Eu me perguntei, tal como o Sr. Prager, como era possível eu não saber? Aquilo me fez questionar tudo, e meu passado inteiro de repente pareceu nublado e incerto. De que maneira nosso casamento foi de fato um casamento?

Stephanie, o Sr. Prager e eu olhamos para a foto de Diane Arbus sobre a prateleira da lareira. Era como se a percebêssemos naquele instante. Ninguém disse nada por algum tempo.

— Bem, aí está — disse o Sr. Prager. — Existem algumas questões importantes, e obviamente a maior delas gira em torno de quando e do que comunicaremos às autoridades legais, que, sem sombra de dúvida, transformará o caso em uma nova investigação. Ou talvez não. Talvez façam menos do que estou fazendo agora, pois foi isso o que fizeram até então. Porém a questão precisará ser esclarecida, é claro, antes de haver qualquer previsão de pagamento.

— É claro. Quando o senhor acredita que isso deve acontecer? Quando? — Tentei sem sucesso esconder a nota de desespero que estrangulava minha voz.

— Em breve — respondeu o Sr. Prager. — Nesse meio-tempo, embora não seja da minha alçada legal, gostaria de pedir aos senhores que, por gentileza, não se afastem da região em nenhuma viagem prolongada.

— Absolutamente! — falei, porque achei que daria a impressão de que sou inocente.

— Nossos filhos estudam — disse a Mãe Capitã, meio ofendida, na minha opinião. Mas não dava para culpar Stephanie por usar a carta da mãe naquele jogo.

— Naturalmente — concordou o Sr. Prager. — Sou um grande fã do seu blog.

Ele se levantou e tirou a poeira da roupa. Apertou nossas mãos e nos agradeceu. Entregou um cartão de visita a cada um de nós e nos disse que, por favor, ficássemos à vontade para telefonar a qualquer hora do dia ou da noite, caso tivéssemos algo a acrescentar em relação a esse ou a qualquer outro assunto, ou, desnecessário dizer, caso recebêssemos alguma notícia da minha esposa... Disse para mantermos contato.

Falou que não era preciso acompanhá-lo até a porta, e não objetamos. Não havia escolha. Observamos o Sr. Prager ir embora. Stephanie e eu não conseguimos nos levantar do sofá.

— Você sabia? — perguntei. — Como você sabia da irmã gêmea de Emily? E como não me contou nada?

— Há coisas que você não *me* conta — retrucou ela. — Todo mundo guarda segredos.

35

BLOG DA STEPHANIE
SÉRIO: QUANDO UMA AMIGA PEDE AJUDA

Olá, mães!

Como nós, mães, sabemos que algo é real? Como podemos saber se nosso filho está realmente doente e não apenas fingindo para não ir à escola e ficar em casa? Nas primeiras vezes, erramos, mas acabamos aprendendo. Como saber quando uma amiga precisa tão desesperadamente da nossa ajuda que precisamos deixar de lado nossos sentimentos contraditórios e os momentos estranhos que vivemos no passado para fazer o que ela precisa, porque é real e *precisamos* ajudar?

Esse é um dom que mães acabam desenvolvendo, um detector internalizado de encrenca, um instinto da verdade que pode nos ajudar na vida que vai além da esfera de mães, nos vários tipos de carreira e buscas artísticas em que nos envolvemos ao mesmo tempo em que exercitamos a maternidade. É por isso que as mulheres são especialistas nas chamadas profissões de ajuda ao próximo e nos cuidados com a família. É por isso que somos tão boas amigas.

Sabemos quando uma amiga está nos pedindo, pedindo de verdade, um pequeno favor. É a maneira como ela *diz*. E fazemos o que ela precisa, não importa o quê.

Terei mais coisas a dizer sobre isso, com toda a certeza. Agora preciso ir. Vou encontrar uma amiga e acho que talvez precise lidar com coisas tão importantes a ponto de ficar algum tempo sem escrever no blog.

Até breve, ou o mais breve que eu puder.

Com amor e pressa,
Stephanie

36

STEPHANIE

A visita do Sr. Prager foi extremamente desestabilizadora. Sean e eu paramos de nos comunicar. Estava bem claro que não confiávamos mais um no outro. Talvez nunca tivéssemos confiado.

Fiquei intrigada ao descobrir que o Sr. Prager lê meu blog — mais um sinal do quão longe minha mensagem na garrafa tinha viajado, do quão distante era a praia na qual ela fora parar. Tive vontade de ler os posts anteriores para confirmar que não escrevera nada incriminador. Mas quem eu poderia incriminar?

Depois que o Sr. Prager se foi, perguntei a Sean o que estava acontecendo. Será que ele poderia por favor — *de uma vez por todas* — me contar a verdade? Ele e Emily haviam forjado a morte dela para dar um golpe no seguro? E me colocado na jogada? Por acaso eu tinha sido a otária no esquema dos dois? E continuava sendo?

Ele insistiu que nada disso tinha acontecido. Afirmou que estava tão confuso quanto eu. Que de fato acreditara na morte de Emily. De outra maneira... Sean nem precisava explicar, sabia o que ele queria dizer. *De outra maneira*, não teria me convidado a partilhar a vida com ele.

Compreensivelmente, Sean estava obcecado com o fato de Emily ter uma irmã gêmea. E eu precisava admitir: era muito estranho descobrir isso sobre a mulher com quem você ficou casado por seis anos. *Eu mesma* me senti indignada ao saber daquilo — e olhe que éramos amigas há relativamente pouco tempo.

Será que Emily *alguma vez* me contou a verdade? Estaria Sean sendo sincero agora? O fato de não saber devia me fazer odiar ambos. Era estranho o fato disso não ter acontecido.

Eu teria que realizar algumas mudanças, apesar de, talvez, essas mudanças acabarem sendo feitas sem eu precisar mexer um dedo sequer. E se Emily e Sean fossem parar na prisão? Teria eu sido escolhida e preparada para cuidar de Nicky caso o pior acontecesse? Emily não pensou que o pior poderia acontecer. Não pensou nem em Nicky. Nem nos dois milhões de dólares. As mentiras e o jogo a enchiam de adrenalina. Mentir para todo mundo — principalmente para mim.

Tive uma fantasia momentânea: e se Emily e Sean fossem presos e eu recebesse a guarda de Nicky? Sempre quis um segundo filho. Permitir que aquele pensamento atravessasse minha mente, ainda que por um átimo de segundo, me fez sentir tanta culpa que me belisquei para afastar a fantasia.

Havia tantas questões que Sean não colocara ao Sr. Prager! Se a mulher morta era irmã gêmea de Emily, como ela havia morrido? Isso eles já sabiam. Ela se afogara, com o corpo repleto de álcool e drogas.

———

MAIS OU MENOS uma semana depois da visita do Sr. Prager, FORA DE ÁREA surgiu no identificador de chamadas.

Eu sabia que deveria desprezar Emily. Ela mentiu para mim. Tratou-me mal. Traiu nossa amizade. Aterrorizou-me, perseguiu-me na floresta atrás da sua casa e entrou na minha quando eu não estava lá. Portanto, não consigo explicar a felicidade que senti ao ouvir a voz da minha amiga. Não posso fingir, nem sequer para mim mesma, que minhas emoções fazem sentido.

— Stephanie, sou eu — disse Emily. — Preciso *desesperadamente* da sua ajuda. *Por favor.*

A forma como ela disse *por favor* foi o que me fez sentir vontade de escrever a respeito disso no blog — a respeito de ajudar um amigo em necessidade. De saber quando um amigo de fato, verdadeiramente, precisa de nós. Jamais poderia narrar toda a verdade, mas quis escrever sobre por que não consegui negar. Talvez, se escrevesse sobre isso no blog, compreendesse não apenas a mim mesma, mas também por que fiz o que fiz, o motivo de estar disposta a perdoar todas as coisas terríveis que Emily fez comigo — ou pelo menos fazer vista grossa.

A única coisa que eu sabia era que Emily precisava da minha ajuda. Ela se metera em uma situação arriscada.

— Tem um homem me seguindo — falou ela. — Ele me segue há umas duas semanas. Não está fazendo o menor esforço para se esconder. Não sei o que ele quer.

— Como ele é? — perguntei.

— Meia-idade. Um cara negro de pele clara. Sempre de terno e gravata--borboleta. Parece um pouco aquele matador de aluguel do *The Wire*.

— Nunca assisti *The Wire*. — Eu estava ganhando tempo.

— Meu Deus, Stephanie, ninguém está nem aí se você viu *The Wire* ou não. — Durante todo o tempo em que fomos amigas, ela nunca falou comigo naquele tom. Por que não lhe contar a verdade? Ainda mais agora que todos mentiam.

— Veio um homem aqui que parece com esse que você está descrevendo — falei. — É investigador da seguradora. Está cuidando do seu caso com Sean. Sua morte acidental.

— Eu sabia! — disse Emily. — Não sei por que, mas eu sabia. Foi essa a energia que senti daquele cara. Isso é *ruim*. Sean contou a ele onde eu estava?

— Emily — falei. — Calma. Sean não sabe onde você está. Eu não sei onde você está. Lembra? Até onde sei, a última vez em que te vi, você estava na floresta me espionando. — Foi a coisa mais grave (e atrevida) que já lhe disse, e estava segurando a respiração, mas Emily não ligava para o meu tom de voz... nem para nossa amizade.

— Não sei como ele me encontrou, então. Talvez a placa do carro da minha mãe tenha aparecido em algum circuito interno de segurança.

— Tome cuidado — falei. — Ele não é nenhum idiota. Passa a impressão de ser meio desajeitado, mas acho que observa e registra cada coisinha.

— Stephanie, preciso ver você. — A voz de Emily estava lacrimosa. Nunca tinha ouvido aquele tom nela. — Preciso conversar com você. Preciso dos seus conselhos. Preciso de uma amiga.

Eu sabia que falava com alguém que mentiu sobre coisas muito importantes. Ela mentiu para o marido e para mim. Provavelmente até para si mesma. Mas eu também era mentirosa. E Emily era minha amiga. Eu acreditava nela.

Essa podia ser minha única chance de obter uma explicação, de descobrir o que de fato passava na sua cabeça. Quem Emily realmente é. Ela tinha escondido tanta coisa! Seus segredos eram tão negros quanto os meus. Talvez ainda mais.

Dava para ver que era *nossa sina* sermos amigas. Ainda podíamos ajudar uma à outra.

— Certo — falei. — Vou encontrar você, mas precisa me prometer que dessa vez vai me contar a verdade. Chega de segredos, chega de mentiras.

— Prometo — disse Emily.

———

EMILY ME PEDIU que a encontrasse no bar de um Sheraton que ficava ao lado da interestadual, a mais ou menos cinquenta quilômetros da nossa cidade, no meio de um dia de semana. Nenhuma de nós precisou dizer que os meninos estariam na escola e Sean, no trabalho. Não precisamos mencionar seus nomes.

Ela disse que precisava me encontrar em um lugar público. Público, mas não privado. Anônimo.

— Ninguém que conhecemos pode nos ver. Acho que seria melhor nos encontrarmos numa garagem subterrânea.

Eu não estava entendendo o que ela queria dizer, mas ri. Dava para perceber que eu devia rir.

— Está me entendendo, Stephanie?

Uma vez mais, eu disse que entendia, embora não entendesse nada. Talvez em breve, porém, viesse a entender.

— Posso lhe pedir mais um favor? Bom... talvez dois — perguntou ela.

— O que é? — quis saber, na defensiva. Por acaso já não fiz favores suficientes?

— Poderia trazer o meu anel? — pediu ela. — Meu anel de noivado, o que ganhei de Sean.

— Sei onde ele o guarda — respondi, mas me arrependi no mesmo instante. Que coisa mais ridícula para se dizer. Aquilo só serviria para fazer Emily se lembrar do meu conhecimento íntimo de Sean e dos hábitos dele.

— Sei disso — disse ela.

— Como? — perguntei.

Ela não respondeu. Será que me viu pela janela enquanto eu remexia as coisas de Sean na escrivaninha? Ou estaria ela blefando, tentando me deixar ainda mais incomodada do que já me deixara?

— Ah, outra coisa... pode parecer um pedido meio estranho, mas será que você poderia me trazer a escova de cabelo de Sean? Não ache que você precisa limpá-la primeiro, hein.

Senti o cheiro de encrenca. Encrenca das grandes. Será que não havia aprendido nada durante aquele período terrível? Por acaso minha confiança nos seres humanos não se quebrara de um jeito irreversível? Será que ainda acreditava na amizade? Nos laços naturais entre as mães?

Meu cérebro já não estava mais no controle, se é que um dia esteve. Meu coração dominava agora. Meu coração falava com minha amiga. E ele disse: sim. Que dia? A que horas? Em que lugar? Estarei lá.

Cheguei primeiro, de propósito. Emily escolhera um local estranho, um bar de outra década. Retrô. Decorado como uma biblioteca falsa com livros falsos, que, na verdade, eram parte da estampa do papel de parede, e um fogo falso que ardia numa lareira falsa. Parecia um clube de cavalheiros ingleses, com a diferença de que se localizava em um hotel em uma pequena elevação logo acima da rodovia interestadual. No meio do nada.

Toda aquela decoração falsa... estaria Emily me dizendo algo sobre a natureza falsa de nossa amizade?

O bar era aconchegante, e não me fiz de rogada, comecei a beliscar umas cascas de batata de micro-ondas enquanto esperava Emily chegar. Só havia mais dois outros clientes, um casal de turistas idosos que já apreciava a sobremesa e o cafezinho. O marido foi ao banheiro e demorou uma eternidade. Depois foi a vez da mulher. Ela demorou tanto que o marido teve que ir ao banheiro de novo depois que ela voltou para a mesa. Não era nada divertido observar os dois. Senti saudade de Davis. Eu e ele não envelheceríamos juntos para terminar como aquele casal.

Comi duas porções de cascas de batata com queijo. Estava com fome e nervosa. Não sabia o que esperar, nem o que encontraria. Estaria Emily armando uma nova traição para mim? Seria mais um truque, mais uma decepção? Mais um capítulo no seu plano de me punir por dormir com Sean?

Informei ao garçom que estava aguardando uma pessoa. Não sei o que ele imaginou. Um namorado, talvez, ou namorada. Quem mais marcaria um encontro naquele lugar a não ser amantes adúlteros querendo se esconder?

Não era nada daquilo, era a minha amiga. Era Emily. Bem ali.

Procurei sinais de raiva ou ressentimento no seu rosto, qualquer indício de que desejava me machucar — outra vez. Porém não vi nada disso. A única coisa que vi foi o rosto familiar da amiga que, apesar de tudo que acontecera, eu ainda amava. E que ainda me amava.

Saltei da mesa. Turistas idosos observaram a gente se abraçar. Emily continuava com o mesmo cheiro de sempre. Afastei-me e a olhei. Parecia como ela: radiante. Linda. Como se nada tivesse acontecido.

Algo, entretanto, estava diferente. Ela parecia... não sei. Triste. Como se faltasse metade de si mesma.

Usava roupas de ir ao trabalho, como usaria naquela noite, meses antes, quando viria apanhar Nicky na minha casa, voltando da Dennis Nylon.

Emily, entretanto, não veio. E me devia uma explicação.

Pedi gim tônica, apesar de nunca beber no meio do dia — certamente não quando eu tinha que buscar os meninos na escola. Emily tomou uma margarita, depois outra. O tempo todo não falamos nada, até que finalmente não consegui mais aguentar.

— O homem que está seguindo você...

— Stephanie, por favor, será que dá para a gente falar sobre isso mais tarde? — pediu ela. — Primeiro preciso saber se você confia em mim. Tenho certeza de que tem um monte de perguntas; pergunte o que quiser.

Ficou difícil perguntar qualquer coisa agora que ela se abria daquele jeito. Parecia uma invasão. Nem sabia por onde começar. Por que fingiu que estava morta? Por que me envolveu nessa história? Ainda está com raiva de mim por causa de Sean? O que passou pela sua cabeça? *Quem é você?*

Entretanto, a única coisa que consegui dizer foi:

— Por que não me contou que tinha uma irmã? Por que não me contou que tinha uma irmã gêmea?

Não sei por que, de todas as perguntas que eu poderia ter feito, das acusações que poderia ter lançado, dos mistérios que queria ver solucionados, comecei por aí. Acho que foi simplesmente a primeira pergunta que apareceu na minha cabeça.

— Não sei. Não sei mesmo. — Emily abriu as palmas das mãos e tornou a fechá-las. Um gesto familiar, mas algo nele estava mudado. Ela não usava o anel. Ele estava na minha bolsa. O anel que aparecera no dedo de um cadáver encontrado num lago em Michigan.

— Compartimentalizei isso — disse Emily. — Você entende como essas coisas acontecem. Sabe como alguém pode simplesmente não falar, ou mesmo pensar, nas coisas que não quer falar nem pensar. Como é possível guardar segredos até de si mesmo. É um dos motivos pelos quais somos amigas.

Nunca havia pensado nisso antes, mas Emily tinha razão.

— Como se chamava sua irmã? — perguntei.

Lágrimas surgiram nos seus olhos.

— Evelyn.

— O que aconteceu com ela?

— Se suicidou na casa do lago em Michigan. Fui até lá tentar salvá-la. Por isso não entrei em contato com você. Desculpe pelo que te fiz passar, mas estava enlouquecida por causa de Evelyn, e não havia tempo para explicar aquilo para pessoas que nem sabiam que eu tinha uma irmã. Entende?

— Sim — respondi, embora mais uma vez não tivesse certeza se entendia.

— Tentei de todas as maneiras ajudá-la. No começo, achei que tivesse conseguido, pensei que tinha convencido Evelyn a não se matar. Ela jurou que não faria isso. — Lágrimas escorreram pelo rosto de Emily. — Ela se matou quando eu estava dormindo. Nunca vou conseguir me perdoar. Nunca. Às vezes, sinto como se estivesse morta também. Sei que você e Sean pensaram que eu tinha morrido. Foi mais fácil para mim deixar as coisas desse jeito. Não queria ver ninguém, não queria conversar com ninguém. Não conseguia explicar nada. Não queria nem existir.

— Até que comecei a sentir muitas saudades de Nicky. E de você.

— Acha que isso foi justo com a gente? — perguntei.

— *A gente?* — repetiu Emily. — Você está brincando.

— Desculpe — falei. — Sean *acreditou* em você.

— Na verdade — disse ela —, não acreditou. Eu tinha razão em achar que não podia confiar nele. Foi por isso que nunca contei nada sobre Evelyn para Sean. Sobre como meu amor e minha preocupação com ela controlavam minha vida. Eu não podia confiar a ele essa informação. Eu controlava informações, era o meu trabalho, mas não podia controlar algo tão... pessoal. Tão doloroso.

Olhei para minha amiga e vi uma pessoa nova. Uma pessoa mais atormentada do que a mãe forte, glamourosa e poderosa que tinha uma secretária pessoal e um emprego no ramo da moda. Uma pessoa mais complicada e mais humana.

— Sean jamais teria entendido. É filho único. O amor e o medo que eu sentia pela minha irmã foram, em parte, o que me levou a abusar do álcool e das drogas. Eu e ela nos acompanhávamos em nossos vícios autodestrutivos. Até que virei uma esquina e ela seguiu em frente, sozinha.

Emily finalmente estava sendo honesta sobre seus flertes com o abuso de substâncias... e sobre sua irmã. E seu marido. Nossa amizade jamais seria a mesma. Sempre haveria uma pequena pedra a partir de agora. Um quê de... desconforto. Podíamos agradecer a Sean por isso.

Senti como se ela estivesse lendo minha mente quando perguntou:

— Trouxe o anel?

Retirei-o do bolso interno com zíper da minha bolsa, onde o guardara.

— Como sabia que o anel estava com Sean? — perguntei. — Como sabia que eu sabia onde ele estava?

Fez-se silêncio. Segurei a respiração.

— Eu não sabia — respondeu ela. — Estava torcendo por isso. Dei este anel a Evelyn logo antes dela morrer. Queria que ficasse com ele. Era a única coisa que eu tinha comigo que poderia lhe dar e que duraria um pouco. E sabia que era algo importante para Sean. Ele me deu esse anel no início do namoro, como um símbolo de amor. Uma lembrança dos primeiros tempos felizes que tivemos. Havia sido da mãe dele, e ela o dera para Sean para ele me presentear.

Eu me preparei para a dor que achava que sentiria quando ouvi falar dos tempos felizes entre Sean e Emily — mais um lembrete de que Sean jamais me amaria tanto quanto a amava. O fato, entretanto, é que não senti nada. Estar ali com minha amiga era maravilhoso. Já superara Sean; ele era coisa do passado.

Emily colocou o anel no dedo e o girou.

— Olhe — disse ela. — Está folgado. Eu devo ter emagrecido um pouco nesse tempo que... passei fora.

— Não sei — retruquei. — Você está linda. — E estava mesmo.

Com o anel no dedo, foi como se uma magia tivesse acontecido. Emily se... transformou, é só o que posso dizer. De uma mulher triste sofrendo pela morte da irmã para a força da natureza que era quando eu a conheci. Algo — determinação? — reanimou seu rosto, ou talvez tenha sido apenas o fato dela começar a gesticular com as mãos na frente do rosto, tal como a velha Emily, e as joias do anel refletirem a luz — a pouca luz que havia naquele bar de hotel.

Emily tinha voltado.

Com lágrimas correndo pelo rosto, ela finalmente me contou a terrível verdade: Sean começara a abusar dela poucos meses depois deles se casarem.

— Ele sabia como me bater sem deixar marcas, mas só fazia isso raramente. Na maior parte das vezes, apenas me ameaçava. Sempre que eu o irritava, ele falava como seria fácil pedir um favor aos advogados megapoderosos da sua empresa. Os advogados mais safados da cidade provariam que eu era uma mãe incompetente, me destruiriam no tribunal citando meu histórico de abuso de álcool e de drogas. Usariam contra mim o meu trabalho no ramo da moda, fazendo parecer como se eu estivesse sendo RP de Sodoma e Gomorra.

Como minha amiga devia estar aterrorizada — a ponto de guardar tudo aquilo para si, mesmo depois de eu lhe confidenciar tantas coisas e deixar claro que ela podia confiar em mim! Sempre pressupomos que eu era a neurótica da amizade, mas, na verdade, a paranoica era ela. Imagine, gravar minha confissão na frente do brinquedo de submarinos para o caso de um dia precisar usar aquilo contra mim! E por que ela precisaria usar *qualquer coisa* contra mim? Ser amigas significa jogar no mesmo time. Que triste o fato dela não confiar em mim. Eu sabia, porém, como era ter dificuldades para confiar nos outros.

Será que Emily imaginava que era a única mulher casada com um marido abusivo? Eu sabia que muitas vezes esse tipo de ilusão fazia parte do padrão do abuso — o marido faz a mulher acreditar que está sozinha no mundo. Emily, entretanto, nunca esteve sozinha. Ela tinha Nicky. Tinha o seu trabalho. Me tinha.

— O cara que está seguindo você... — falei.

— Certo. Daqui a pouco. — Emily levantou a mão. — Tem umas coisas que quero dizer antes. Stephanie, não te culpo. Você pensou que eu estivesse morta. Também não culpo Sean, mas não perdoo as coisas que ele fez e que não me deixaram outra escolha a não ser abandonar Nicky. E você. Não podia contar isso a ninguém, nem mesmo a você. Fico feliz por Sean não ter descontado a raiva dele em você.

Era muita coisa para processar de uma só tacada. Sean nunca me parecera uma pessoa irada. Não notei qualquer sinal da fúria que tanto amedrontava Emily nem mesmo depois da visita do Sr. Prager. Sean sempre parecera simplesmente triste. Porém, de acordo com Emily, ele era um ator tarimbado — e maligno. É impressionante o quanto conseguimos fingir de modo convincente ser o que não somos.

Ali, sentada no bar do hotel, Emily me contou como precisou trabalhar o próprio choque e a tristeza. Fora obrigada a enfrentar a morte da irmã sem estar ao lado de Nicky, que tanto a ajudaria, que a confortaria com seu amor, doçura e calidez. No entanto, tivera que deixar Nicky e se esconder, porque estava com medo de Sean e do que ele poderia fazer com ela.

Eu queria outro gim tônica, mas precisava dirigir para pegar Nicky e Miles na escola.

— Sean vai dizer que abandonei Nicky. Vai argumentar que tudo isso foi ideia minha. Vai querer que você testemunhe a favor dele. Que escolha você terá? Ele vai jogar a culpa toda para cima de mim, quando ele é que inventou o golpe no seguro. Ele é que não estava indo bem no trabalho. Sua empresa ficou felicíssima de colocá-lo numa função de meio período, principalmente porque não seria nada bom para a imagem da firma despedir um cara cuja esposa estava desaparecida e que tinha um filho pequeno. Ele achava que fazia tudo isso por mim, porque eu queria, mas foi apenas uma mentira que inventou para si mesmo. Dois milhões de dólares não é uma fortuna, mas já formava um paraquedas dourado atraente o bastante para um cara que corria o risco de perder o emprego. Não houve nem um único dia em que não senti medo de Sean se voltar contra mim, me arrancar o Nicky e destruir minha vida. Você precisa acreditar em mim, Stephanie.

De repente, tudo fez sentido: o motivo de Emily desaparecer e de eu ser a única pessoa que ela teve coragem de procurar, dela aparecer para Nicky antes de tentar entrar em contato comigo.

Isso explicava por que Sean se recusara tão teimosamente a considerar a hipótese de Emily estar viva. Ele *sabia* que ela não morrera — foi por isso que tentou me convencer de que tudo aquilo não passava de coisa da minha imaginação. Ele sabia que ela fingia estar morta. Queria que Emily sumisse e que eu continuasse no escuro. Tudo fazia parte do plano maligno de Sean.

Como ele podia fazer uma coisa dessas com Nicky? Seu próprio filho? Mesmo quando tive minhas dúvidas acerca de Sean, em momento algum duvidei que ele fosse um pai carinhoso. Meu Deus, até deixei Miles com ele quando fui para Detroit! Pensar nisso me assustava agora.

Entendi por que Emily escondeu a existência da sua irmã gêmea. Como deve ter sido excruciante — perder, encontrar e perder uma irmã. Agora ela estava perdida para sempre, exatamente como Emily temera.

Eu havia acreditado que Emily era minha melhor amiga, mas não a conhecia. Agora cabia a mim ajudá-la. Ela ainda parecia tão perdida, tão machucada. Pela primeira vez, eu precisava assumir o controle.

— O homem que está seguindo você — falei. — Vamos falar sobre ele.

— Certo — concordou ela. — Eu o confrontei. Concordei em me encontrar com ele. Hoje, para ser exata. — Ela olhou seu relógio de pulso. — Perfeito. Stephanie, vem comigo conversar com ele? Fica ao meu lado para me dar apoio? Acho que devia ter pedido antes, mas...

Refleti a respeito daquilo um instante. Talvez fosse uma boa ideia ver o Sr. Prager novamente, dessa vez como amiga de Emily, para demonstrar que eu era a amiga leal de uma família decente e amorosa que estava enfrentando problemas. Eles não eram criminosos! Eu jamais faria amizade com pessoas capazes de cometer qualquer fraude. Insistiria que as coisas funcionariam a partir de agora, que tudo tinha uma explicação inocente e simples, que a investigação do Sr. Prager não toparia com irregularidade ou ilegalidade alguma.

— A que horas exatamente você vai se encontrar com ele? — perguntei para Emily.

Ela novamente olhou o relógio de pulso, apesar de ter acabado de fazer isso. Seu nervosismo era evidente.

— Daqui a meia hora.

— Onde?

— No estacionamento. Confie em mim. Vamos tomar mais um drinque.

— *No estacionamento?*

— Você *precisa* confiar em mim. Você confia em mim, Stephanie?

Eu não confiava sequer que conseguiria responder a qualquer coisa. Assenti.

Como havia meia hora até nos encontrarmos com o Sr. Prager, ficamos no bar montando estratégias. O que faríamos com Sean?

Emily tinha algumas ideias. Algumas me pareceram... bem, acho que vingativas, pode-se dizer. Outras, porém, pareceram razoáveis. Deixar o castigo ser adequado ao crime. Precisávamos tomar cuidado. Mas será que deveríamos excluir o elemento da surpresa, quando estávamos lidando com um mentiroso abusador como Sean?

Eu é que deveria ficar surpresa. O homem com quem eu morava e por quem eu me apaixonara — ou *quase* — era um monstro.

Agora todas as coisas complicadas e confusas que Sean fizera adquiriam explicações simples e claras. Ele me queria ao lado dele para ter uma testemunha, caso Emily aparecesse desejando contar a verdade. Nunca se pode conhecer alguém de verdade. As pessoas guardam segredos. Eu me permitira esquecer esse fato importantíssimo.

Confio em Emily. Acredito nela. Lamentei tudo pelo que tinha passado, mas sairíamos dessa. Nós e nossos lindos filhos sairíamos dessa e lhes daríamos uma vida maravilhosa sem remexer no passado. Juntas, seguiríamos em frente.

— Certo — disse ela. — Hora do show! Vamos lá encontrar nosso amigo, o Sr. Prager, e ter essa conversa delicada.

Emily pagou a conta em espécie e saímos. Estava úmido e frio, mas suportável. Ela colocou luvas e um chapéu de lã que cobria a metade superior do seu rosto. Enquanto atravessávamos o estacionamento, senti como se fôssemos duas personagens de desenho animado — super-heroínas, superamigas — que estavam indo atrás de justiça, de falar a verdade, de explicar o que acontecera a um homem que investigava minha amiga por um crime que ela não cometeu.

Reconheci o carro do outro lado do estacionamento, o carro que havia estacionado na frente da nossa casa. Senti-me estranha e tímida quando nos aproximamos dele, quase como se encenasse aquilo. Mas para quem?

O Sr. Prager estava sentado no banco do passageiro.

— Olhe — falei. — Ele está dormindo.

— Não está dormindo — disse Emily.

— Como assim? — perguntei.

— Ele está morto — afirmou ela. — Nosso amigo nunca mais vai acordar.

— Como você sabe? — questionei, sentindo uma ligeira náusea tomar conta de mim.

— Eu o matei — respondeu ela.

— Não. Isso não está acontecendo — falei.

Nada daquilo fazia sentido. Se Emily era inocente, como dissera no bar, por que matara aquele homem? Bastava *conversar* com ele. Explicar as coisas.

— Tecnicamente, *está* — discordou ela. — Isso é a realidade máxima.

— Por quê? — perguntei.

— Porque eu não podia me arriscar. Porque ele não acreditaria em mim. Tinha certeza de que não acreditaria em mim. Conversei com ele uma única vez, e soube. Porque não queria ir para a cadeia, não queria perder Nicky. O que aconteceria com ele se Sean e eu fôssemos presos, Stephanie? Acha que Nicky ficaria com você, se isso acontecesse?

Não pude olhar para Emily. Como ela podia saber que aquela ideia me passara pela cabeça?

— Essas razões são suficientes para você, Stephanie? Ou precisa de mais?

Eu não queria olhar, mas não pude evitar espiar para dentro daquele carro. Não havia sangue algum, nenhum indício de violência. Embora soubesse que o Sr. Prager estava morto, parecia mesmo como se estivesse dormindo.

— Como você fez isso?

— Em minha outra vida — respondeu ela —, eu era ótima com seringas hipodérmicas. Sempre sabia onde arrumar uma e o que colocar dentro dela. E, me orgulho em dizer, ainda sei. Nosso homem sofreu uma overdose. Quem imaginaria que o Sr. Gênio da Seguradora tinha um vício caro e desagradável, hein?

Havia uma nota inquietante na voz de Emily... quase como se ela se vangloriasse. Pensei em Miles, em Davis, na vida que eu amava. Estava colocando tudo isso em risco. Implicando-me em um crime. Um crime grave. Um assassinato.

Que escolhas eu tinha, porém? Ou voltava correndo para o hotel e entregava Emily, ou entrava no meu carro e voltava para casa. Ou esperava para ver o que aconteceria. Ou confiava nela, não importa o que acontecesse. Sabia que não estava conseguindo pensar direito, que mal conseguia pensar, na verdade. Não me encontrava em condições de tomar uma decisão tão importante quanto aquela, mas optei por acreditar na minha amiga, por levar as coisas uma de cada vez e ver o que aconteceria em seguida.

Emily caminhou e se pôs entre mim e o carro, bloqueando minha visão do falecido Sr. Prager. Achei atencioso da parte dela.

— É agora que realmente preciso da sua ajuda — disse ela. — Um pequeno favor, tá?

— Tá — respondi, num sussurro.

— Vamos dar uma voltinha. Você vai me seguir no seu carro, e eu vou levar o Sr. Prager no carro dele até um lugar escondido que descobri, uma estrada vicinal onde quase não passa nenhum carro. Não fica muito longe daqui. Quando me vir saindo da estrada e seguindo em direção a uma pequena cadeia de morros, pare. Estarei dirigindo bem rápido para parecer que o Sr. Prager perdeu o controle do carro e saiu da estrada. Pare bem em cima das marcas dos pneus do carro dele. Assim, caso alguém passe por ali, coisa que provavelmente não vai acontecer, não perceberá as marcas saindo da estrada e não pensará que aconteceu alguma coisa.

A respiração de Emily havia acelerado, e ela parecia corada, excitada. Se a visse de longe e não soubesse do que estava falando, pensaria: que mulher feliz!

— Vou parar em cima do morro. Do outro lado, há um penhasco íngreme. Um abismo, na verdade. A inclinação é quase reta. Não mora ninguém a quilômetros e quilômetros. Não existe a menor chance de algum estrago colateral, ninguém vai estar nos observando quando empurrarmos o carro do Sr. Prager para dentro do abismo. Na melhor das hipóteses, teremos uma explosão, fogo e tudo vai terminar incinerado, todas as pistas. Só vai haver evidências forenses o bastante para identificar o Sr. Prager. Na pior das hipóteses, o carro vai ficar ali até alguém o encontrar do outro lado. O que me faz lembrar de uma coisa... por favor, não me diga que você se esqueceu da escova de cabelo de Sean.

Retirei a escova da bolsa e a entreguei a Emily. Sentir e ver o cabelo de Sean me deu calafrios.

— Quase ia me esquecendo — disse Emily. — Que tipo de mente criminosa eu sou?

Ela puxou alguns fios de cabelo da escova e os espalhou pelo interior do carro.

— Na pior, pior mesmo das hipóteses, alguém encontra o carro. Checa as evidências. E adivinha só? Foi Sean! Motivo. Oportunidade. Cabelo.

— Não sei... — falei. — Preciso voltar para casa e apanhar os meninos na escola. — Que desculpa mais ridícula. Que fraca e otária eu parecia.

— Vai dar tempo — disse Emily. — Você vai se surpreender com quão pouco tempo tudo isso vai demorar. Quão pouco esforço e tempo são necessários.

Foi tão horrível que quase beirou a diversão. Uma vez ouvi alguém falar em um "segundo tipo de diversão" — algo tão terrível que chega a ser engraçado. Seguir o carro da minha amiga, que levava no banco do passageiro um homem morto, não parecia real. Parecia um filme de terror que tinham me levado a acreditar que era a vida real.

Por sorte a estrada estava vazia. Mas, seja como for, ninguém que passasse por nós perceberia qualquer coisa suspeita. Emily provavelmente deitou o Sr. Prager de lado, de modo que, se alguém passasse, pensaria que estava sozinha no carro. Ah, que bom seria se estivesse mesmo! Se tudo o que aconteceu pudesse não passar de um pesadelo.

Eu não parava de olhar as horas. Minha realidade era saber quando precisava buscar as crianças na escola. Mesmo assim, era confuso. Como é possível que a mãe responsável, que nunca chegara um minuto atrasada para pegar o filho, fosse a mesma mulher que ajudava a amiga a encobrir um assassinato?

De repente, Emily saiu da estrada e seguiu aos solavancos morro acima. Parei o carro na beira da estrada. Enquanto subia o morro, vi Emily saltar do carro do Sr. Prager.

Aquela era a pior coisa que já fizera na vida. De longe. Em retrospecto, meu caso com Chris, ter um filho com ele, enganar Davis a fim de que pensasse que Miles era seu e dormir com o marido da minha melhor amiga falecida não era nada em comparação com aquilo. Era brincadeira de criança. E o mais estranho é que era liberador. Como se eu fosse absolvida de todas as coisas ruins que já havia feito ao fazer outra muito pior. E ao lado de outra pessoa — minha amiga! Eu não estava sozinha, não, senhor!

O morro se tornou mais íngreme. Como Emily conseguira dirigir o carro velho do Sr. Prager até ali em cima, sem atolar? Teria praticado em algum lugar? Pura determinação, imaginei. Eu estava ofegando de leve, absorvendo oxigênio. O vento soprava meus cabelos. Eu tinha uma sensação tão forte de empolgação, de aventura. De felicidade.

Nunca me sentira tão viva.

Emily acenava para mim:

— Depressa! — disse ela. Quando atingi o topo, Emily me abraçou.

— Thelma e Louise — falou.

Antes eu ficava no ar com as referências cinematográficas de Emily, apesar de sempre fingir que as entendia. Agora, porém, entendi totalmente a menção. *Thelma e Louise* era um dos meus filmes mais adorados de todos os tempos.

— É a gente! — falei. — Lá vamos nós. Mulheres poderosas. Mulheres terríveis em fuga.

Emily enfiou a mão no carro e o colocou em ponto morto.

— Assim. — Ela colocou uma mão embaixo do para-choque e outra espalmada sobre o bagageiro. Eu a imitei.

— Um, dois, três — contou ela, e empurramos. — Mais uma vez!

— Um, dois, três — falei. Para ter noção do quanto estava em êxtase, fiquei impressionada de conseguir contar até três.

— Concentração — disse Emily. — Empurra com o corpo.

Grunhindo e suando, eu e Emily empurramos. Tentei não pensar no quanto aquilo parecia um parto, porque existia uma sensação parecida de... leveza, uma descarga familiar de alegria pura quando a coisa finalmente acontece.

O carro caiu no abismo. Capotou, rolou, capotou de novo, depois explodiu em chamas. Nós batemos palmas e pulamos, como crianças.

— Bingo! — exclamou Emily. — Tivemos sorte.

— Sorte não tem nada a ver com isso — retruquei. — Isso aí foi o poder das mães em ação.

Emily e eu nos abraçamos de puro êxtase.

— Olha só para a gente — disse ela. Nossas luvas e botas estavam molhadas e pegajosas de lama seca. Emily tirou as luvas e as atirou no banco de trás do meu carro, e fiz o mesmo.

A explosão e o incêndio eram demais; como assistir a fogos de artifício quando se é pequeno. Ficamos na beira do penhasco olhando. Tentei não pensar no Sr. Prager se consumindo em chamas.

Levei Emily no meu carro até o dela, e nos despedimos com um abraço no estacionamento.

— Logo nos veremos de novo — disse ela. — Desculpe pelo desentendimento que tivemos. Nunca mais vai acontecer de novo. Prometo.

— Por que eu deveria confiar em você dessa vez? — perguntei, sorrindo, para ela saber que era brincadeira.

Emily não sorriu.

— Porque estamos juntas nessa — respondeu ela.

37

BLOG DA STEPHANIE
PODEMOS VENCER ESSA PARADA

Olá, mães!

Em geral, a não ser em casos de emergência, tento manter o tom do blog o mais ensolarado e animado possível. Nós, mães, já temos que lidar com estresse suficiente, e não precisamos que nos lembrem de coisas que preferiríamos não lembrar. Porém, ando pensando em um problema que precisa ser enfrentado, porque afeta muitas e muitas mães — muitas mulheres — em todas as partes. É uma dessas coisas que deve sair das sombras e ser encarada, sem segredo ou vergonha.

O problema da violência doméstica. Todos os dias, as estatísticas aumentam — a porcentagem de mulheres abusadas por seus maridos e namorados, as chances de que qualquer uma de nós acabe virando vítima quando aquele homem que até então nos parecia legal subitamente se revela um monstro. Quando a pessoa em quem pensamos poder confiar de repente se revela o nosso inimigo.

As vezes, a coisa vem como um choque. Às vezes, fazendo uma re-
·trospectiva, nós nos damos conta dos sinais que escolhemos ignorar.
Relendo posts antigos deste blog, espanta-me o fato de ter me atraído
tanto por aquele filme francês sobre uma esposa, uma amante... e um
marido violento.

Às vezes, enganamos a nós mesmas, querendo acreditar que um homem
que abusava da ex-mulher ou ex-namorada será um anjo conosco. Mães!
Não se enganem! Se um homem faz algo uma vez, fará novamente. E nem
sempre é fácil identificar o abusador. Nem sempre ele é o cara tatuado de
jaqueta de motociclista. Pode muito bem ser o cara com corte de cabelo
caro e terno elegante, ou seja: pode ser qualquer homem.

Às vezes, a coisa começa cedo, mas o mais comum é que demore algum
tempo — até estarmos tão envolvidas que não conseguimos mais nos
lembrar de como era a vida sem ele. Ou até termos filhos. E acreditamos
que ele jamais fará aquilo de novo, que se arrependeu, que nos ama...
Vocês conhecem a história.

Alguns homens batem e deixam marcas, olhos roxos e narizes quebra-
dos que levam mulheres aos pronto-atendimentos e, de lá, às salas das
assistentes sociais e aos abrigos de proteção. Porém, os verdadeiros
demônios são os que escondem os sinais, os que praticam constantes
abusos psicológicos até a mulher se ver destruída.

Isso pode ocorrer com qualquer uma. Com uma colega de trabalho, com
a sua melhor amiga. Sem que você tenha a mínima ideia. Às vezes, o
segredo aparece tarde demais, às vezes ainda em tempo. A mulher — a
mãe — pode tentar escapar e se colocar em uma situação extrema antes
de conseguir ajuda.

O que fazer? Falem. Deixem os legisladores saberem que as mulheres precisam da proteção da lei. Trabalhem como voluntárias em abrigos. Criem
seus filhos para se tornarem homens incapazes de tratar mal uma mulher.

E se isso estiver acontecendo com uma amiga sua?

Ajude no que ela precisar. Da maneira que você puder.

Certo, mães. Chega de assuntos pesados. Vou começar uma corrente aqui para que vocês compartilhem suas próprias histórias de abuso e violência e me digam o que pensam sobre o assunto.

Com amor,
Stephanie

38

EMILY

Eu devia querer ver os dois mortos. Não sei por que minha raiva se voltou sobre Sean e não sobre Stephanie. Talvez porque, mais uma vez, a maleabilidade ingênua e boboca de Stephanie permitiu que ela me ajudasse a conseguir o que quero enquanto Sean era um obstáculo bloqueando meu caminho.

Para começo de conversa, eu queria me vingar de Sean. E por que estava disposta a tramar contra ele com minha suposta amiga, com quem ele estava dormindo? Porque sabia que daria certo.

E também porque queria meu anel de volta. Não porque o roubara da mãe de Sean nem por ter alguma relação sentimental com o anel, mas porque foi a última coisa que tocou o corpo da minha irmã.

Enquanto confrontava o cara da seguradora e marcava um encontro com ele, sabia exatamente como encaixaria Stephanie nos meus planos. Ela me devia aquilo, por ter trepado com meu marido. E também porque... porque nasceu para ser o peixe.

Acho que me senti um pouco culpada, sim, por ter inventado aquela história de violência doméstica. A mentira em si não me incomodava, mas estava fingindo que meu marido era violento, um problema real para muitas mulheres, e me senti mal por fazer isso só para conseguir o resultado que queria.

Porém eu estava obcecada. Não conseguiria descansar até fazer Sean pagar por me trair e arruinar nossos planos para o futuro. Por *me obrigar* a matar minha irmã.

Deixei Evelyn morrer porque eu e Sean lucraríamos com a morte dela, mas agora não existia mais "eu e Sean". Nunca havia existido. Ele sempre esteve sozinho — inclusive no instante em que deixei Evelyn ir. Existiram eu e minha irmã, e agora existia eu e meu filho.

Estava fazendo aquilo por mim e Nicky. Queria criá-lo sozinha — sem a "ajuda" e o "suporte" de um homem que eu não amava e em quem não podia confiar.

Fazer Sean desistir de Nicky seria difícil, mas eu daria um jeito. E Stephanie me ajudaria. Bastaria apenas mencionar as palavras "abuso" e "violência" que ela largaria Sean no mesmo segundo e perdoaria a sua melhor amiga há tanto tempo desaparecida por seja lá o que ela imaginava que eu lhe tivesse feito. Bastaria fazê-la pensar que estávamos tramando aquilo juntas, quando na verdade eu já havia planejado tudo muito antes da nossa lacrimosa reuniãozinha no bar.

Alterei alguns detalhes para a história ganhar mais credibilidade. Contei que Sean se viu sob pressão por estar mal no trabalho, quando, na verdade, estava muito bem, quase voltando a trabalhar a pleno vapor depois de ficar em home office por algum tempo após meu desaparecimento. Eu era treinada em controlar informações e mudar detalhes. Torcer a verdade era o que fazia para ganhar a vida.

E, ah, pobre Sr. Prager. Era um efeito colateral prejudicial. Lugar errado, hora errada, profissão errada. Fazia perguntas demais — e do tipo errado. Silenciá-lo e fazer Stephanie me ajudar a me livrar do corpo mataria dois coelhos com uma cajadada só. Resolveria meu problema com Prager e restabeleceria a lealdade de Stephanie de forma definitiva.

Não existe laço mais forte do que aquele criado entre parceiros de um crime. Thelma e Louise. Hilário. Stephanie morreria por mim caso necessário. Felizmente para ela, eu não achava que isso fosse preciso.

Minha segunda atitude foi telefonar para Dennis Nylon. Consegui ir driblando a cadeia alimentar para chegar ao topo — fui até Adelaide, a vaca da assistente pessoal dele.

— Como conseguiu este número? Emily Nelson morreu, esta é uma brincadeira de mau gosto. Seja lá quem for, sabe muito bem que Emily morreu! O que está fazendo é nojento — disse ela.

Eu lhe pedi que se acalmasse e revelei vários fatos sobre as diversas crises de Dennis e suas estadias nas clínicas de reabilitação que somente eu — Emily — poderia saber. Praticamente ouvi o queixo de Adelaide cair.

— Corta essa papagaiada, Adelaide. Sou eu. Emily. Não morri. Me passa com o Dennis — falei.

— Eu sabia que você não estava morta. Minha vidente me contou que não estava conseguindo entrar em contato com você do outro lado, e que, portanto, você devia continuar aqui — afirmou Dennis.

— Nossa, você deve ter uma vidente bastante segura de si — comentei.

— A melhor que o dinheiro pode comprar — declarou Dennis.

— Preciso te ver — falei.

— No happy hour — disse ele. — Estarei esperando.

Encontrei-o deitado no sofá em uma das extremidades do seu loft/ atelier cavernoso. Ele pousou um livro sobre as miniaturas de Mughal, levantou-se e me deu um beijo em cada face.

Adelaide entrou com uma bandeja e dois copos de martíni cheios do coquetel preferido de Dennis, mescal com suco de manga. As bordas dos copos estavam salpicadas de pimenta chili em pó. Eram infinitamente melhores do que os que eu preparava para mim no Hospitality Suites.

— Saúde — falei. — Isto aqui está delicioso.

— O mesmo para você — disse Dennis, erguendo o copo.

— É bom estar de volta — afirmei.

Dennis secou o copo em três goles. Como Adelaide sabia a hora de reaparecer com outro coquetel e levar embora o copo vazio?

— Eu sabia que você teria que fazer alguma coisa heroica para sair daquele casamento, mas não fazia ideia de que seria obrigada a fingir a própria morte. Todo mundo aqui ficou arrasado, menos eu. Eu sabia que era um jogo, assim como sabia que o casamento feliz também era uma fraude.

— Como sabia? — perguntei. — Eu não sabia.

— Não quero parecer cínico, mas a maioria dos casamentos é. E, no seu caso... o mundo inteiro sabia. Ah, falando nisso, alguns dos caras mais jovens que trabalham aqui me disseram que você estava tendo um caso, ou estava envolvida com drogas ou algo do tipo, e que tinha pedido ajuda para conseguir uma carteira de identidade falsa. Não entendi por que não me procurou. Eu poderia ter arrumado as melhores credenciais falsas para você. Olha, vamos combinar, o maridinho inglês era uma graça, mas não tinha nem o cérebro nem a disposição para acompanhar você, para nadar como um tubarão que nem você, minha querida. Todo mundo sabia que logo, logo você ficaria de saco cheio. E teria abandonado essa história anos atrás se não fosse pelo seu lindo filhinho, que agora vai se tornar uma criança muito mais interessante, fruto de um lar despedaçado.

Senti uma pontada de saudade de Nicky.

— Preciso de um favor — pedi.

— Se quer seu antigo emprego de volta, é seu — disse Dennis. — Ainda não contratamos ninguém em definitivo. A vida na zona de guerra não tem sido mais a mesma sem você.

— Sério, seria sensacional, mas preciso... lidar com uma certa burocracia antes. Preciso cuidar de algumas coisas. Ainda não estou cem por cento certa, mas talvez precise conversar com um advogado. Sei que temos uns bons terceirizados.

— Um advogado para cuidar da separação? Civil? — perguntou Dennis.

— Não sei — respondi. — De assuntos domésticos.

— Conheço um ótimo — disse Dennis. — Quando aquele *stripper* maluco estava me processando, esse advogado fez o cara sumir do mapa. Considere-o à sua disposição. E a vidente também, se precisar.

— Obrigada — falei. — Eu te aviso. Agora preciso de alguma coisa fabulosa para vestir.

39

STEPHANIE

Ainda não sei como aconteceu, mas Emily deixou claro que *jamais* devíamos conversar sobre a morte do investigador da seguradora. Nosso voto de silêncio — ou, melhor dizendo, a ordem de silêncio de Emily — começou imediatamente depois de empurrarmos o carro dele no abismo.

Eu a levei até seu carro e Emily me disse para segui-la por algum tempo. Continuamos rumando pela estradinha vicinal até minha amiga parar na frente de um restaurante familiar e eu virar para o estacionamento.

Escolhemos uma mesa junto à janela, longe dos outros clientes. Emily pediu café e queijo quente. Para mim, parecia bom. Perfeito, na verdade. Pedi o mesmo. Não devia estar com fome depois de todas aquelas cascas de batata que comi, mas estava.

Pensava em como dizer o que queria e precisava quando Emily falou:

— Isso nunca aconteceu.

— O quê? Acho que não ouvi direito.

— O que acabou de acontecer jamais aconteceu. O Sr. Prager... o carro... nada disso aconteceu.

Pensei no assunto.

— Certo. — Com certeza aquilo resolvia um monte de problemas. — Mas alguém vai acabar descobrindo. Haverá consequências — falei.

— *Consequências.* — Emily revirou os olhos de um jeito que fazia essa palavra parecer a mais idiota e ofensiva da língua inglesa. Caímos em silêncio quando a garçonete nos trouxe a comida, e comemos em silêncio.

Ela parecia muito confiante, mas eu tinha certeza de que alguém nos rastrearia. Havia ajudado uma amiga e me tornara uma criminosa, uma fora da lei. Imaginei o pôster de Procurada com meu rosto estampado nele. A fita que Emily gravara perto do brinquedo do submarino não era nada comparada com o que tinha me aprontado desta vez.

E nem podíamos falar sobre o assunto.

— Não aconteceu — disse Emily. Terminamos a refeição, levantamos e saímos do restaurante.

Depois de uma semana e depois mais outra sem nada acontecer — nenhuma consequência —, eu estava quase disposta a acreditar que ela tinha razão.

Nada acontecera. Não houve consequências. Talvez tudo não tivesse passado de um pesadelo. Algo que eu imaginara.

Porém agora, quando busco Miles na escola, quando leio para meu filho na hora de dormir, não sou mais a mesma pessoa. Eu era mãe, blogueira e ajudante em um assassinato.

40

SEAN

O primeiro sinal alarmante foi ver dois carros estacionados em frente à minha casa. Um deles era de Stephanie. Isso em si já era estranho, pois fazia uma semana que ela se mudara daqui. E muito embora nós ainda, por assim dizer, compartilhássemos a guarda dos meninos, levando-os de uma casa para a outra, e ela ainda os buscasse na escola, eu quase não a via.

Nosso relacionamento, se é que se podia chamar assim, nasceu condenado desde o início. Não tinha como ter sobrevivido à visita de Prager. A possibilidade — o fato — de Emily estar viva o tornava impossível. Fiquei furioso com Stephanie por não me contar que minha esposa tinha uma irmã. E ela ficou furiosa comigo porque... eu não quis calcular todas as coisas com as quais Stephanie tinha todo o direito de estar furiosa.

Bem, não me sentia assim tão arrependido. Não me importava de não ter mais Stephanie aqui forçando suas refeições nutritivas por minha goela e pela de Nicky. Era bom sermos só eu e ele de novo, pai e filho comendo pizza. Era bom estar em casa, onde só tínhamos que lidar um com o outro — e a gente se dava bem.

Retomei contato com Alison, a fim de ter alguém para segurar as pontas quando eu precisava trabalhar no escritório e não queria que Nicky ficasse com Miles.

Portanto, o fato do carro de Stephanie se encontrar em frente à minha casa agora era meio estranho. Fiquei inquieto. Bom, talvez ela tivesse vindo pegar alguma coisa que esquecera. Mas de quem seria o outro carro? Teria Stephanie e sei lá quem chegado juntos? Outro investigador da seguradora? Não recebera mais notícias de Prager desde aquela primeira visita, o que também não me agradava. Não ter notícias não significa necessariamente uma boa notícia.

O outro carro era um Buick antigo marrom com placa de Michigan. Eu não conhecia ninguém em Michigan, exceto talvez a mãe de Emily, e não poderia dizer que a conhecia. Nunca a tinha visto.

Talvez fosse Emily.

Tivera um dia ruim no trabalho. Foi difícil me concentrar. Era compreensível; muita coisa estava acontecendo na minha vida.

Carrington, o vice-presidente do departamento imobiliário internacional, responsável por me trazer para a empresa e em quem eu sentia que podia confiar, talvez por nós dois sermos britânicos, já me dera várias indiretas de que havia problemas iminentes. A mais ampla delas foi durante um almoço no Oyster Bar. Tomamos três uísques cada e um creme de ostras. Ele disse que torcia para eu não estar descendo ladeira abaixo e para que em breve conseguisse voltar à forma. Eu andava dando duro ultimamente e, segundo pensava, estava mandando bem, mas, no mesmo dia que cheguei em casa e encontrei os carros parados ali em frente, vira um projeto meu ser repassado a um menino de Utah que acabara de ser contratado pela empresa.

Até onde eu sabia, Nicky dormiria na casa de Stephanie. Eu havia comprado uma garrafa de um bom uísque, com a qual pretendia me aninhar em frente à televisão de tela plana para assistir a *Inspector Morse* em *streaming*.

Destranquei a porta da frente.

— Olá? — falei. Algum anjo da guarda ou instinto protetor me impediram, me salvaram, de chamar algum nome.

Entrei na sala. Stephanie e Emily se encontravam sentadas lado a lado no sofá. Falei a mim mesmo: foco, Sean, foco.

— Achamos que seria divertido — disse Emily. — Não acha divertido?

— O que está acontecendo? — perguntei. — Por que estão aqui?

— Pergunte a Stephanie — falou Emily. — Ela é que está morando aqui.

Olhei para Stephanie. Pensei: Conte a ela que você se mudou. Conte que não estamos mais juntos. Como se isso pudesse melhorar a situação. Como se fizesse alguma mínima diferença. Com certeza, Emily já sabia.

— Onde estão os meninos? — perguntei.

— Lá em cima, brincando no quarto de Nicky — respondeu Stephanie. — Deixe os dois em paz.

Quem era Stephanie para me dizer que deixasse meu filho em paz? Olhei para Emily em busca de apoio. Não parecia típico dela ficar ali sentada e deixar que outra mulher me dissesse o que eu deveria fazer em relação a Nicky. Isso me preocupava. Ainda mais porque não era outra mulher qualquer: Stephanie era o peixe que encontramos para nos ajudar no plano maluco.

Emily me lançou um olhar gélido. Por que eu havia perguntado onde estava Nicky? A nuvem escura de ódio e desprezo que pairava sobre ela deslizou por cima de Stephanie e veio parar acima da minha cabeça.

— É nojento — disse Stephanie.

— O que é nojento? — perguntei.

— Você ter abusado da sua esposa maravilhosa.

— *O quê*? Nunca "abusei" dela. — Não consegui deixar de fazer aspas com os dedos ao pronunciar aquela palavra, mesmo sabendo que não era uma boa ideia. — Você sabe disso tão bem quanto eu.

— Eu vi — retrucou Stephanie. — Você deu um tapa nela na minha frente.

— É mentira — Foi tudo o que consegui dizer. Eram duas contra um. Ele disse, ela disse... e ela disse.

— E o que fez com a minha irmã, hein? — provocou-me Emily. — Como posso te perdoar por isso?

— Nunca sequer *conheci* sua irmã — falei. — Como diabos você ficou seis anos casada comigo e nunca me contou que tinha uma irmã gêmea?

Emily se virou para Stephanie.

— Você não odeia o jeito como os britânicos xingam? — Em seguida, virou-se de novo para mim. Seus olhos, que sempre achei tão lindos, que um dia me olharam com o que imaginei ser amor, tinham se transformado em dois discos brilhantes de gelo. — Você sabia dela o tempo todo. Vocês dois se viram um monte de vezes. Fingir que não a conhecia é só mais uma encenação sua. Mais uma mentira. Estou falando de como você a tratou da última vez em que estivemos juntos no chalé à beira do lago. Quando ela apareceu de surpresa no fim de semana em que a gente foi comemorar seu aniversário e você ficou irritadíssimo. Você a importunou, provocou, disse que ela não merecia viver, que não tinha motivo algum para continuar vivendo, que o mundo seria muito melhor se ela morresse. Até que finalmente ela acreditou em você. Levou meses, pode ser; mas deu certo. Quando voltei para lá sem você a fim de encontrá-la, de madrugada, quando estava dormindo, ela tomou um monte de remédios, bebeu toda a birita que tinha em casa e entrou no lago.

— Nunca estive lá com a sua irmã — falei. — Você sabe muito bem disso, Em.

— Não me chame de Em! — vociferou minha esposa. — Já *falei* para você nunca me chamar assim. Era como *ela* me chamava, mas agora, por sua causa, ela está morta.

— Não reconheço a pessoa que, pelo visto, você acha que eu sou. O monstro que você está inventando, sua... sua...

— Sua vaca maluca — disse Emily.

— Sua vaca maluca — repeti. — As palavras são suas.

Stephanie sufocou um murmúrio de espanto.

— Vacas malucas — falou ela. — Você ouviu o que ele disse? Somos nós. Vacas malucas.

Emily e eu nos viramos a fim de olhar para Stephanie, os dois pensando: *Cala essa boca*. Pelo menos aquilo. Senti como se olhasse nós três de muito longe, do alto. Como eu parecia pequeno e patético, fantasiando sobre perdão, procurando desesperadamente sinais de que Emily ainda estivesse ao meu lado (nós dois queríamos que Stephanie calasse a boca!), quando a horrível verdade é que Emily fazia acusações que poderiam me colocar na cadeia.

— Diga isso ao legista — falou Emily. — Pergunte se é possível rastrear a hora da morte com esse nível de precisão. Pergunte se é possível dizer com toda a certeza que você não estava no chalé no momento em que Evelyn se matou.

Eu sabia que o que ela estava dizendo não fazia o menor sentido, que não era lógico, que eu poderia provar minha inocência — mas não conseguia pensar.

— Isso é mentira. Tudo mentira.

— O mentiroso aqui é você — acusou-me Emily. — E não quero que nosso filho cresça e vire um mentiroso como você. Você disse que a gente estava junto nessa, mas obviamente isso não era verdade.

— Sean, seu médico bem que avisou que esse remédio para dormir poderia te deixar psicótico — disse Stephanie. — Você pode ter feito coisas e não se lembrar. Pode ter feito uma viagem e não se lembrar. Pode ter importunado uma pessoa, para que ela se matasse, e não ter a menor ideia do que fez...

Emily olhou para Stephanie como uma professora encara uma aluna burra que inesperadamente fala algo inteligente. Stephanie devia ter pensado sozinha nessa parte do remédio para dormir. Se fosse preciso, eu poderia provar que o médico só me receitou o remédio muito depois do desaparecimento de Emily — mas será que eu realmente teria que provar isso?

— Quero o Nicky — disse Emily. — Agora. Preciso deixar mais claro?

Encolhi de nojo ao ver Stephanie sorrir para minha corajosa esposa.

Emily explicou por que voltara, com uma voz muito calma e fria. Estava decidida a levar Nicky embora. Stephanie iria ajudá-la. As duas estavam determinadas. A história de Emily se sustentaria. Ela tinha uma testemunha. Eu lhe dera um tapa. Incentivara sua irmã a se matar. Obrigara Emily a sumir do mapa e fingir que estava morta. Planejara dar um golpe no seguro e forçara minha esposa aterrorizada, vítima de violência doméstica, a participar do meu plano.

Ter duas mulheres conspirando contra si era uma clássica fantasia de terror masculino, mas nunca me vi como o tipo de homem que fantasiaria isso. Gosto das mulheres. Nunca tive medo delas — até este momento. Seja como for, aquilo não era fantasia alguma, era realidade. Aquelas mulheres fariam qualquer coisa para me separar do meu filho. Mentiriam. Perjurariam. Sabe Deus o que mais.

— Só estou falando a verdade — disse Stephanie. — Sobre o que vi você fazer. — E então, para o meu horror, entendi: ela *acreditava* mesmo no que dizia. Não fazia ideia de como se convencera daquilo. Eu errei, desde o início, ao colocar nosso destino nas mãos de uma mulher que não tinha racionalidade alguma, só emoções.

— Vocês não vão conseguir se safar dessa — falei. — Vou arrumar um advogado. A seguradora já está realizando uma investigação, e desta vez vou dizer a verdade, não importam as consequências...

Estava blefando, mas e daí? Meio que desejava que o Sr. Prager apertasse a campainha agora. Veria nós três juntos; sentiria o clima e entenderia tudo. Entenderia a verdade. Resolveria a situação de uma vez por todas. Ele era esperto demais para Stephanie e minha mulher o enganarem. Seria ótimo ter outro homem presente aqui. Ver todos na mesma sala abriria o mundo para as suas investigações!

— Faça isso — disse Emily. — Arrume um advogado. O departamento jurídico da Dennis Nylon já está ao meu lado. Vou contar às autoridades que você ameaçou tirar Nicky de mim se eu não concordasse com sua ideia de dar um golpe no seguro. E que concordei por puro medo. Ou... há outra versão possível, também. Eu precisava dar um tempo da família, mas você entrou em pânico e chamou a polícia. Um grande mal-entendido. Foi mal! O fato de você ter acionado o seguro configurou apenas uma simples coincidência. Não ocorreu de propósito, não há culpa. E nem pagamento. Eu aceitaria de bom grado seguir com a segunda versão se você for embora e deixar Nicky comigo.

Eu não podia fazer isso. Não podia abrir mão do meu filho e deixar que ele fosse criado por minha mulher — minha mulher maluca. Precisava haver outro jeito.

— Estou só tentando entender. Olhe, será que a gente não poderia simplesmente respirar fundo, ir com calma e... — comecei.

As duas mulheres se entreolharam.

— A gente sabe o que você fez com Emily. E Emily sabe como quer conduzir as coisas de agora em diante — afirmou Stephanie.

— Ora, *por favor* — disse Emily, impaciente. — Todo mundo sabe de tudo. A questão não é essa.

Estava com medo de deixar a coisa daquele jeito, de ir embora naquela situação. Mas precisava de um ar. Somente então percebi que nem havia tirado o casaco.

— Vou sair um pouco — avisei. — Não consigo ficar ouvindo esse papo. Mas primeiro quero ver Nicky.

Passei por elas e fui até o quarto do meu filho. Ele e Miles estavam construindo uma garagem de estacionamento com Legos.

— Oi, meninos — falei. — Que demais isso aí.

Eles nem me olharam.

— Oi, pai — disse Nicky.

— Oi — falou Miles.

Beijei o topo da cabeça suave do meu filho, e a tristeza me inundou.

— Mamãe chegou — contou-me Nicky, com a maior naturalidade, como se ela nunca tivesse ido embora.

— Eu sei — falei. — Não é ótimo?

— E a *minha* mãe, ainda está aí? — perguntou Miles, parecendo preocupado. Será que achava que seria a vez da *sua* mãe desaparecer?

Eu adoraria que Stephanie *desaparecesse*, apesar de não querer que Miles enfrentasse uma situação dessas.

— Sua mãe está na sala com a mãe de Nicky — falei.

Minha casa não parecia mais minha casa. Fora invadida e destruída por minha esposa e sua amiga. Eu não poderia obrigá-las a sair sem recorrer ao tipo de violência de que me acusavam. Precisava ir embora. Fui ao meu quarto e apanhei um terno, uma muda de roupa, alguns itens de viagem, meu remédio para dormir e meu notebook.

Eu me despedi da minha esposa e de Stephanie, mas elas não responderam. Não pareciam me ouvir. Tinham se servido de uma taça de vinho branco e estavam esticadas em lados opostos do sofá.

Fui até a estação e peguei o primeiro trem de volta para a cidade. Fiz check-in no Carlyle. Era muito mais caro do que poderia bancar, mas disse a mim mesmo que *é para momentos assim* que existe o dinheiro.

Liguei para o escritório informando que estava doente e passei o dia na cama. À noite, desci até o magnífico bar do Carlyle, com os murais de Ludwig Bemelmans. Sempre achei este um dos lugares mais estilosos e sofisticados de Nova York.

Eu precisava de estilo; precisava de sofisticação e serviço. Minha vida se tornara sombria, solitária e difícil. Não queria pensar no quanto era mais feliz quando acreditava que Emily havia morrido.

Pedi um martíni civilizado (gelado, com azeitonas extras) a um garçom civilizado e, quando a bebida chegou, perfeitamente gelada, olhei ao redor. Depois do segundo martíni, imaginei que as coisas entre mim e Emily — e agora, creio, Stephanie também estava no bolo — poderiam ser resolvidas de modo amigável e civilizado.

Voltei para meu quarto, tomei dois comprimidos para dormir — o dobro da dose recomendada — e desabei num sono sem sonhos.

Na manhã seguinte, tomei uma chuveirada no banheiro luxuoso e usei todos os produtos caros que encontrei ali. Saí cheirando como um buquê de flores. Pedi café no serviço de quarto, dei uma bela gorjeta ao garçom e me vesti.

No trabalho, fui direto até a sala de Carrington.

Sentia medo dessa conversa. Perguntaria se Carrington conhecia um advogado que talvez pudesse (eu precisaria ser circunspecto quanto a isso) pegar meu caso, se preciso fosse, ao custo das taxas da empresa.

O que diria ao advogado? Mais uma vez, não conseguia pensar direito. Ao que parece, minha esposa dera um nó no meu cérebro.

Carrington inclinou a cadeira para trás e veio rolando até mim, afastando-se de sua mesa.

— Bom Deus, Sean! — disse ele. — Será que você é a única pessoa no planeta que ainda não viu isto?

Ele girou o monitor. Para ler a tela, precisei me inclinar ou me agachar na frente da mesa dele. Foi extremamente esquisito.

Era uma página do Facebook. A foto do perfil era da esposa de Carrington no jardim deles, com uma braçada de ruibarbos. Aquela era a página de Lucy Carrington.

Uma das chamadas dizia:

Mãe Blogueira Resolve Mistério
Veja o que esta mãe tem a dizer sobre o desaparecimento da sua amiga.

Carrington me entregou o mouse.

— Clica aí. Espere; senta aqui, na minha cadeira. Não preciso estar presente enquanto você lê.

— Você pode simplesmente enviar o link para mim — falei.

— Não sei como fazer isso.

E saiu da sala. Segui os links que levavam até o blog de Stephanie.

40

BLOG DA STEPHANIE
MISTÉRIO SOLUCIONADO!

Olá, mães!

Antes de mais nada, espero que estejam sentadas. Confortavelmente. Diante das suas mesas de trabalho ou da cozinha. Para quem precisa refrescar a memória, vou colocar neste post links de posts a respeito da minha amizade com Emily e do seu desaparecimento e morte. Ou o que *pensávamos* ser sua morte. Mas estou me adiantando na história. Quando terminarem de ler tudo, entenderão.

O último capítulo explode todo o resto pelos ares.

Estão prontas para uma grande notícia, mães? Uma notícia chocante?

Emily está viva!

Vou saltar alguns passos. Deixarei de lado minha leve desconfiança de que Emily não havia de fato morrido. Vamos chamar isso de intuição de mãe. Aquele sexto sentido materno que, mais uma vez, prova ser certeiro.

Quando escrevi o post sobre a vida depois da morte, aquele que tantas de vocês compartilharam, na verdade foi para tentar entrar em contato com Emily caso ela *estivesse* viva em algum lugar e pudesse, de alguma maneira, lê-lo. Queria que minha amiga soubesse que eu não havia parado de pensar nela, nem de rezar por ela.

No post sobre uma amiga pedir ajuda e sobre quando saber se essa ajuda de fato é uma necessidade real ou não, eu me referia a Emily. (link)

Vou dizer as coisas do modo mais direto possível: *o marido dela era violento*.

Emily estava com tanto medo dele que fingiu o próprio desaparecimento e morte. Não, pior ainda. Ele inventou um esquema fraudulento para faturar milhões de uma seguradora depois que ela desaparecesse e, supostamente, morresse. É o tipo de coisa que se vê na televisão, mas pelo visto acontece mesmo na vida real.

Na verdade, quem morreu foi a irmã gêmea de Emily. A irmã dela recorreu a essa medida desesperada depois de ter sido incitada (para ser justa, parcialmente incitada) pelo seu cunhado cruel, incompreensivo e violento.

Sean Townsend.

Se parece surpreendente o fato do cara bacana e pai responsável que tanto elogiei neste blog na verdade se revelar uma pessoa terrível, a única coisa que tenho a dizer é que essas coisas acontecem. O alvo dos oportunistas e *serial killers* são as mulheres carinhosas. Não estou sugerindo que o marido da minha amiga seja um assassino. Pelo menos não literalmente, quero dizer.

Sean é uma pessoa terrível. Não sei nada sobre leis de seguro, mas, segundo Emily, um tal de Sr. Isaac Prager estava liderando uma investigação para a seguradora. Ele conseguiu localizar Emily e entrou em contato com ela. Ofereceu-lhe um acordo e concordou que, se lhe contasse a verdade, ela não seria implicada no caso. E, claro, Emily então falou sobre Sean. A última coisa que ela ouviu falar do tal Sr. Prager é que ele marcara um encontro com Sean a mais ou menos 50 km da nossa cidade.

Emily e eu somos amigas mais uma vez. Ela foi corajosa o bastante para pedir ajuda, e eu fui uma amiga boa o bastante para estar ao lado dela. Novamente, somos mães unidas pela mesma causa difícil. Então, um brinde às mães e às boas amizades.

Com amor,
Stephanie

42

—

SEAN

Carrington esperou do lado de fora da sala, em frente à porta, assim como um médico espera você tirar a roupa antes de entrar na sala de exame.

— Péssimo — disse ele, quando entrou de novo. — Mulheres! Você tem minha solidariedade, meu caro. — Independentemente de ele acreditar ou não na minha inocência, senti-me grato por estar sendo educado. Civilizado. Uma coisa acabara de me ocorrer: como eu havia tomado comprimidos demais na noite passada, talvez dali a algumas horas descobrisse que nada daquilo acontecera. O problema é que sabia que não tinha tomado *tantos* assim. Isso era real.

— É tudo mentira, eu juro — falei. — Isso aí não é *cyberbullying*? Chantagem? Quais são as leis de difamação neste país? Nada disso é verdade.

Contei-lhe a minha versão dos fatos. Fiz um desvio trivial da verdade: fingi não saber que minha esposa planejava dar um golpe no seguro de vida, porque isso tornava a história toda menos constrangedora. Menos complicada. Argumentei que não tinha visto relação alguma entre a apólice que contratara e o desaparecimento subsequente de Emily até os detetives observarem isso. Ela sempre fora do tipo que adora uma adrenalina, sempre precisando bancar a *bad girl*. Falei que essa característica não era do tipo que cai bem depois que se envelhece.

Carrington puxou as abotoaduras, um sinal corporal para *excesso de informações*. *Somos britânicos*.

Apesar disso, acho que acreditou em mim.

— Vou pedir a um dos caras do nosso Departamento Jurídico — disse Carrington. — Parece que a internet não é como a mídia impressa, em que existem muitas mais zonas cinzentas. Neste meio-tempo, do que você precisa? O que posso fazer por você?

Era um daqueles momentos tipo "a estrada menos percorrida", em que você precisa escolher um caminho ou outro. E a sua única esperança é se sentir guiado nessa escolha, ser guiado. E eu estava sendo. Sentia isso. Talvez os comprimidos fossem algo bom; me impediam de pensar demais.

Primeira ideia, melhor ideia, como dizem por aí. Apesar de não ser a melhor ideia sem ressalvas, talvez. Eu devia ter mencionado Prager.

— Preciso de distância e tempo — falei.

Emily dera um tempo; agora era minha vez. De sumir. Ir para algum outro lugar. Refletir. Esperar a poeira abaixar. Todos os sinais e portentos apontavam nessa direção.

— Isso aí foi compartilhado no Facebook. Recebeu centenas de curtidas. Viralizou, como dizem. Mais ou menos. Talvez seja remediável — disse Carrington. O risinho dele foi seco e sem o menor traço de humor. — A assim chamada verdade não importa.

— Bom Deus — comentei.

— Bom Deus, mesmo — concordou Carrington.

— O que isso tudo significa? Para mim?

— Significa que, enquanto estamos aqui conversando, alguém está decidindo se pode ou não abrir um processo contra você. E, se decidirem fazer isso, as coisas poderão acontecer muito rápido.

— Puta que o pariu — falei.

— Puta que o pariu, mesmo. — Carrington tinha o hábito de esperar alguém xingar primeiro para depois repetir o mesmo palavrão.

— Você tem sorte de eu gostar de você — afirmou ele. — E por acreditar em você, exceto a parte sobre não saber nada do golpe no seguro, o que não me incomoda, pessoalmente, embora, caso você tivesse sido pego, isso causaria um grande problema para a imagem da empresa. Por enquanto, tenho uma ideia. Precisamos de uma pessoa capaz de administrar a venda de um terreno no litoral da Irlanda, onde um cliente planeja construir um resort. Não é um cliente importante, não é um resort importante, talvez haja um pouco de sonegação, mas, de resto, tudo perfeitamente dentro da lei. Talvez você possa administrar essa venda. Uma relocação temporária. Dizem que o golfe naquela região do mundo é sensacional. E, como você mesmo disse: distância e tempo. Assim que os problemas forem resolvidos, podemos discutir sua volta.

Havia várias coisas que Carrington não precisava dizer. Eu era um cidadão britânico. Ninguém me extraditaria por suspeita de violência doméstica nem assistência a suicídio nem tentativa de fraude. A seguradora ficaria felicíssima por não precisar pagar o prêmio da apólice e Prager poderia passar para outro caso.

Carrington era um homem bom, decente. Reconheci sua oferta. A corda que se atira ao afogado. O resgate do edifício em chamas.

— O cargo começa imediatamente — disse ele. Não conseguiu olhar para mim, mas tudo bem.

— Excelente — falei. — Obrigado. De verdade e sinceramente. Obrigado.

— Uma vez só já é suficiente — disse Carrington.

Eu sabia que seria temporário. Precisava de distância e tempo. Eu me afastaria, mas depois voltaria para pegar Nicky. A mãe dele e eu poderíamos resolver as coisas de uma maneira mais ou menos civilizada.

Civilizada? O que essa palavra queria dizer, quando o que estava em questão era Emily, minha mulher, a mulher que julguei amar e conhecer?

O que eu sabia agora é que, muito provavelmente, a vingança dela ainda não havia terminado. Teria Emily algum plano maligno na manga para me castigar pelo que imaginava que eu fizera? Não consegui tirar da cabeça que ela não sossegaria até me fazer sofrer mais do que já fizera.

Não havia mais nada a fazer senão esperar. Segurar o fôlego e esperar.

43

EMILY

Sean adiou o confronto num e-mail. Tinha sido escalado para um projeto na costa da Irlanda. Não sabia quanto tempo ficaria ali. Era uma ótima oportunidade. Ele me pediu que enviasse todo o seu amor a Nicky. Disse que continuaria em contato para ter notícias de Nicky assim que descobrisse quanto tempo ficaria na Irlanda e quando voltaria. Foi bastante surpreendente. Pensei que lutaria mais.

Eu, é claro, não estava reclamando. Era o que eu queria. Não conseguia imaginar uma maneira melhor de resolver as coisas.

Houve uma noite ruim. Talvez o medo estivesse apenas na minha cabeça, mas ninguém poderia ter me convencido disso naquela noite.

Foi a primeira noite depois que Sean foi embora. Eu me mudara de volta para minha casa. Passara o dia restaurando o lugar às suas condições imaculadas pré-Stephanie, jogando fora os chás asquerosos com os quais ela lotara a despensa, estocando novamente minha adega de vinho, atirando no lixo a almofadinha repulsiva onde se lia bordado em ponto-cruz "Deus Abençoe Nosso Lar Feliz" — que ela tivera a cara de pau de trazer da sua casa para cá e colocar no *meu* sofá —, organizando minhas peças de design de valor incalculável e retirando meus itens pessoais do depósito.

Depois eram só Nicky e eu. Nós dois. Comemos um jantar delicioso de macarrão com queijo, perfeito e com borda crocante, que eu mesma preparara. Nicky não parava de conversar, alegre. A cozinha estava quente. Eu tinha vivido como um bicho, mas agora era novamente um ser humano. Arriscara tudo. Jogara pesado. E ganhara.

Sabia que nunca havia sido tão feliz. Jurei que faria aquilo durar, que faria o que estivesse em meu poder para superar o impulso de destruir minha vida em pedacinhos e atirar todos para o alto. Prometi a mim mesma que faria aquilo dar certo, que jamais me sentiria inquieta novamente, que não permitiria que as coisas do cotidiano me aborrecessem, importunassem ou amedrontassem, que pararia de tentar controlar a verdade e, em vez disso, viveria nela.

Pelo máximo de tempo possível.

Naquela primeira noite, coloquei Nicky na cama e estava terminando o romance de Highsmith que começara a ler tanto tempo atrás. *Those Who Walk Away*. Acho que quem escolheu *aquele* livro da estante foi o meu inconsciente.

Talvez tenha sido um erro ler aquele livro específico sozinha em casa (exceto por Nicky). Acabara de ler um trecho assustador em que o pai vingativo da mulher morta persegue o cunhado que ele planeja matar. O cara espreita nos becos escuros de Veneza como o anão vermelho bizarro daquele sexy filme de terror com Julie Christie e Donald Sutherland.

Estava lendo no sofá quando senti que havia alguém lá fora. Na floresta, espionando-me. Talvez só tenha pensado nisso porque eu mesma estive espionando, espreitando a casa. Pobre Stephanie. Eu a atormentei. Que desperdício de energia. Nem ela nem Sean valiam o esforço.

Quis acreditar que saberia caso alguém me observasse. Sabia que seria mais consciente do que Sean e Stephanie, se isso estivesse acontecendo. Eu fora a observadora, agora era observada.

Ouvi um barulho. Um farfalhar na floresta. Sean estava lá fora, eu podia sentir. Sentia sua presença. Sua raiva. Sua malevolência. Será que entraria na casa e levaria Nicky embora? Ele diria a si mesmo que eu merecia isso.

Ouvi um assovio ao longe. O som se tornou mais alto; depois parou. Ali perto.

Teria Sean assoviado? Por que aquela melodia me parecia familiar? Talvez não fosse Sean, mas um estranho, um assassino. O fantasma irado do Sr. Prager.

Tive vontade de olhar lá fora, mas senti medo. Desliguei as luzes e espiei para dentro da noite opaca, sem lua. Então tive medo por estar em uma casa com as luzes apagadas; portanto, tornei a acendê-las. De repente, odiei o fato de ali ter tantas janelas. Por que a gente imaginou que precisava de tanta iluminação natural?

Poderia ter enfiado Nicky no carro e ido a algum lugar seguro. À casa de Stephanie, por mais que me custasse lhe pedir companhia. Proteção. Talvez estivesse replicando a paranoia dela, imaginando agora um marido vingativo.

Mas, enfim, acordar Nicky e sair de casa parecia muito trabalho... para nada. Resolvi tomar um dos comprimidos para dormir que Sean deixara ali. Quando estávamos juntos, ele nunca precisara disso! Mas, sendo justa com ele, eu ainda não tinha desaparecido e morrido, e ele ainda não colocara outra pessoa no meu lugar, e eu não o ameaçara com minhas versões alternativas da verdade.

Deitei-me na cama ao lado de Nicky. Sean teria que me acordar primeiro, se tentasse levar meu filho embora.

Justamente quando estava caindo no sono, lembrei-me de Stephanie dizendo que o remédio de Sean poderia causar surtos psicóticos. Talvez tivesse ficado louco, perdido a cabeça... e realmente estivesse lá fora.

Ou talvez eu é que tivesse. Afinal, tomara um daqueles comprimidos psicóticos. Estava bem acordada, o coração martelando na minha caixa torácica. Tomei outro e dormi até Nicky me acordar na manhã seguinte.

A luz do dia entrava pelas janelas. Estava na cama de Nicky. Tinha adormecido completamente vestida. O sol banhava o chão do quarto.

— Bom dia, mamãe — disse Nicky.

Beijei-lhe a testa úmida e macia e nos aninhamos embaixo das cobertas. Felicidade pura.

Quero que Nicky tenha um pai. Vou manter contato com Sean. Enquanto isso, abro o processo de divórcio, pleiteando a guarda integral de Nicky. Só por precaução. Esses processos legais internacionais podem demorar uma eternidade.

Não sei o que Stephanie esperava de mim. Talvez tenha imaginado que nos tornaríamos melhores amigas *de verdade*; uniríamos forças e filhos e viveríamos juntas em uma espécie de *kibutz* cooperativo experimental ou algo do tipo, dividindo as tarefas com as crianças e a roupa.

Isso nunca aconteceria. Até morar com Sean seria preferível.

Voltei para a Dennis Nylon e negociei um aumento *substancial* que usei para contratar uma babá em período integral. Convenci Dennis a apoiar uma fundação que resgata e abriga crianças de rua, à qual demos o nome da minha irmã. Também consegui maior flexibilidade com os horários no trabalho, o que me permite trabalhar meio período em casa, a fim de ficar mais com Nicky. Creio que às vezes é necessário sair de cena para as pessoas valorizarem você — embora essa estratégia de vez em quando se revele um tiro pela culatra, como descobri com Sean.

Nunca teria imaginado que me satisfaria com uma vida parecida com a que levo agora. Casa, filho, trabalho... sem o tédio assustador, a necessidade irrefreável de arrumar encrenca, de fazer algo dramático e terrível acontecer comigo e com as pessoas ao meu redor. Tenho conseguido bons resultados em afastar a sensação de que não estou completamente viva se não estiver no controle, fugindo de alguma coisa ou em perigo. Talvez todo o sofrimento por que passei — perder minha irmã, separar-me de Nicky — tenha me ensinado uma lição e me trazido alguma espécie de sabedoria. Talvez não. Veremos quanto tempo vai durar essa trégua com os meus demônios. Por enquanto, a coisa parece ir bem. Sabe-se lá quanto tempo vou conseguir sustentar essa situação ou o que o futuro trará.

Nicky e Miles continuam amigos, mas não se encontram mais com tanta frequência depois da escola. A nova babá, Sarah, leva Nicky à casa de Stephanie e o traz de lá.

De vez em quando, eu e Sean nos comunicamos. Um dia (ainda meio distante) planejo permitir que ele venha ver Nicky, porém somente quando achar que ele está suficientemente arrependido pelo que fez, por ter me obrigado a desaparecer e fingir que estava morta — e de contribuir para a morte da minha irmã.

Ainda não decidi como — nem quanto — planejo fazer Sean sofrer. No mínimo dos mínimos, quero que sofra tanto quanto sofri.

Gosto de estar de volta à Dennis Nylon. Todos parecem felizes de me ver de volta depois de tantas aventuras. Gosto de voltar para casa e jantar com Nicky ou pelo menos colocá-lo na cama. Gosto da minha privacidade, da minha solidão.

Não poderia estar mais satisfeita com a forma como as coisas se resolveram.

44

BLOG DA STEPHANIE
TUDO ESTÁ BEM

Olá, mães!

Tudo está bem quando tudo acaba bem. Apesar de, claro, enquanto nós e nossos filhos estivermos por aqui, a maternidade jamais terminará — e vai durar ainda mais que isso, como já escrevi antes.

Emily e eu voltamos a ser vizinhas, e estamos criando nossos filhos para serem as pessoinhas mais felizes e saudáveis deste mundo. Sean saiu do país, e não se sabe ao certo quando (nem se) voltará. Suponho, embora não saiba todos os detalhes, que enfrentará alguma espécie de processo judicial quando (e se) voltar. E, conhecendo Emily como conheço, tenho certeza de que ela planeja fazê-lo pagar — pagar caro — por tudo o que ele fez.

Não vejo Emily tanto quanto gostaria. Ela anda trabalhando bastante e está se esforçando para ser uma mãe fenomenal, para recuperar o tempo perdido. Mas as amizades crescem e minguam, e sei que chegará uma hora em que voltaremos a ficar de papo para o ar no sofá grande e confortável dela, se é que ela ainda o tem. Miles me contou que agora a casa de Nicky está cheia de coisas novas, diferente de quando morávamos lá. Não pressiono para saber os detalhes. Em algumas coisas, muitas delas, prefiro não pensar.

Miles está indo muitíssimo bem na escola, e Nicky, quase tão bem quanto o amiguinho.

Todos passamos por poucas e boas, mas meu coração se aperta mais é pelo pequeno Nicky. Foi quem pagou o preço mais alto. Perder a mãe, ganhá-la de novo e depois perder o pai. Como vai aprender a confiar nos outros?

O único consolo é saber que crianças são muito fortes. Como são corajosas, fortes e resilientes! Nicky vai superar e crescer com tudo isso — e se transformar em um adulto ainda mais compreensivo, compassivo e sábio. Numa pessoa mais interessante.

Chegará um momento em que cada um de nós será capaz de seguir em frente e deixar toda essa história para trás, em que aprenderemos a conviver com nossos segredos e a valorizá-los. Porque eles também fazem parte de nós.

Não teria conseguido passar por esses momentos desafiadores sem o amor e o apoio da comunidade de mães.

Deus abençoe vocês, mães de todas as partes. Continuem lindas. E, se tiverem alguma história parecida com esta, gostaria muito que postassem aqui.

Nos falamos mais tarde.

Com amor,
Stephanie

45

EMILY

Mais ou menos um mês depois de ter voltado para a minha própria casa, um carro de polícia subiu lentamente pela trilha e parou em frente à minha porta.

Eu disse a mim mesma: isso não significa nada.

Dois policiais à paisana saltaram do carro e apertaram a campainha. A mulher foi a primeira a estender a mão.

— Sou a inspetora Meany — disse. — E este é meu parceiro, o inspetor Fortas.

— Sou Emily Nelson — falei.

— Sim, nós sabemos — afirmou a inspetora Meany.

— Gostariam de entrar? — ofereci. Não tinha nada a esconder.

Os dois entraram e se sentaram no sofá que comprei para substituir aquele onde Stephanie havia se sentado.

— Acho que não nos conhecemos oficialmente ainda — disse o inspetor Fortas. — Mas trabalhamos em seu caso. Conhecemos seu marido...

— Meu em breve ex-marido está no Reino Unido no momento.

— Entendo — disse a inspetora Meany. — Talvez ele não devesse ter permissão para isso. Alguém quase certamente irá interrogá-lo em algum momento...

Fiquei curiosa para saber que "momento" seria esse, mas controlei a curiosidade. Imaginei que acabaria descobrindo, mais cedo do que tarde.

— Escutem — falei. — Quero dizer que eu... sinto muito por ter colocado os senhores nesta situação. A culpa não foi inteiramente minha. Meu marido e Stephanie ficaram desesperados, apertaram o botão do pânico quando saí do radar. Eu só precisava de um tempinho para lamentar a morte da minha irmã. *Precisava* me desligar, me *afastar* da loucura. Tudo não passou de um *gigantesco* mal-entendido que, infelizmente, se misturou com a apólice do seguro de vida que eu havia esquecido que meu marido tinha contratado.

— Eu me lembro — disse o inspetor Fortas. — Interrogamos uma jovem chamada Stephanie, uma amiga, mãe de um dos amiguinhos de escola de seu filho...

— Boa memória — comentei. — Stephanie, isso mesmo. Não é a amiga menos neurótica que tenho, se entendem o que quero dizer.

A inspetora Meany sorriu: ela conhecera Stephanie. Entendia o que eu queria dizer. Os dois policiais riram sem humor, como se não tivessem certeza de por que riam nem se deveriam rir, para começo de conversa.

— Não quero ser mal-educada, mas poderia perguntar o motivo desta visita? — falei.

— É só uma conversa — respondeu o inspetor Fortas. — Uma conversa preliminar. Nos últimos dias, alguém encontrou um carro avariado e queimado perto da interestadual. Não muito longe daqui. No carro, estavam os restos mortais de um homem que acreditamos ser um tal de Sr. Isaac Prager. O número de telefone desta casa estava no histórico de ligações que ele fez nas semanas anteriores ao seu desaparecimento. Naturalmente, ligamos isso ao suposto desaparecimento da senhora, que, como já dissemos, investigamos.

— Que impressionante! — falei. — Que coincidência! — Eu estava flertando com os dois. Precisava que acreditassem em mim.

— Não restaram muitas evidências naquele carro. O mais provável é que tenha sido um acidente, mas existem alguns aspectos suspeitos e... intrigantes. Foi localizada uma joia na cena que é bem pouco provável que tenha pertencido ao Sr. Prager — disse a inspetora Meany.

Ela me entregou uma fotografia. Eu sabia exatamente o que estava prestes a ver.

Claro que tinha ciência de ter perdido o anel da mãe de Sean, mas, por não costumar mais usá-lo, só notei sua perda depois que muitos dias se passaram. E o mais engraçado é que eu não dera a mínima. Ele só pertencera à minha irmã por... não queria pensar por quanto tempo. Antes disso, fora meu por algum tempo. E, antes ainda, pertencera à mãe de Sean. Agora, quando penso naquele anel, ouço a voz irritante da mãe dele, choramingando e reclamando da vida enquanto lavava a louça naquela cozinha malcheirosa e bestial.

Eu tinha dito a mim mesma para não me preocupar com o lugar onde perdera o anel. Havia vários lugares onde isso poderia ter acontecido que não aquele onde empurrei o carro de um morto para dentro de uma ravina. Parecia pouco provável que o anel tivesse ido parar lá, ainda mais porque eu me esforçara muitíssimo para me convencer (e convencer a Stephanie) de que nada daquilo havia acontecido. Nenhum crime, nenhuma consequência.

Devo ter tirado as luvas depois que empurramos o carro, mas não me recordo de fazer isso. Muitas coisas daquele dia estão borradas na minha lembrança, é difícil me lembrar delas com clareza. Esforcei-me ao máximo para não pensar nelas, e até então havia conseguido fazer isso.

— O mais curioso — disse a inspetora Meany — é que meu parceiro tem uma memória fenomenal, super-humana, para os detalhes. Portanto, quando essa imagem surgiu na tela, a imagem desse anel... meu parceiro se lembrou de que tinha aparecido um anel parecido em um laudo de autópsia. Quando localizaram o cadáver que acreditaram ser o da senhora.

Nós duas olhamos para o inspetor Fortas a fim de ver que espécie maravilhosa de ser humano teria poderes mentais como aqueles, mas a única coisa que vimos foi um camarada com aparência bem comum, com sardas salpicadas pela testa e um bigode loiro espetado.

— O anel que encontramos em Michigan e, pelo que sabemos, entregamos ao seu marido, para o caso de... — disse ele.

— Sei de que anel os senhores estão falando — ouvi a mim mesma falar por entre os dentes. Os policiais eram inteligentes o bastante para se lembrarem da foto de um anel que viram meses antes, mas não o bastante para perceberem que o "cadáver" mencionado era da minha irmã suicida. Minha amada irmã gêmea. Só agora, tarde demais, é que se deram conta disso. O rosto do inspetor Fortas corou, assumindo um tom rosado pouco atraente.

— Sentimos muito por sua perda — disse a inspetora Meany.

— Não tem problema — falei. Porém não era verdade, e os dois sabiam disso.

— O mais curioso — continuou o inspetor Fortas — é que eu me lembro da primeira vez em que interrogamos seu marido. E sua amiga. E os dois descreveram a senhora. E os dois mencionaram este anel. — Ele apontou para a foto impressa. — Temos plena certeza de que é este aqui.

Era crucial não hesitar. Não me abalar. Não fraquejar.

— Meu marido me deu este anel quando ficamos noivos. Mais tarde, minha irmã o roubou para comprar drogas. Por isso ele apareceu no lago — falei.

Estariam eles de fato sentindo muito pela minha perda? Eu sentia mais do que eles.

— Vou fazer uma pergunta — falei. — Quando os senhores interrogaram meu marido, no meio daquele... mal-entendido quanto ao meu desaparecimento... os senhores disseram que interrogaram não só Sean como também uma amiga... Stephanie.

— Isso mesmo, Stephanie — concordou o menino-prodígio da memória, Fortas.

— Bem, os senhores têm ciência de que mais tarde ela foi morar com ele? Sabiam que os dois planejavam se casar? Que ele lhe deu o anel da mãe dele, o *meu* anel, e que nenhum dos dois sentiu o menor peso na consciência por causa disso? Pensaram que eu gostaria que meu marido desse meu anel para minha melhor amiga. Dá para acreditar numa coisa dessas?

— Meu Deus — disse a inspetora Meany, parecendo horrorizada com a traição do meu marido com minha melhor amiga. — Suponho que a senhora tenha... os contatos atuais dessa tal de... Stephanie.

— O telefone e o endereço — respondi. — Sei de cabeça. E, caso os senhores necessitem de mais alguma informação sobre o relacionamento dela com meu marido, posso lhes fornecer o link do blog de Stephanie. Tenho a impressão de que a essa altura ele já a abandonou, mas isso não é mais do meu interesse, como os senhores podem muito bem imaginar.

Os policiais podiam muito bem imaginar. Anotaram tudo. Agora Stephanie é quem estava na mira deles.

Lembrei-me de outra coisa que os campeões de pôquer me contaram sobre o peixe. Você sabe que ele vai perder, mas não quando. Nunca se sabe qual cartada será aquela que apanhará o peixe e o deixará se debatendo, sem ar, caído no chão.

Se os policiais fossem menos incompetentes, menos desajeitados, teriam me prendido ali mesmo, sob suspeita. Ou pelo menos me intimado a fim de que eu fosse à delegacia responder mais perguntas. Em vez disso, porém, foram embora — no encalço do rastro de Stephanie, imagino — e me pediram com toda a educação que não me afastasse da cidade. Prometi que não.

Depois que eles se foram, esperei um tempinho. Respirei fundo várias vezes para clarear minha mente. Depois fui até o quarto de Nicky, peguei algumas das suas coisas e comecei a arrumar as malas. Chegara a hora de partir. Hora de eu e Nicky irmos atrás do pôr do sol, ou do nascer do sol, sei lá qual. De sairmos um pouco de cena. Dar um tempo; ver o que acontece.

Peguei o passaporte de Nicky e meus dois passaportes — o falso e o verdadeiro — caso viesse a precisar deles. Quem sabe? Podíamos ir passar alguns dias com Sean. Talvez eu brincasse com ele, o atormentasse um pouco. Quem sabe eu voltasse a ser o gato... só que agora com outro rato.

Estava mesmo esperando por isso. Planejando isso. Preparando-me para algo parecido, há muito tempo. Minha vida inteira, pode-se dizer.

Nunca senti tão pouco medo. Eu me sentia jovem, animada e corajosa. Sentia-me feliz por estar viva.

Impresso no Brasil pelo
Sistema Cameron da Divisão Gráfica da
DISTRIBUIDORA RECORD DE SERVIÇOS DE IMPRENSA S.A.
Rua Argentina, 171 – Rio de Janeiro, RJ – 20921-380 – Tel.: (21)2585-2000